FALLAIT PAS ME CHERCHER !

Du même auteur aux

Éditions **Addictives**

Cent facettes de Mr Diamonds, volumes 1 et 2

Toi + Moi, volumes 1 à 3

Coffret *Toi + Moi*

Call me Baby, volumes 1 et 2

Call me Bitch

Jeux interdits

Jeux insolents

Avec Felicity Stuart

Love me if you can

Kiss me if you can

EMMA M. GREEN

FALLAIT PAS ME CHERCHER !

Éditions A Addictives

À tous ceux et celles qui aiment sans raison...
Et à June Moore, qui a eu l'idée de notre Viking aux yeux de brume.

« Trop de raison dans les sentiments,
ça les abîme souvent. »
Tahar Ben Jelloun

TABLE

I

SAUVETAGE
À MADAGASCAR

1
PRISONNIÈRES

Valentine

Madagascar, côte Nord-Est, région d'Analanjirofo

Selon mes lointains cours de biologie, le corps humain est composé à 60 % d'eau ; pourtant, à cet instant précis, dans cette cabane en tôle avec cet homme fou furieux brandissant sa machette sous mon nez, je me sens sur le point de défier toutes les lois de la nature en me transformant en flaque à ses pieds. Au diable mes supposés 40 % de matière solide, j'ai une telle trouille que je suis en train de me liquéfier. Recroquevillée sur le sol de terre battue, je glapis :

– Aïna ! Merde ! Donne-lui ce qu'il demande !

– Mais ils m'ont dé-dé-déjà tout pris ! répond en claquant des dents ma meilleure amie aux prises avec un jeune

Malgache qui la secoue comme un shaker. Qu'est-ce que tu crois ? Que je planque une vidéo dans mon string ?

– Fais ce que tu veux avec ta lingerie mais débrouille-toi pour convaincre ces dingues !

– On n'a plus rien ! leur crie Aïna en malgache pour la énième fois depuis hier. Tout est sur la carte SD et la clé USB ! Vous avez tout ! Tout ! On n'a rien caché ailleurs ! Je le jure ! Les photos, les films ! Je n'ai plus aucune preuve contre vous !

Le type à la machette me hurle dessus en gesticulant vers elle, son arme danse sous mes yeux paniqués au rythme syncopé de ses invectives. Il parle un dialecte du sud, auquel je ne comprends rien, mais je n'ai pas besoin de dictionnaire pour deviner qu'il ne nous croit pas et qu'il n'est pas content. Mais alors pas content du tout.

– Sois plus convaincante ! piaillé-je en pédalant frénétiquement dans la poussière pour me soustraire au fil tranchant de la machette qui vient de passer à quelques centimètres de ma gorge.

– Je voudrais t'y voir ! répond-elle tandis qu'elle se débat contre le jeune Malgache qui la fouille brutalement. Et toi, vire tes sales pattes de là ! s'énerve-t-elle quand il glisse une main dans son short.

Je m'apprête à mourir dans d'atroces souffrances quand il insiste et qu'elle lui retourne une baffe à lui dévisser la tête. Mais contre toute attente, la scène semble amuser son comparse, qui en oublie de vociférer et de me menacer, pour ne pas perdre une miette du spectacle. Le jeune ne lâche pas l'affaire pour autant, et Aïna a beau se débattre en feulant et griffant comme un chat sauvage, il n'y a pas un centimètre carré de son corps qu'il n'inspecte pas. D'inquiétude, je me mords les lèvres jusqu'au sang ; même si le jeune ne paraît pas animé d'autre intention que de s'assurer qu'elle ne dissimule plus rien, un rien peut faire déraper la situation et nous basculer dans l'horreur. Aïna est jolie, c'est même une petite bombe, à mon humble avis, et aucun mec normalement constitué ne peut la toucher comme ça sans qu'il lui vienne des idées moralement condamnables. Je retiens mon souffle en priant toutes les divinités passées et présentes, de Zeus à Bouddha, de nous tirer de là *fissa*. Indemnes, de préférence.

Quand la fouille s'achève, Aïna est dans un tel état de fureur qu'elle en a momentanément oublié sa peur, et le type est si égratigné de toute part qu'on le croirait sorti d'un roncier maléfique. Cependant, il paraît satisfait de son inspection, et malgré le plaisir évident qu'il a pris à cette fouille poussée, il en reste là. Le gaillard à la machette met fin à notre interrogatoire, non sans m'avoir sèchement sommée de retourner mes poches à mon tour. Je m'exécute sans tergiverser, les mains et jambes tremblantes, et les deux affreux partent enfin en refermant la porte branlante derrière eux.

– Ouf ! soupiré-je en m'affalant mollement dans un coin de la cabane, comme si tous mes os avaient fondu. J'ai bien cru ma dernière heure arrivée.

– Pas trop de risque pour l'instant, répond Aïna en passant à l'anglais, afin de ne pas être comprise de nos geôliers qui, comme la plupart des Malgaches, entendent parfaitement le français mais beaucoup moins l'anglais.

Elle s'écroule à son tour à mes côtés, vidée de tout courage et de toute énergie maintenant qu'elle n'est plus portée par l'adrénaline. Ces types-là ne sont que des sous-fifres, des pêcheurs, des paysans, embauchés pour les basses tâches ; ils n'ont aucun pouvoir de décision et ne peuvent pas se permettre de tuer des *vazaha* sans en avoir reçu l'ordre des barons, les chefs des trafiquants. Trucider des étrangers crée trop de problèmes avec les ambassades et c'est mauvais pour les relations diplomatiques.

Sûr qu'avec ma peau claire et mon accent à couper au couteau, on ne risque pas de me prendre pour une autochtone. J'aurais « produit d'importation 100 % *vazaha* » tatoué sur le front que ce ne serait pas plus évident. Mais, si ma nationalité étrangère m'assure une certaine immunité, qu'en est-il d'Aïna, avec ses cheveux noirs tressés, sa belle peau caramel et ses yeux en amande typiquement malgaches ?

– Et toi, alors ? m'inquiété-je.

– Moi, je suis née sous une bonne étoile, répond-elle en essayant de sourire. Il faudra bien que ça suffise.

– Blague à part, dis-je, évidemment pas rassurée pour autant. Que vont-ils faire de nous ?

– Il vaudrait mieux qu'on ne soit plus là quand les barons arriveront, avoue-t-elle après un silence. Ni moi, ni toi. Le trafic de bois de rose est très lucratif ; ils n'hésiteront pas à nous découper en morceaux et à faire brûler nos restes sur la plage s'ils nous soupçonnent d'avoir gardé la moindre preuve de leur commerce illégal.

– Tu déconnes ?! m'étranglé-je, à nouveau paniquée.

– J'en ai l'air ? demande-t-elle, mortellement sérieuse.

– Mais on ne tue pas des gens pour du bois !

– C'est une essence rare et précieuse…

– Même !

– … dont la contrebande rapporte des millions de dollars. Beaucoup assassineraient pour moins que ça. Regarde cette vieille à Brooklyn qui s'est fait poignarder le mois dernier. C'était dans tous les journaux. Le mec qui l'a braquée a emporté son alliance et son porte-monnaie avec à peine trente dollars dedans. Alors que le bois de rose, c'est garanti *High profit, low risk*, gros profit, petit risque, comme on dit dans le jargon du crime écologique. C'est une forme de criminalité aussi rentable mais moins périlleuse que le trafic d'armes ou de drogue, elle a le vent en poupe. Ces barons ne vont pas laisser deux nanas réduire leur empire en miettes avec trois vidéos et quelques photos.

– Mais puisque tu leur as tout rendu ! Pas besoin de nous débiter en rondelles !

– On connaît les visages de leurs hommes, l'emplacement de leurs camps, de leurs lieux de coupe et le circuit des rondins. De plus, rien ne leur garantit qu'une fois en sécurité dans notre pays, on ne témoignera pas contre eux, même si on le leur jure sur la tête de notre cochon d'Inde.

– On n'a pas de cochon d'Inde, marmonné-je, soucieuse mais pas tout à fait hermétique à l'humour désespéré de mon amie.

– Raison de plus pour eux pour ne pas nous croire, conclut-elle.

Chacune se perd dans ses réflexions et le silence tombe sur la cabane. Il n'y a aucune fenêtre dans notre prison improvisée; l'air est étouffant et la semi-obscurité permanente me déprime. Je pense à mes parents, restés chez nous, en Californie, dans notre immense villa sécurisée et confortable, avec vue sur la baie de Santa Monica. Dire qu'ils me croient en train de photographier des lémuriens et manger du zébu au lait de coco… J'ai une furieuse envie de pleurer. Du bout du doigt, je trace des arabesques dans la poussière du sol; des rayons de lumière percent à travers les tôles disjointes et s'invitent sur mes dessins. Aïna prend ma main et se rapproche jusqu'à se blottir contre moi. Elle tremble violemment. Le contrecoup du choc la rattrape soudain. Je passe un bras autour de ses épaules et nous essayons de nous réconforter l'une l'autre, aussi proches et soudées que des sœurs.

– Je m'en veux tellement de t'avoir embarquée dans cette galère, Valentine, chuchote-t-elle… Tellement. Tellement…

– Chut… Calme-toi.

– C'était même pas prémédité, je te promets. Je voulais seulement filmer des lémuriens. C'est juste que je ne pouvais pas détourner les yeux comme si de rien n'était pendant que ces sales types, tu sais, pillaient mon île…

– Je sais. Ne t'en fais pas. On va s'en tirer.

– Je ne vois pas comment, sanglote-t-elle. Oh, pardonne-moi, Valentine, je nous ai mises dans une merde noire ! J'aurais mieux fait de m'en tenir aux portraits de varis et de sifakas ! Tout ça pour quelques bouts de bois !

– Non, tout ça pour dénoncer la corruption et les trafics qui gangrènent ta terre d'origine. Je suis fière de toi, et fière de participer à la résistance qui s'organise, même si ça me flanque une trouille mortelle. C'est important pour les gens d'ici de ne pas laisser des trafiquants razzier les richesses naturelles de leur pays.

– Mais regarde où ça nous mène…

– J'ai connu des lieux de villégiature plus confortables et avec un meilleur *room service*, je te l'accorde. Mais si ces barons aiment tant l'argent, je dois pouvoir négocier avec eux. Je suis persuadée qu'ils trouveront plus intéressant d'obtenir une rançon de mon père que de nous transformer en barbecue géant.

– Encore faut-il qu'ils acceptent de t'écouter avant d'ordonner notre exécution…

J'essaie de réprimer les frissons qui m'assaillent à cette perspective et je serre plus fort la main d'Aïna. Au loin, j'entends l'agitation du camp, le rugissement des tronçonneuses, les cris des hommes qui s'interpellent, le choc des rondins quand ils les chargent dans les containers, le vrombissement des camions qui les livreront aux ports pour les embarquer sur les bateaux…

L'obscurité envahit la cabane, la nuit tombe rapidement. Je gratte mes jambes nues et sales, constellées de boutons. Voilà ce qu'on gagne à se balader avec un short trop court au paradis des moustiques. J'essaie de comprendre comment nos vacances entre copines ont pu dégénérer à ce point. Aïna est ma meilleure amie depuis l'enfance, c'est une écolo passionnée, une fan absolue de l'acteur Tom Hardy et une fille géniale. On a grandi ensemble, en France, depuis que sa famille a emménagé dans l'appartement voisin du nôtre, avant que je m'installe en Californie pour reprendre l'empire industriel de mon père. Tous les étés, depuis nos 18 ans, selon un rituel immuable, nous abandonnons tout derrière nous pour nous accorder quelques semaines de congé dans un coin ou l'autre de la planète. Chaque année, une destination différente. Cette fois, Aïna, nostalgique de son pays natal, a proposé Madagascar. Et pourquoi pas ? C'est une île magnifique, ensoleillée, peuplée de gens adorables. Sauf si on tombe nez à nez avec des trafiquants qu'on décide de filmer et photographier pour dénoncer leurs activités criminelles. La perspective de perdre des millions de dollars et dix ans de leur vie en prison tend à les rendre grincheux, comme nous avons pu le constater à nos dépens.

J'étends mes jambes ankylosées devant moi et je songe avec nostalgie à ma salle de bains en marbre dans la villa de mon père, à ma chambre qui domine la plage, mon lit douillet aux draps de soie, le chant des vagues le matin au réveil, les couchers de soleil sur la mer… Je soupire :

– Dire qu'en ce moment, je pourrais être aux Seychelles, sans avoir rien à affronter de plus désagréable qu'un cocktail tiède ou une connexion trop paresseuse pour lire mes messages Facebook pendant que Milo, une rose entre les dents, me masserait les pieds au bord d'un lagon paradisiaque…

– Tu détestes Facebook, me rappelle Aïna en bâillant.

– À cet instant, je suis certaine que je pourrais l'aimer de tout mon cœur…

– Au fait, c'est vrai ça : pourquoi tu n'as pas sauté sur la proposition de Milo ? Quinze jours dans les îles en tête-à-tête avec un playboy plein aux as, ça ne se refuse pas. Tu m'as toujours dit que c'était le mec idéal.

– La croisière de luxe, l'hôtel cinq étoiles, le flirt sous les palmiers… ça ne me paraissait pas assez excitant. Si tu savais comme je m'en mords les doigts !

– Je vendrais mon âme pour un jus d'orange avec des glaçons, une douche fraîche et des WC équipés d'un bloc désodorisant à la lavande, soupire-t-elle à son tour en fronçant le nez vers le seau en plastique qui nous sert de lieu d'aisance depuis ces deux jours de captivité.

– Et moi pour un spray antimoustiques, ronchonné-je en me grattant les jambes de plus belle. La nuit va être interminable…

Nous discutons encore un moment, avant de sombrer dans un sommeil agité, blotties l'une contre l'autre. Le moindre bruit me fait sursauter et mes soubresauts réveillent Aïna. Nos estomacs vides grondent et nous buvons beaucoup pour tromper notre faim. J'ai hâte que le jour se lève enfin, que les ombres disparaissent.

Soudain, des cris et un fracas assourdissant nous arrachent au sommeil et nous font glapir d'effroi. D'instinct, nous nous calons dans un angle de la cabane, serrées l'une contre l'autre. Il fait grand jour, la lumière nous éblouit quand la porte s'ouvre brusquement, dans un crissement d'enfer. Elle rebondit et claque contre la cloison en tôle. Dans son encadrement, je reconnais notre gardien, celui à la machette, plus terrifiant que jamais. Il ne nous accorde pas un regard mais hurle des ordres aux hommes groupés derrière lui. J'ai le temps de penser que les barons sont enfin arrivés et qu'ils ont ordonné notre exécution, sans même nous avoir ni vues ni parlé. Aïna se cramponne à moi si fort que j'ai peur qu'elle ne m'arrache un bras, mais je ne songe pas à protester. Je me contente de la serrer à mon tour et de fermer les yeux ; une méthode assez répandue mais particulièrement inefficace pour vaincre le danger.

Mais qu'est-ce que je fais là, moi ? Milo, Milo, Milo, pourquoi ne m'as-tu pas embarquée de force aux Seychelles ? S'il te plaît, mon Dieu, donne-moi une seconde chance, on efface tout, on oublie ces derniers jours et on recommence, OK ? Promis, je ne provoquerai plus mon père, je ne jouerai plus au poker en ligne, je ne mangerai jamais plus de deux pots d'Häagen-Dazs d'affilée, mais s'il te plaît, s'il te plaît, s'il te plaît, ramène-nous une semaine en arrière !

Pitié !

Alors ?

Deal ?

J'ouvre un œil en grimaçant quand Aïna pousse un cri suraigu à trois centimètres de mon oreille. Rien n'a changé pendant ma prière, je n'ai pas été exaucée. Toutefois, il se pourrait bien que ce ne soit pas encore l'heure de mourir. En effet, nos geôliers ne nous accordent aucun intérêt, c'est même à se demander s'ils ne nous ont pas oubliées tant ils sont occupés à pousser dans notre minuscule cabane un type grand comme une montagne qui les envoie valser chaque fois qu'il s'ébroue. Ils sont quatre ou cinq Malgaches à le houspiller rageusement, à coups de pied, de bâton, ou du plat de leurs machettes, jusqu'à le faire avancer suffisamment pour tirer et verrouiller la porte derrière lui. Et l'enfermer avec nous, dans notre étouffant cocon rendu à la semi-obscurité.

Planté au milieu de la pièce, les mains liées dans le dos, il garde la tête basse, comme sonné ; ses cheveux blonds pendent en un épais rideau devant son visage, dissimulant ses traits. Il est tellement imposant qu'il semble occuper tout l'espace. Son tee-shirt beige est crasseux, imbibé de sang séché à hauteur de son flanc gauche. Il doit sortir d'une belle baston… Enfin, sans nous accorder un regard, il part s'écrouler dans un coin.

Puis le silence s'abat sur notre cabane, seulement troublé par sa respiration rapide et forte. Il semble mal en point. Tout est figé. Aïna se redresse et je m'agrippe à elle.

– Hey, dit-elle doucement en se penchant vers lui. Ça va ?

Comme il ne réagit pas, elle se rapproche et insiste gentiment, en haussant la voix. Sans plus de résultat. Peut-être est-il trop sonné pour bouger ou parler ? Sur un côté de son crâne, ses cheveux sont poisseux de sang. Aïna répète sa question, en français, en anglais, en malgache, en espagnol… en pure perte.

– Ils ont dû lui taper dessus avec un peu trop d'enthousiasme, dis-je. Tu pourrais tout aussi bien essayer de communiquer avec un céleri-rave.

– Dommage. Il a l'air assez costaud pour démolir cette cahute et aplatir nos gardes, si on le chatouille comme il faut.

– Super. Et s'il s'en prend à nous, dans la foulée ? On ne le connaît pas, ce type. C'est peut-être un trafiquant concurrent, ou un assassin, un violeur… Bref, sois gentille : évite les guili-guili.

Aïna hausse les épaules :

– C'est peut-être tout bêtement un photographe malchanceux, lui aussi.

– Ouais, et moi je suis Cendrillon, grommelé-je. J'attends simplement minuit pour sauter dans mon carrosse et me tirer d'ici.

Aïna a la bonne grâce de sourire, puis elle attrape notre seau d'eau et, malgré mes protestations, s'approche de lui.

– Hey, lui dit-elle encore. De l'eau propre. Si tu as soif.

Cette fois, il réagit. Il se redresse, pesant de tout son poids contre la tôle, qui grince dans son dos. Il étend ses longues jambes devant lui, fait rouler sa tête et ses épaules dans un sens, puis dans l'autre, avant de lever vers nous son visage baigné d'ombre. Je m'attends à croiser le regard vide d'un homme abruti par la douleur, mais il a des yeux vifs et attentifs, d'un gris étonnant, ourlés de cils comme recouverts de givre.

– *Takk. Har du ingen roligere rom?* interroge-t-il d'une voix incroyablement grave.

– Hein? répondons-nous dans un bel ensemble.

– *Er frokosten inkludert?*

– Qu'est-ce qu'il raconte? me demande Aïna.

– Bouge pas, je consulte Google Translate et je te dis ça tout de suite, bougonné-je.

– On croirait une langue nordique, poursuit Aïna, ignorant mon sarcasme. De Scandinavie, Suède, ou un de ces pays pleins de neige avec des rennes et des lutins à chaque coin de rue.

– En tout cas, je sais ce que je te dirais, moi, si j'étais à sa place…

– Ah oui?

– Parfaitement. Je te dirais : « Et comment veux-tu que je boive, mignonne, avec mes mains attachées dans le dos? En lapant? Tu trouves que j'ai une gueule de chaton? »

2
FACE À FACE

Valentine

Quelques heures plus tard, la chaleur dans la cabane devient insupportable. Le soleil n'est pas encore à son zénith, mais déjà j'ai l'impression de mijoter dans mon jus, je suis ruisselante et mon cerveau peine à aligner deux idées cohérentes. Contrairement à l'usage en vigueur sur la côte est, il n'a pas plu ce matin. Rien n'est venu rafraîchir ni humidifier notre petit coin d'enfer en tôle ondulée. Pour couronner le tout, nos estomacs vides gargouillent irrépressiblement, nous n'avons plus d'eau et une furieuse envie de pipi me cisaille le bas-ventre. Pas question néanmoins de baisser ma culotte devant le grand costaud, dont Aïna a renoncé à se faire comprendre et qui reste silencieux et ombrageux dans son coin.

Depuis son arrivée, il y a deux gardiens supplémentaires pour veiller sur nous, qui ouvrent compulsivement la porte toutes les dix minutes, l'air anxieux, comme si le mec allait soudain craquer son short, devenir tout vert et pulvériser la cabane en poussant un rugissement façon Hulk. Quelque chose me dit qu'il y a eu de la casse dans leurs rangs quand ils s'y sont frottés ; il a dû écrabouiller trois ou quatre de leurs types avant qu'ils réussissent à l'attacher, et les rescapés n'ont aucune envie de finir en steaks tartares à leur tour. Je les comprends. À moi aussi, il flanque la trouille.

Ils n'ont d'ailleurs pas tort de le garder à l'œil car malgré leur surveillance zélée il est parvenu à se débarrasser de ses liens. Vu son air pas commode, ce n'est pas pour me rassurer. Une fois libéré, il s'est levé pour s'étirer et dénouer ses épaules, des épaules larges et puissantes que ses épais cheveux blonds effleurent à chaque mouvement. Deux fines tresses ornent ses tempes et se rejoignent derrière sa tête, deux autres encadrent son visage aux angles bruts, à la manière des guerriers celtes ou germains de l'Antiquité. Une coiffure d'un autre âge, qui durcit encore ses traits au lieu de les adoucir.

Il a attrapé le seau d'eau qu'Aïna avait mis à sa portée mais n'a pas bu. Il s'est contenté de nettoyer la plaie de son cuir chevelu, avec les gestes tranquilles et sûrs d'un homme que rien n'affole. Puis il a regagné son coin de cabane et s'y est allongé confortablement, la tête calée sur son bras replié. Deux minutes plus tard, sa respiration lente et profonde ne laissait aucun doute : il s'était endormi.

– En voilà un qui ne risque pas de faire un ulcère, a dit Aïna, incrédule. Jamais vu quelqu'un d'aussi zen !

– Je persiste à croire qu'ils lui ont cogné dessus trop fort et qu'il est complètement déconnecté. En tout cas, tu vois, il n'avait pas besoin de notre aide, dis-je en désignant ses mains libres, de grandes mains solides et carrées aux jointures meurtries, certainement plus habiles à jouer des poings qu'à appuyer sur un flash ou régler un zoom. Si ce mec est photographe, moi je suis la princesse Raiponce…

– OK, il ressemble plus à un Viking qu'à Yann Arthus-Bertrand mais ce n'était pas très charitable de le laisser galérer avec ses cordes.

– Tu parles. Il a « galéré » trois minutes, maximum. Par contre, je m'inquiète de la réaction des gardiens quand ils vont constater qu'il n'est plus entravé.

– À mon avis, ils ne prendront pas le risque de revenir l'attacher. On est dans la forêt, à vingt kilomètres de la piste la plus proche, et cent cinquante de la première route goudronnée. Le camp compte une bonne quinzaine d'hommes, sur le qui-vive, connaissant les lieux comme leur poche. Même s'il s'échappait, il n'irait pas loin avant d'être rattrapé. En plus, il est blessé.

Aïna avait raison : quand ils ont rouvert la porte, les gardiens sont restés un instant interdits devant le bout de corde proprement roulé près de l'homme endormi, mais ils ont décidé finalement, après quelques palabres, de ne pas s'aventurer dans la cabane. Quant à nous, nous avons profité de son sommeil pour vider nos vessies à l'abri des regards, dans notre petit seau rempli de sciure.

À présent, la température dans la cabane flirte avec l'insoutenable. D'ordinaire, août n'est pourtant pas le mois le plus torride à Mada, mais nous bénéficions malheureusement de conditions climatiques exceptionnelles pour la saison. Pas de bol. Surtout que notre prison en plein soleil, tout en tôle et sans aucune aération, est une véritable cocotte-minute. Si avant je croyais avoir chaud, je me trompais. Maintenant, oui, j'ai chaud. Vraiment chaud. J'ai mijoté tout mon soûl, je suis à point. Avec une bonne sauce aigre-douce, je serais tout à fait comestible.

– Si on s'en tire, je remplis mon jacuzzi de glaçons et je passe une semaine sans en sortir, dis-je en me tamponnant le visage avec le bas de mon tee-shirt. Je bois, je mange, je dors, je baise, dans mon jacuzzi. Avec les bulles à fond.

– Ton père ferait une syncope s'il t'entendait parler, pouffe Aïna.

– J'emmerde mon géniteur, rétorqué-je avec une étrange sensation d'ivresse.

– Tu as bien raison, approuve gravement Aïna.

– Toi, t'es une vraie copine, ma Nana. Je te ferai construire un jacuzzi à côté du mien.

– C'est gentil.

– N'est-ce pas ?

– Valentine ?

– Hmm ?

– J'ai l'impression d'être pétée…

– Moi aussi. C'est la chaleur et la déshydratation. Nos cervelles sont en train de rissoler.

– OK.

– Bientôt, on hallucinera, comme les gens perdus dans le désert. D'abord, on discutera avec des petits garçons têtus qui voudront qu'on leur dessine des moutons.

– Je ne sais pas dessiner.
– Ensuite, on verra des oasis paradisiaques, avec des piscines de sangria, des poulets rôtis qui gambaderont dans l'herbe verte et de beaux hommes tout nus à notre service.
– Super.

Sur ce, sans plus réfléchir, je me lève et vais tambouriner à la porte, qui s'ouvre aussitôt sur trois gardes menaçants, machette au poing. Constatant, soulagés, que ce n'est que moi, et pas notre impressionnant colocataire, ils baissent les armes tout en me repoussant dédaigneusement du plat de la main. Je vacille un peu mais ne recule pas. Morte de trouille mais déterminée, je réclame à cor et à cri : à boire, à manger, une entrevue avec leur chef. Sous leurs yeux éberlués, je bafouille, je vocifère, j'ordonne, je trépigne ; je ne dois pas être bien loin de la crise d'hystérie. J'en serais certainement venue à exiger aussi une chambre climatisée avec le câble si Aïna ne m'avait pas tirée de là, avant qu'excédés ils ne me renvoient dans mon coin à coups de pied aux fesses.

Je doute que mon petit numéro les ait impressionnés, mais sûrement se sont-ils lassés de mes cris et tambourinements contre la porte. Ils ont en tout cas fini par nous apporter des seaux d'eau fraîche. Un délice, une véritable renaissance, qui valait bien que je me casse la voix et m'écorche les poings.

– Tu m'étonneras toujours, dit Aïna en aspergeant d'eau son visage crasseux avec un plaisir non dissimulé.
– Moi aussi. Je ne sais pas ce qui m'a pris, mais ça défoule.

– Tu aurais pu en profiter pour leur demander des nems et une salade de tomates. J'ai tellement faim que je pourrais manger un zébu avec les pattes et les cornes…

Dix minutes plus tard, elle est exaucée. Ou presque. Nos gardiens nous balancent une énorme gamelle de riz collant qui suffirait à engraisser un régiment de parachutistes, ou à colmater une brèche dans un mur en parpaings, tant il est compact. Qu'importe, nous nous ruons dessus, affamées. Aïna nous sert une portion dans le couvercle, qu'on se partage, et je pousse le reste vers le grand blond, du bout du pied. J'ai l'impression de nourrir un fauve. Il attrape la gamelle avec un demi-sourire ironique, comme s'il avait lu dans mes pensées et s'apprêtait à me demander où je planque mon fouet et mon cerceau enflammé. Nous mangeons en silence.

– Ils nous ont donné de l'eau et du riz pour deux jours, dit Aïna en terminant sa part. Je ne sais pas s'il faut s'en réjouir ou s'en inquiéter.

– Deux jours ? Tu plaisantes ? Notre coloc a fini la gamelle…

– Eh ben… ! s'exclame-t-elle, ébahie. Il vaut mieux l'avoir en photo qu'à sa table, celui-là ! Rappelle-moi de ne jamais l'inviter à dîner.

– Compte sur moi, réponds-je.

– En tout cas, même s'il mange comme quatre et qu'il parle vénusien, au moins il n'est pas chiant. Et puis il est agréable à regarder, ça nous occupe.

– Bof, dis-je avec un chouia de mauvaise foi…

– Comment ça, bof ? Tu déconnes ? C'est le plus beau mec que j'aie croisé depuis Michaël Cassavet en CM1 ! Et Michaël est devenu mannequin pour les parfums mâles de Jean Paul Gaultier…

– Bof, parce que je n'aime pas les blonds, ni les brutes, ni les cheveux longs.

– Mi-longs, corrige-t-elle. Juste ce qu'il faut pour donner envie de passer la main dedans. Moi j'aime, et ça lui va bien, cette drôle de coiffure, avec les tresses. Ça fait à la fois viril et mec qui prend soin de lui.

– Ça fait surtout Barbare…

– Si tu veux, mais il a une belle gueule d'ange déchu, continue-t-elle en le détaillant sans vergogne. Avec des yeux gris qui respirent le sex-appeal.

– Je préfère les bruns aux yeux verts, marmonné-je, un peu gênée de parler de lui alors qu'il nous regarde, même s'il ne comprend rien à notre discussion.

– Comme Milo ?

– Non. Oui. Enfin… Passons à autre chose, OK ?

– Juste quand ça devenait intéressant ! Tu n'es pas drôle. Moi, je te confie toujours tout, avec les détails, alors pourquoi tu ne veux jamais discuter de tes histoires de mecs ?

– Parce qu'il n'y a rien de passionnant à en dire.

– Je suis sûre du contraire ! Allez, raconte ! Je n'en peux plus d'être cloîtrée ici, à attendre ces maudits barons sans même savoir s'ils voudront bien négocier avec toi ou ton père. J'ai besoin de me changer les idées avec des histoires cochonnes. Tu as tous les hommes de Californie à tes pieds, tu as forcément plein d'anecdotes croustillantes.

– Rectification, précisé-je : la fille de Darren Cox, unique héritière d'un empire de plusieurs milliards de dollars, a tous les hommes de Californie à ses pieds. Je pourrais avoir du poil au menton, des verrues sur le nez et un QI de moule marinière qu'on me courtiserait pareil. Ce n'est pas avec moi qu'ils veulent coucher, mais avec le chiffre d'affaires de mon père.

– Tu es dure, et injuste. J'en connais qui te font les yeux doux et n'ont pas besoin de ton argent. Milo De Clare est amoureux de toi depuis votre première rencontre, et c'est juste l'un des dix célibataires les plus convoités de la côte est. Sans parler de ce richissime ingénieur de Manhattan beau comme une statue grecque qui s'immolerait par le feu pour un seul rendez-vous avec toi. Ou encore cet acteur super sexy aux abdos d'acier qui fait baver tout Hollywood, et qui t'a envoyé des fleurs pendant des semaines.

– C'est un mauvais coup.

– Qui ? Milo ?

– Non, Casey.

– Valentine Laine ! Tu t'es tapé Casey Dawson ? LE Casey Dawson que s'arrachent tous les réalisateurs ? L'acteur qui fait la couverture de tous les magazines depuis deux ans ? Le fantasme numéro un de toutes les filles pubères des États-Unis ? Tu as couché avec lui ?!

– Un peu.

– Comment ça : un peu ?!

– C'est arrivé une seule fois, et on ne m'y reprendra plus. Il m'a fait autant d'effet qu'un frottis, et c'était long, mais alors long ! Interminable ! Ce mec a une endurance incroyable. Un vrai marathonien du sexe. Mais d'un ennui mortel, aucune fantaisie, aucune sensualité, juste une mécanique bien huilée.

– Tu es impitoyable, pouffe Aïna.

– Non, non, je suis très charitable. La preuve : j'ai simulé un orgasme grandiose, dont il a été très fier. En vérité parce que je n'en pouvais plus, j'avais une envie de pipi insoutenable et je ne rêvais que d'une chose : qu'il en finisse enfin, que je puisse bondir du lit, m'enfermer aux toilettes et ne plus en sortir tant que je ne l'entendrais pas ronfler. J'aurais mérité un Oscar pour ma performance.

– Tu viens de flinguer un de mes plus beaux fantasmes, gémit Aïna, faussement atterrée, avec un sourire en coin. Je t'en supplie, si un jour tu couches avec Tom Hardy, surtout ne me raconte rien. Je ne veux pas savoir.

– Promis, réponds-je solennellement, comme si je passais mon temps à repousser les avances des acteurs les plus canons de la Galaxie.

Nous retombons dans le silence, chacune perdue dans ses pensées. Ma mère me manque. Je devais l'appeler hier ; sans nouvelles, elle doit se faire un sang d'encre. Je ne suis pas du genre à faire faux bond sans prévenir. Je l'imagine angoissée, sans personne vers qui se tourner : ses quelques amis sont restés en France et mon père est trop absorbé par son travail, par la direction de son cher groupe, pour s'apercevoir qu'elle va mal ou que j'ai disparu. Ma mère est fragile, et je m'inquiète souvent pour elle. Elle est formidable mais elle n'est pas taillée pour vivre dans ce monde de brutes : Florence Laine-Cox est un elfe, une fée, un esprit bienveillant et doux, qui n'a pour seules armes que sa gentillesse et son empathie.

Je me tourne vers le grand costaud, qui nous observe en silence à travers ses paupières mi-closes, toujours serein mais attentif, comme aux aguets. Il ne me paraît plus si mal en point malgré le sang qui macule son tee-shirt. Il semble attendre quelque chose. Mais quoi ? Et que fait-il ici ? Ses yeux couleur de brume accrochent les miens, quand Aïna me demande tout à trac, l'air inquiet :

– Tu as couché avec Tom Hardy ?

– Tu viens de me faire jurer de ne rien dire ! m'offusqué-je en plaisantant.

– Non, mais sérieusement, insiste-t-elle. Tu as couché avec *mon* Tommy ?

– Évidemment non. Tu me prends pour qui ? Je ne te ferais jamais ça. Mais je suis sûre que c'est un super coup et un mec génial.

Aïna me sourit et nous continuons à bavarder et délirer gentiment de tout, de rien, des trucs de filles, de gamines, même. On régresse, on se croirait revenues à nos 16 ans. Ça nous fait du bien, on pense à autre chose qu'à notre situation de plus en plus angoissante. On discute épilation et plans drague. On disserte sur la fellation, techniques et mésaventures diverses, les mecs qui ont bon goût, et puis les autres… Faut-il être amoureuse pour coucher ? Faut-il interdire la vente de capotes parfum vanille synthétique qui donnent l'impression de lécher un sapin désodorisant pour voiture ? Faut-il coucher le premier soir ? Et pourquoi pas ? Comment répondre diplomatiquement à un mec qui demande comment c'était (et qu'on s'est éclatée comme un rat mort devant une rediffusion de *Derrick*) ? Épilation intégrale : pour ou contre ? (Ouch !) Pourquoi la plupart des mecs sont-ils si mauvais en cunnilingus ? (On ne leur apprend donc rien à l'école ?) Coiffure : comment ne pas ressembler à une chèvre angora sous acide au réveil ? Tout est-il vraiment permis en amour comme à la guerre ? N'est-il pas totalement déloyal de porter une culotte gainante combinée à un Wonderbra ultra-rembourré ? Bref, des sujets de discussion qui nous permettent de nous détendre tout en laissant nos cerveaux au placard…

De temps en temps, je jette un œil à notre compagnon d'infortune, et je dois bien admettre qu'Aïna n'a pas complètement tort : il faudrait plus qu'un chouia de mauvaise foi pour prétendre que ce n'est pas un beau spécimen de jeune mâle impavide.

Manger lui a fait du bien ; même s'il fait mine d'être à moitié mort quand nos gardiens passent la tête dans l'entrebâillement, le reste du temps il paraît en forme, régénéré. Je m'attends à tout moment à le voir se lever, s'étirer, marcher vers la porte et dire dans sa drôle de langue : « Attention je sors ! », avant de tranquillement la défoncer et quitter le camp en aplatissant tous les gardes. Dommage que ça ne soit pas si simple.

La journée se traîne, interminable, mais la température baisse enfin. Les ombres gagnent de nouveau notre cabane. Je m'assoupis, la tête sur l'épaule d'Aïna qui ronfle doucement. Des machettes ensanglantées et des yeux gris hantent mon sommeil agité, et des monstres grondent jusqu'à faire exploser mon rêve. Ils grondent, grognent et rugissent de plus belle, juste à mon oreille, leurs vociférations m'emplissent le crâne. Je veux sortir de là !

Et soudain, je suis tout à fait réveillée. Aïna me secoue en criant, il fait nuit noire, un vacarme ahurissant monte du camp, vrombissements de moteurs, hurlements d'hommes. Chocs furieux de corps contre la tôle, comme un bélier humain. Notre cabane vibre. Nous nous accrochons l'une à l'autre, je ne comprends pas, je n'y vois rien !

Tout à coup, notre porte est ouverte, presque arrachée à ses gonds, et je distingue dans l'encadrement la silhouette bien reconnaissable de notre grand baraqué, lancé dans un violent corps-à-corps avec nos gardiens. Il y a des nez et des dents qui craquent, des pommettes éclatées, du sang qui gicle. Le bruit mat de la chair qu'on frappe, cogne, écrase, me soulève le cœur. Des lampes torches et des phares de voitures dansent dans la clairière. Des hommes cavalent partout, dans la confusion la plus totale. Personne ne semble comprendre mieux que moi ce qui se passe. Un pick-up tourne et vire sur lui-même devant nous en rugissant et klaxonnant, renversant les Malgaches qui tentent de l'encercler. Le *vazaha* à son volant nous interpelle en français, nous fait signe de courir, pour le rejoindre. Ça ressemble à une proposition d'évasion dans les règles.

– On se casse ! me crie Aïna, en me tirant vers l'extérieur.

Mais je suis tétanisée, paralysée par la panique, mes pieds pèsent des tonnes, mes jambes menacent de me lâcher. Impossible de bouger. Et puis soudain, des yeux gris à deux centimètres des miens, une poigne terrifiante qui m'attrape et me balance comme un vulgaire sac sur une épaule dure comme le roc, et me voilà bringuebalée contre mon gré à dos de Viking. Je reprends vie, je martèle ses reins de toutes mes forces, je bats furieusement des jambes, mais rien n'y fait. Il me maintient sans effort, d'une main sur mes cuisses nues, et de l'autre repousse tout ce qui se met sur sa route. J'ai le temps de penser, tout à fait hors de propos, qu'il a la main très douce, très chaude, puis je suis jetée sans ménagement dans le pick-up et j'atterris sur les genoux d'Aïna. Le chauffeur, un beau brun aux yeux de biche, se retourne vers nous avant d'être percuté par le colosse blond qui prend sa place au volant. Sur ce, mon inconscient décrète que j'en ai assez vu pour aujourd'hui et décide de baisser le rideau sans prévenir. Je suis *out*.

3
ROAD TRIP

Nils

Quand on a des fins de mois difficiles, il y a des jobs tellement bien payés qu'on ne peut pas les refuser, aussi pourris soient-ils. Exemple : se laisser volontairement tabasser pour infiltrer un réseau de trafiquants ayant kidnappé une petite princesse que vous avez juré de ramener à son papa.

Quand mon pote Charlie, ambassadeur, rejeton royal et mouton noir de la fine fleur de l'aristocratie française, m'a présenté le milliardaire Darren Cox, un type froid et raide comme un Kim cône à la pistache (la douceur en moins), j'ai compris que notre collaboration ne serait pas une partie de plaisir. Mais l'homme avait des arguments :

– Ma fille, Valentine, est retenue prisonnière à Madagascar par des trafiquants, a-t-il dit en me tendant une chemise cartonnée avec une jolie brune en couverture. Combien pour me la ramener vivante ?

– Trois cent mille, ai-je répondu après avoir feuilleté le dossier, qui me promettait quelques moments épiques et dangereux à souhait au moindre faux pas. Plus les frais.

La mâchoire de mon frère Samuel, qui m'accompagnait, a failli se déboîter. On pouvait presque entendre le bruit de caisse enregistreuse de son cerveau et voir les dollars danser dans ses pupilles. Il est resté planté comme un ahuri dévisageant Cox, qui a opiné :

– Quatre cent mille si elle est ici devant moi avant midi, vendredi 14 août, et si vous opérez en toute discrétion. Rien ne doit filtrer dans la presse, mon groupe n'a pas besoin de ce genre de publicité.

– Conclu.

Sam a émis un drôle de gloussement, comme s'il venait d'avaler sa langue.

– Mon avocat programmera deux virements : cent mille aujourd'hui, le reste à la livraison, a dit Cox comme si la transaction concernait une voiture ou un robot ménager. Charles s'est porté garant de vous. Il paraît que vous êtes le meilleur. Alors, ramenez-la. Et vite.

Puis il s'est cassé, sans une poignée de main, sans un mot, les yeux toujours secs. Le connard parfait. Mais le connard richissime, disposé à lâcher des sommes indécentes. Et aussi peu émotif semblait-il, Charlie m'a dit qu'il avait remué tout le pays pour trouver un gus de confiance susceptible de lui rendre sa fille. C'est qu'il doit y tenir un peu.

J'ai secoué Samuel, toujours abasourdi par le montant astronomique du salaire promis, et suivi l'avocat dans un bureau mitoyen du salon où nous avait reçus Cox, sol de marbre immaculé, appliques en cristal, corniches azur, et murs en enduit *veneziano* d'un blanc éclatant veiné de bleu pâle. Une heure plus tard, nous quittions la villa, idéalement située face à la plage de Santa Monica, et mon frère avait un nouveau compte en banque dans un pays très respectueux des secrets bancaires (les gens riches peuvent faire des miracles en un temps record) crédité de cent mille dollars.

– Ça correspond à ce que tu m'aurais taxé ou emprunté tôt ou tard, ai-je répondu quand Samuel m'a demandé le pourquoi de tant de générosité. Je préfère prendre les devants et me donner l'illusion que je maîtrise la situation.

– Pour ce tarif-là, je t'accompagne à Mada, a-t-il dit joyeusement. Tu auras besoin d'un chauffeur compétent, sans peur et sans reproche, et heureusement pour toi, ton Sam préféré est là.

J'ai gardé pour moi ce que m'inspirait la cohabitation de « Sam » et « sans reproche » dans la même phrase, et, à court d'arguments valables pour décliner sa proposition, je l'ai embarqué avec moi. Comme toujours. Samuel peut être d'une pénibilité abyssale et une source intarissable d'emmerdes, mais c'est mon petit frère et je n'en ai pas d'autres.

Voilà comment on se retrouve par une belle nuit d'août, avec une troupe de Malgaches fous furieux aux trousses. Pied au plancher, je maintiens le pick-up à la vitesse maximale que m'autorise la piste défoncée pour mettre le plus de kilomètres possible entre nos poursuivants et nous. Samuel, armé de son plus beau sourire, tente de rassurer les deux filles blotties sur la banquette arrière, mais l'une est encore à moitié dans les vapes, et l'autre l'agonit d'injures. Ça promet pour la suite.

– T'étais obligé de nous la jouer à la *Mad Max,* ton arrivée au camp ? demandé-je à Sam.

– Avoue que ça avait de la gueule, se marre-t-il.

– L'idée c'était de nous sortir du merdier sans trop de casse, pas d'ameuter tout le pays avec des figures de style pour impressionner les donzelles.

– Ne me remercie pas d'avoir sauvé ton cul, surtout, répond-il avec sa bonne humeur coutumière.

– T'as rien sauvé du tout, tu t'es contenté de suivre mon plan.

– Si j'ai suivi le plan, je ne vois vraiment pas ce que tu me reproches, contre-t-il avec une logique imparable.

– Tu as toujours réponse à tout, dis-je en malmenant le boîtier de vitesses récalcitrant qui crisse atrocement. Tu aurais dû être avocat au lieu d'escroc.

– Il y a une différence ?

– Si tu avais fait ton droit, je n'aurais pas besoin de venir te tirer du pétrin chaque fois que tu arnaques un caïd plus malin que toi. Vous régleriez ça à la barre du tribunal plutôt qu'à la barre à mine…

– Pas de ma faute si je tombe toujours en désaccord avec des brutes épaisses totalement réfractaires à la négociation.

– Quand on est gaulé comme une huître anémique, on ne va pas provoquer des types taillés comme des menhirs.

Un violent cahot le projette contre la vitre, coupant court à la discussion. L'assommer est le seul moyen connu pour le faire taire. Il est pénible, mais pas assez têtu pour relancer un débat stérile après un méchant coup sur le crâne.

– Ça va derrière ? demande-t-il, bonhomme, alors que je rétablis la trajectoire du pick-up.

– Si l'idée est de nous achever, continuez comme ça, c'est en bonne voie ! raille la fille aux tresses.

– Et votre copine, la princesse au bois dormant, elle va ronfler encore longtemps ?

– Je ne ronfle pas, grommelle l'intéressée en se redressant.

– OK, alors on va profiter que tout le monde soit réveillé pour faire les présentations, continue Sam sans se démonter. Vous, vous devez être Valentine, et la râleuse doit être Aïna. J'ai bon ?

– Comment savez-vous ça ? Et je croyais qu'il ne parlait que le vénusien, votre copain, là. Mais vous êtes qui, bon sang ?

– Je m'appelle Samuel Torres et le bourrin qui rudoie ce malheureux pick-up est mon frère, Nils Eriksen. J'ignorais qu'il parlait vénusien ; en revanche, à ses heures, il lui arrive de baragouiner en norvégien, ce qui a le don de m'agacer parce que je n'ai jamais réussi à comprendre un traître mot de cette langue barbare. Nous sommes embauchés par le sieur Darren Cox pour lui ramener sa progéniture chérie, enlevée par des méchants trafiquants sous les yeux du jeune Lanto Ravalomachintruc, un courageux gamin qui a aussitôt prévenu son grand-père qui a prévenu son oncle qui a prévenu je-ne-sais-qui qui a prévenu votre hôtel qui a prévenu Cox. Je résume et j'interprète un peu, mais c'est presque ça. Il n'y avait pas de bonus pour la copine mais on a décidé de vous sauver toutes les deux, parce qu'on est des bons gars.

Dans le rétro, j'aperçois la moue sceptique des deux filles qui nous observent et nous comparent :

– Frères ? s'étonne la petite Malgache en regardant Samuel. Avec vos cheveux noirs, votre peau mate et votre look de mannequin pour Saint Laurent, vous auriez les mêmes gènes que… que…

– Que le beau Viking avec une gueule d'ange déchu et des yeux gris qui respirent le sex-appeal ? dis-je, amusé, en reprenant ses propres termes.

– Vous, je vous préférais quand vous ne parliez pas, répond-elle, gênée.

– Nils fait souvent cet effet-là aux gens, rigole Sam.

– Vous vous ressemblez comme chien et chat, vous ne parlez pas la même langue et vous n'avez pas le même nom, récapitule la jolie brune. Vous nous prenez pour des poires ?

– C'est une longue histoire, soupire mon frère.

– Qu'il vous racontera un jour où personne n'essaiera de nous descendre, dis-je en avisant des phares se rapprochant dans mon rétro. Couchez-vous et accrochez-vous, les filles !

Samuel obéit au quart de tour et plonge sur mes genoux, la tête dans ses mains. J'écrase l'accélérateur et pousse le pick-up à fond.

– Pas toi, Sam, merde ! Tu me gênes ! Dégage ! crié-je les mains crispées sur le volant qui braque follement à chaque nid-de-poule, chaque pierre que nous abordons de plein fouet.
– Désolé, réflexe ! s'excuse-t-il, piteux, en reprenant sa place pour se cramponner à sa portière.

Les phares apparus derrière nous annoncent au moins deux véhicules lancés à pleine vitesse sur la piste cahoteuse. Ils gagnent du terrain rapidement, impossible de les distancer. Il va falloir compter sur notre bonne étoile pour les semer. Notre pick-up proteste quand je l'engage sans ménagement sur une piste transverse, encore plus défoncée que la première.

– Rassure-moi, Samuel : tu as bien cassé les feux arrière de notre bagnole, comme je te l'avais demandé ? Et crevé les pneus des 4x4 du camp ?
– Nos feux oui, leurs pneus non, résume-t-il en s'agrippant de plus belle à son siège. Enfin, pas tous.
– Et pourquoi ça, putain ?!
– Parce que tu m'as aussi ordonné d'aller récupérer les films et les photos, et que je n'avais pas le temps de tout faire.
– Vous avez mes photos ?! s'exclame Aïna, radieuse, en surgissant entre nous deux comme un diable à ressort, alors que des coups de feu commencent à résonner autour de nous. Oh, Samuel, c'est génial ! C'est…

– COUCHÉ ! BORDEL ! rugis-je, un quart de seconde avant qu'une balle n'explose notre pare-brise arrière.

Vacarme assourdissant, cris, confusion, le pick-up fait une violente embardée qui nous envoie tous valdinguer, et j'ai toutes les peines du monde à rester sur la piste. Je profite néanmoins d'une trouée dans la forêt pour nous y engager, en braquant brusquement, espérant qu'avec nos feux cassés nos poursuivants ne remarqueront pas que nous filons hors piste. Le chemin est un ancien sentier de débardage désaffecté, étroit mais encore praticable pourvu qu'on ne s'inquiète pas de laisser son bloc de transmission sur le carreau.

– Tout le monde va bien ? demandé-je en surveillant l'apparition de phares dans mon rétro, tandis que le pick-up cahote et grince et bruisse du cliquettement de verre brisé.

– Nickel, répond Samuel en s'extirpant de sous le tableau de bord, époussetant sa chemise bleu ciel. Et vous, les filles ?

– Suis OK, bougonne Aïna.

– J'ai tous les os dans le désordre, mais je vais bien, ajoute Valentine.

– Parfait, conclut Sam. Si ce voyage continue à être aussi monotone, je vais devoir sortir mon jeu de Trivial Pursuit pour passer le temps…

Sa repartie stupide a le mérite de nous faire sourire, avant que Valentine n'ouvre les hostilités en me jetant, avec une désinvolture masquant à peine son envie de m'arracher les yeux :

– Ça tombe bien que vous ayez si vite appris notre langue, monsieur Eriksen. Parce que j'ai une multitude de questions à vous poser, à commencer par : que faites-vous là ?

– Je vous sauve la vie, réponds-je, en m'apprêtant à encaisser une flopée de reproches pour avoir joué l'idiot de service incapable de comprendre trois mots d'anglais.

Et je ne me trompe pas. La brunette digère mal d'avoir déballé devant témoin ses turpitudes sexuelles et amoureuses, dévoilé ses fantasmes, exposé ses faiblesses, ses doutes, ses défauts, ses peurs… Bref, elle a jeté sa pudeur aux oubliettes, sous mes yeux, et n'est pas près de me pardonner. Samuel a beau expliquer que, surveillés comme on l'était, il était plus sûr que les trafiquants me croient incapable de communiquer avec elles, sinon autant se promener avec une pancarte autour du cou proclamant : « Coucou ! C'est pour une évasion ! », elle ne veut rien savoir.

– Ça vous aurait foulé la langue de nous mettre dans la confidence ? m'engueule-t-elle.

– Je me suis donné du mal pour qu'ils me prennent pour un simple touriste ayant le vin mauvais, je n'allais pas me griller juste pour vous faire plaisir.

– Vous connaissez le concept du chuchotement ? Vous savez, ce truc discret qu'on fait avec ses lèvres et qui permet de n'être entendu que par une personne très, très proche ?

– Vous m'auriez laissé vous approcher ? Alors que je ne pouvais pas bouger un orteil sans que vous fassiez un bond au plafond ? Et que vous m'avez laissé me démerder pour me détacher les mains… ?

– La faute à qui ? Si vous aviez l'allure d'un être humain civilisé, nous n'aurions pas craint de nous faire égorger dans notre sommeil ! Vous n'aviez qu'à nous envoyer votre frère !
– Wow, wow, wow ! Vous m'avez bien regardé ? proteste Sam occupé à frotter une tache sur sa chemise. J'ai pas la carrure pour défoncer des portes et assommer des types à tour de bras. Et puis, je déteste la violence.

Valentine l'ignore superbement pour me foudroyer du regard. Sauver des princesses en détresse n'est pas si gratifiant qu'on pourrait le croire… Je me concentre sur ma conduite, tout en me laissant soûler de remontrances par mes deux passagères. Elles se lasseront avant moi…

Ou pas.

– OK, soupiré-je à bout de patience après une demi-heure de reproches divers. Je vous ai bien entendues, je suis désolé, toutes mes excuses, on fait la paix, et maintenant vous la fermez ou je vous ramène dans votre cabane et je signe un chèque à vos geôliers pour qu'ils vous renferment à double tour et qu'ils jettent la clef.

Silence de mort sur la banquette arrière, après quelques ultimes grommellements de protestation. Parfait. On va pouvoir de nouveau s'entendre penser.

Samuel vérifie notre position sur le tracé GPS, et je suis soulagé de constater que notre pseudo-sentier continue à s'orienter vers le sud-ouest. Nos poursuivants, quant à eux, semblent avoir perdu notre trace ; bonne nouvelle. À la demande pressante de Sam, je nous accorde une courte pause. À son teint livide et sa mine crispée, je devine que ses intestins lui jouent des tours. Voilà ce que c'est de jouer les cowboys et de boire n'importe quoi dans un pays où seule l'eau minérale en bouteille est potable. Je lui file discrètement quelques comprimés antidiarrhéiques ; pas la peine de lui foutre la honte devant les nanas qui, elles, tiennent parfaitement le coup. De vraies guerrières. Puis j'écris un texto à Cox pour le prévenir que j'ai sa fille, que tout est OK, mais qu'il n'y a pas assez de réseau pour téléphoner. Valentine m'emprunte mon iPhone pour envoyer des bisous avec des petits cœurs à sa maman ; tout en tapotant, elle me fusille du regard comme si elle me mettait au défi de me moquer d'elle, mais je ne vois pas pourquoi je ferais ça.

Nous reprenons la route. Samuel en a profité pour extirper deux paquets de gâteaux de la benne du pick-up, qu'il distribue à la ronde. C'est pour ce genre d'initiatives que je l'aime.

Au bout de trois heures de conduite éprouvante, de nuit, à travers bois, sur un terrain défoncé, j'en ai ma claque. Pas dormi depuis deux jours, tabassé, affamé, ça va bien deux minutes. Mes passagers ne sont pas beaucoup plus vaillants que moi : Sam et Aïna, après avoir discuté à bâtons rompus, se sont assoupis. Valentine, murée dans le silence, résiste au sommeil et m'observe en coin comme si j'étais un chien enragé qu'il faut garder à l'œil. Elle est sale et hirsute, elle a les traits tirés, mais elle est quand même pas mal. Pas mal du tout. C'est une petite brune tout en nerfs, mince comme une liane, avec des yeux très noirs, une coupe courte à la garçonne. Un foutu caractère aussi, apparemment. Mais vu les circonstances, on ne peut pas lui en vouloir. Pas facile de passer de l'or et la soie à la crasse et au sang. Malgré ses airs de princesse, elle encaisse bien, elle ne chouine pas, ne fait pas de caprices, bref, elle n'emmerde pas trop son monde. Et puis, elle a du cran ; il en fallait pour défier comme ça nos trois gardiens pour un peu d'eau alors qu'elle était visiblement terrorisée. Elle a une coupure dans le cou, suite à l'explosion du pare-brise. Sam lui a donné une lingette désinfectante qu'elle maintient appuyée sur la blessure.

– Ça va, princesse ? demandé-je.
– Vous savez ce qu'elle vous dit, la princesse ?

OK… Elle ne doit pas encore avoir digéré que j'en connaisse autant sur ses préférences sexuelles et sa maladresse déclarée avec les capotes. Je peux comprendre. Même si je plains le pauvre gars qui en a fait les frais… J'ai eu un mal de chien à refréner un sourire quand elle a raconté ça.

Nous roulons encore dix minutes en silence, jusqu'à notre arrivée dans une clairière. Je décrète alors qu'il est temps de se poser pour la nuit. Je vide la benne du pick-up et le débâche, vaguement aidé par un Samuel endormi qui fonctionne en mode somnambule. Bidons et bouteilles d'eau, couvertures, bouffe, fringues. On a prévu large, de quoi tenir une semaine.

Les filles s'offrent une toilette rapide pendant que je nous prépare à manger. À la fin du repas, elles protestent en me traitant de macho quand je leur annonce qu'elles sont de corvée de vaisselle et de rangement, mais je ne suis pas d'humeur à discuter :

– Je ne suis pas votre majordome. J'ai conduit trois plombes et fait la bouffe, alors soit vous faites votre part, soit vous continuez à pied. Et ne lésinez pas sur l'huile de coude, le fond de la gamelle a accroché.

Elles maugréent abondamment, j'entends fuser deux ou trois épithètes peu flatteuses, genre « Néandertal », mais elles s'y collent, aidées d'un Sam à peine plus réveillé mais soucieux d'entretenir des rapports cordiaux avec toutes les parties.

Je m'éloigne pour me laver ; me débarrasser de mes fringues sales, du sang et de la crasse me fait un bien fou. Ma tête me lance encore, là où un type s'est acharné à coups de pelle, mais ça ne saigne plus. Le reste n'est que des plaies superficielles. Quand je rejoins notre camp de fortune, Valentine me jette un regard étrange :

– Quoi ?
– Je… Tu… Vous n'étiez pas blessé au flanc ? bafouille-t-elle.

Je baisse les yeux pour m'inspecter, au cas (improbable) où une blessure m'aurait échappé, mais à part mon entaille au crâne et quelques bleus, bien marqués sur la peau claire de mon torse, rien à signaler.

– Vous aviez de… du sang sur votre tee-shirt, continue-t-elle, ses yeux s'égarant sans cesse vers mon ventre, ce qui n'est pas sans provoquer quelques remous sous ma ceinture.

– Ah… Ce n'était pas mon sang. Mais c'est mignon de vous inquiéter pour moi, dis-je, amusé de la voir rougir.

Sans un mot de plus, elle me tourne le dos et s'en va fourrager dans la cabine du pick-up.

– Sois gentil, Nils, soupire Sam apparu à mes côtés. Mets un tee-shirt. C'est de la concurrence déloyale, sinon. Comment veux-tu que j'emballe une fille si tu te promènes à moitié à poil ?

– Oublie-la. T'es pas là pour draguer.

– Et depuis quand tu t'intéresses à ce que je drague, toi ?

– Allez, bouge, Calimero, au lieu de geindre, faut qu'on s'installe pour la nuit.

– N'empêche, insiste-t-il. Une nana comme ça, aussi riche, ce serait vraiment le ticket gagnant. Non, mais tu as vu la propriété de son père ? La villa du *Prince de Bel-Air*, à côté, c'est une cabane de jardin. Je n'aurais plus jamais besoin de travailler…

– Tu n'as jamais bossé de ta vie…

– D'accord : plus jamais besoin d'escroquer qui que ce soit…

– Même milliardaire, tu continuerais à plumer les gens, Samuel. C'est dans ta nature. Les arnaques et les emmerdes, c'est toute ta vie. Et crois-moi, tu n'aurais pas envie d'avoir

Darren Cox pour beau-père. Allez, on va se coucher.

J'arrange mes couvertures dans la benne du pick-up et glisse mon flingue sous le sac qui me sert d'oreiller, tandis que Sam se roule en boule sur les sièges avant.

– Pas question que je dorme à la belle étoile, au risque de me faire boulotter par un ours, explique-t-il quand je lui demande pourquoi il ne vient pas à l'arrière avec moi.
– Il n'y a pas d'ours à Madagascar…
– On n'est jamais trop prudent. Et puis dormir sans rien au-dessus de la tête, ça me fait flipper.
– Moi aussi, renchérit Aïna en grimpant dans le pick-up. Je prends la banquette arrière.
– OK, sympa… dit Valentine. Et moi ?
– Vous prenez le risque de dormir à côté de moi, dis-je en m'enroulant dans mes couvertures. Ou vous pouvez vous glisser sous le pick-up. Si vous ne craignez pas les serpents, les araignées et les scolopendres géants…

Après cinq bonnes minutes de tergiversation, durant lesquelles les deux autres se sont déjà endormis, elle se hisse à mes côtés :

– Il ne faudrait pas oublier que c'est moi la marchandise précieuse dans cette histoire, grommelle-t-elle. Et que si vous me ramenez endommagée à mon père, vous pouvez dire adieu à votre prime. Il n'est pas du genre à payer pour un produit défectueux.
– OK, OK, on n'oublie pas.

– Tant mieux.

– Bonne nuit, princesse.

– …

4
LE DOSSIER VALENTINE

Valentine

Quand j'ouvre un œil le lendemain matin, le jour se lève à peine, mais Nils n'est déjà plus là. Ce n'est pas plus mal ; rien que le voir torse nu hier soir m'a fait perdre tous mes moyens... Ses couvertures sont pliées et je l'entends parler au téléphone, à propos d'hélico et de rendez-vous en forêt. La communication semble très mauvaise, il détache ses mots et répète tout plusieurs fois avant de conclure en disant qu'il envoie les coordonnées par texto. Il a une belle voix, grave et basse, agréable.

Hier, j'ai sombré dans un sommeil de plomb à peine allongée à côté de lui et j'ai dormi comme une bûche. Je me redresse pour regarder dans le pick-up par le pare-brise explosé, et je constate que Samuel et Aïna dorment encore. Du bout des doigts, j'effleure ma gorge : la coupure, superficielle, est déjà refermée. Par contre, je me suis foulé le poignet, je ne sais pas trop quand ni comment, et, s'il était légèrement douloureux hier, il est devenu très douloureux aujourd'hui. Enflé, chaud, un peu rouge. N'ayant trouvé aucune éraflure ou plaie suspecte, j'en déduis que je n'en mourrai pas. Mais quand même, ça pique.

Une goutte d'eau grosse comme une bille me tombe sur le nez, rapidement suivie de nombreuses autres. Je me lève en trombe, empêtrée dans mes couvertures, pour regagner ma place dans le pick-up et enfiler un pantalon de toile me protégeant des moustiques. Nils remet en vitesse la bâche sur la benne, sans que Samuel ou qui que ce soit songe seulement à l'aider. Nous sommes tous encore groggy, à moitié endormis et complètement courbatus, à part lui. C'en est presque agaçant de le voir si frais alors qu'on est réduits à l'état de loques ; finalement, c'est jouissif de le regarder s'activer sous une averse torrentielle. OK, ce n'est pas charitable… mais jouissif, je vous dis. Je ne suis pas près de lui pardonner d'avoir écouté mes confidences à Aïna, et toute revanche est bonne à prendre. Oui, c'est mesquin, mais j'assume.

Je m'attends à l'entendre râler et brailler pour qu'on vienne l'aider mais il se contente de charger notre équipement sans paraître incommodé par la pluie. Néanmoins, il ordonne à Samuel de descendre et verrouiller le rideau métallique de la cabine, qui remplacera efficacement notre pare-brise explosé par une balle. Samuel nous escalade pour exécuter la manœuvre de l'intérieur et se prend une gentille gifle par Aïna quand il pose « malencontreusement » une main sur ses seins.

Puis Nils s'installe derrière le volant, s'ébroue en nous aspergeant tous sans qu'on ose protester, retire son tee-shirt trempé (ce qui me redonne un aperçu troublant de ses larges épaules ornées de tatouages magnifiques), l'essore par la fenêtre et le balance à Samuel qui s'empresse de lui en tendre un sec.

– Merci pour le coup de main, bande de mauviettes, dit-il enfin avec un demi-sourire. Je ne sais pas ce que je deviendrais sans vous.

Piteux, nous nous excusons tous ensemble avec des justifications vaseuses dans un brouhaha plutôt comique, puis il démarre et nous reprenons notre épopée. Aïna, appuyée au dossier de Samuel, discute avec lui du trafic de bois de rose et lui explique patiemment que non, un *vazaha* n'est pas une biscotte suédoise mais un Blanc, un étranger, en malgache. Ils sont passés au tutoiement et s'entendent bien, ces deux-là, ça fait plaisir à voir. Parfois, j'envie à Aïna cette facilité à créer des liens. Moi, je mets un temps fou à me sentir à l'aise avec quelqu'un. Je ne suis pas timide, loin de là, mais je suis plus douée pour nouer des relations professionnelles, conclure des marchés, négocier des contrats, que pour me faire des amis.

Je perds le fil de leur discussion, absorbée par mes propres pensées, les yeux rivés aux mains de Nils sur le volant. De grandes et belles mains carrées, solides, aux phalanges écorchées par les coups. Des mains puissantes, qui savent cogner… Ces mains savent-elles aussi bien caresser ? Protéger ? Se faire douces et rassurantes ? Excitantes… ?

Je déteste les grosses brutes, c'est viscéral ; j'en ai peur, et Nils ne fait pas exception. Les explosions de violence me terrorisent, et le voir fracasser des têtes, briser des côtes, des bras, et que sais-je encore, pendant notre évasion, m'a filé la nausée. Même les films de karaté me rendent malade ; je pourrais faire des cauchemars rien qu'avec une retransmission de catch à la télé. Moi, j'aime les intellectuels, les hommes raffinés et débonnaires, à la silhouette élancée, comme Samuel. Des hommes qui ne me donnent pas l'impression de pouvoir m'écraser d'une main en se resservant une bière de l'autre. Pourtant Aïna a raison : Nils est beau. Mais alors, vraiment beau, dans le genre beauté nordique et glacée. Et, malgré moi, j'ai du mal à m'empêcher de le regarder…

Au bout d'une demi-heure à avancer cahin-caha, nous émergeons de la forêt et débouchons sur une piste, une vraie, bien plus praticable que notre sentier sauvage.

– On est où, là ? demandé-je, soudain consciente de me laisser promener depuis hier sans rien savoir de notre itinéraire.

– Il est temps de s'en inquiéter, princesse, se moque Nils. On roule vers le sud, on vient de rejoindre la piste qui relie Mandritsara à Moramanga.

– Et ensuite ? On va où ?

– On longe le lac Alaotra, puis, au bout d'environ soixante-dix kilomètres, on bifurque vers l'est, dans la forêt. On la traverse, on dort au milieu, et de l'autre côté nous attendra un hélico.

– J'espère que vous savez ce que vous faites, dit Aïna, maussade. Parce que dans ce coin-là, il n'y a pas de piste vers l'est…

– Pas d'inquiétude, la rassure Samuel en s'enfonçant confortablement dans son siège pour piquer un somme. Nils a beaucoup de défauts, mais quand il s'agit de traquer ou semer quelqu'un, il est imbattable. Et la survie en milieu hostile, ça le connaît. S'il dit que ça passe, c'est que ça passe.

Et, sans autre forme de procès, il s'endort. En cela au moins, il est pareil à Nils : du genre à tomber dans les bras de Morphée sur commande, quelles que soient les circonstances.

Vers dix heures, la pluie a cessé et nous parvenons sans encombre au lac Alaotra. Nils, qui vient de conduire quatre heures non-stop, se gare dans un sentier de traverse au milieu des roseaux, s'étire de tout son long et décrète une pause jusqu'à midi. Aïna bondit du pick-up et m'entraîne avec elle :

– *Hapalemur alaotrensis*, nous voilà ! s'écrit-elle, joyeuse, en brandissant un iPhone et filant dans une zone marécageuse à travers les roseaux.

– Tu m'expliques ? demandé-je en essayant de la suivre sans m'étaler dans la boue.

– C'est un lémurien endémique de ce lac, on ne le trouve qu'ici. Il est en danger critique d'extinction. Je n'en ai encore jamais vu, et Samuel me prête son iPhone pour que je puisse le photographier. C'est pas fabuleux ?

– Extraordinaire, marmonné-je en extirpant ma chaussure d'un trou de vase qui pue le rat mort. Il y a des jours où je regrette presque les réunions interminables avec les crétins du conseil d'administration.

– Qu'est-ce que tu dis ? me demande-t-elle distraitement.

– Je dis : c'est merveilleux, j'ai hâte de rencontrer ces charmantes bestioles.

– J'espère qu'on aura cette chance ; ils sont plus actifs à l'aube et au crépuscule.

De fait, il semblerait que les dieux soient avec nous puisque nous avons tout loisir d'observer une famille de cinq individus avec papa, maman et leurs rejetons. Et je dois bien avouer qu'avec leur museau pointu, leurs petites oreilles rondes, leurs yeux toujours étonnés et leur pelage laineux, ils sont super mignons. Aïna, qui tient difficilement en place tant elle est excitée, les photographie dans leurs activités quotidiennes et filme leurs déplacements d'un roseau à l'autre. Nous sommes tellement absorbées par le spectacle qu'on ne voit pas le temps passer. À 11 h 55, un texto de Nils nous ramène à la réalité :

[Départ dans 5 minutes. On s'active !]

– Merde ! chuchoté-je pour ne pas effrayer les lémuriens. Dépêchons-nous si on ne veut pas se faire botter les fesses.

Mais Aïna, rivée à son carnet de notes, focalisée sur ses précieux hapalémachins, ne bouge pas d'un *iota*. Elle parvient même à me convaincre, j'ignore encore comment, de rejoindre Nils et de négocier avec lui pour rester sur place jusqu'à quatorze heures. Je m'attends à devoir batailler et à assister à une démonstration d'autorité, comme avec n'importe quel mâle plein de testostérone dont on perturbe l'organisation, mais pas du tout. Nils se contente de répondre, placide :

– OK, princesse. C'est sa peau, après tout. Du moment que je vous ramène assez vivante pour être payé, ça me va.

– Trop aimable, gentleman, grincé-je.

– Mais je ne veux pas nous engager dans la forêt de nuit, alors à quatorze heures pétantes je lève le camp, qu'elle soit là ou pas. Et vous venez avec moi.

– Compris mon capitaine, grommelé-je, pas ravie de recevoir des ordres.

– Parfait. Rompez, soldat. Et profitez-en pour faire un brin de toilette, ajoute-t-il en fronçant le nez. Une moufette a un parfum plus subtil que le vôtre…

Trop sidérée pour trouver une repartie spirituelle, je me contente de l'injurier vertement, tandis qu'il s'éloigne tranquillement vers le lac, par un sentier sablonneux, une serviette de bain sur l'épaule. Tout en pestant et maudissant tous ses ancêtres vikings, les flaques de vase pestilentielles, les lémuriens, les bois précieux, les trafiquants, les hommes en général et celui-là en particulier, je fouille dans la benne du pick-up à la recherche de savon, parce que oui, c'est vrai, je pue comme pas permis.

Puis j'emprunte à mon tour le sentier de sable, en direction du lac. Je dois marcher une dizaine de minutes avant de trouver l'endroit idéal pour me baigner, une petite retenue d'eau profonde et claire aux berges stables, alimentée par un ruisseau traversant une rizière. J'ignore vers où Nils a filé, mais en tout cas je n'aperçois personne à dix lieues à la ronde. Parfait. Je commence par laver mes chaussures, sans lésiner sur le savon, puis je barbote une bonne demi-heure dans l'eau fraîche, profitant au maximum de ce premier bain depuis des jours. C'est divin. Meilleur que le plus sophistiqué des jacuzzis. Et ça fait un bien fou à mon poignet douloureux.

Puis je m'installe sur un large rocher plat chauffé par le soleil. J'admire le paysage, les rizières, les roseaux à perte de vue, les montagnes au loin, leurs flancs vert et rouge… un décor superbe, à couper le souffle. Madagascar, terre des rêves, dans toute sa splendeur. Pour la première fois depuis des jours, je me sens apaisée, malgré le danger qui nous menace encore. Aussi exaspérant soit-il, je suis persuadée que Nils nous ramènera à bon port. Mon père n'aurait pas envoyé n'importe qui, il lui faut toujours le meilleur, et jusqu'à présent Nils a prouvé qu'on pouvait s'en remettre à lui. Il est à la fois calme et réactif, réfléchi, terriblement efficace. Et très beau, même si ça n'entre pas en compte pour ce qu'on lui demande de faire.

J'ai hâte de retrouver ma mère, de rentrer chez nous, même si cela signifie également devoir supporter les sempiternelles luttes avec Darren. Lui et moi sommes incapables de cohabiter sans nous affronter, nous mesurer. Parfois, je crains que ce ne soit parce qu'on se ressemble trop ; je déteste l'idée d'être un clone de mon père, cet homme psychorigide et froid pour qui seul compte son travail, son empire, son précieux groupe. De plus, la perspective de me replonger dans le monde impitoyable des affaires ne m'enchante pas. Pourtant, je suis bonne à ces jeux de stratégie et de pouvoir. Excellente, même. J'ai de qui tenir : après tout, je suis la digne fille de Darren Cox, une référence dans ce domaine. Pour autant, je crois que je n'aime pas beaucoup cette Valentine-là, celle qui écrase ses adversaires et y prend du plaisir. Je préfère celle qui met les pieds dans la vase pour observer des petites bestioles poilues rigolotes avec sa meilleure copine. Mais je ne suis pas certaine de savoir laquelle est l'authentique.

Un bruit d'eau me tire de mes réflexions. Un gros plouf qui m'évoque un crocodile se jetant sur sa proie. Je dégringole de mon rocher avant de me raviser pour y regrimper *fissa* et me mettre hors de portée d'un éventuel prédateur plein de griffes et de crocs. Ces bêtes-là, je les préfère en brochettes ou en bracelet-montre. Voire en escarpins. Mais pas en compagnons de baignade.

Dissimulée derrière mes roseaux, je pousse un soupir de soulagement en réalisant qu'il ne s'agit que d'un homme en train de se baigner. À la stature, repérable entre toutes, et aux splendides tatouages tribaux qui dansent sur ses épaules, je reconnais Nils. Pendant un long moment, il plonge, nage, pirouette et s'ébroue avec un plaisir évident qui me fait sourire. On dirait un sale gosse. Hmm… Un sale gosse avec un corps de mâle à donner le vertige, constaté-je quand il sort de l'eau, tout à fait nu. Je m'aplatis sur mon rocher, peu désireuse de me faire surprendre et de passer pour une voyeuse. Déjà que je ne me reconnais pas, à mater sans arrêt un type qui m'exaspère au plus haut point. Manquerait plus qu'il pense que je craque pour lui.

Je finis par m'allonger sur le dos pour contempler le ciel, les nuages, les oiseaux, tout ça... tout en massant mon poignet douloureux. Trois minutes plus tard, Nils, malheureusement rhabillé, en tee-shirt et pantalon de brousse, est planté près de mon rocher. Très, très près de mon rocher...

– Tout va bien, princesse ?
– Nickel. J'ai même réussi à me débarrasser de mon arôme de putois écrasé.
– Heureusement, sinon je vous aurais laissée courir derrière la voiture, répond-il, moqueur.
– M'étonne pas.
– Vous êtes blessée ?

Troublée par sa proximité, je mets un moment à comprendre qu'il parle de mon poignet, que je masse toujours convulsivement.

– Rien de méchant. Une foulure, ou je ne sais quoi.
– Montrez-moi, dit-il en tendant la main.

Comme j'hésite, surprise de cette sollicitude, et encore pas rassurée en sa présence, trop brute, trop intense, il m'effleure le bras du bout des doigts, et sa caresse, légère, glisse vers mon poignet. S'il avait insisté, pris ma main, ou m'avait regardée dans les yeux, comme font les hommes quand ils veulent vous séduire, vous capturer, j'aurais reculé. Peut-être même crié. Mais son regard n'exige rien, il est baissé et suit ses doigts, qui me touchent à peine. Je lui confie mon poignet, le cœur battant la chamade, comme si c'était mon premier flirt, alors qu'en vérité sa manœuvre ressemble plus à un geste d'apaisement qu'à une technique de séduction. Il n'est pas en train de me draguer, mais de m'apprivoiser… Et je ne sais vraiment pas comment le prendre.

– Ce n'est rien, déclare-t-il finalement en me rendant mon poignet après quelques manipulations précautionneuses et un léger massage qui a électrisé tous mes sens. Un peu de pommade, et dans trois jours il n'y paraîtra plus. On a ce qu'il faut dans le pick-up.

– OK, dis-je pas trop sûre de ce que je ressens : soulagement, déception, frustration ?

– Allez, venez, il commence à être tard, on doit reprendre la route.

Tandis que nous avançons côte à côte sur le sentier, je lui demande :

– Au fait, comment nous avez-vous retrouvées ?

– Votre père m'a donné un dossier sur vous, assez complet, avec des photos, des infos. Votre piste n'a pas été compliquée à remonter à partir du village du gamin qui vous a vues vous faire enlever.

– Un dossier ? m'étonné-je avec le désagréable pressentiment que ce que je vais entendre ensuite ne va pas me plaire. Mon père avait un dossier sur moi ? Avec quel genre d'informations ?

– Des trucs bateau, répond Nils en haussant les épaules. Photos, mensurations, dossier médical, fréquentations… Je n'avais pas besoin de tout ça mais pour une fois qu'on ne me refile pas seulement une photo d'identité vieille de dix ans et une carte de bibliothèque périmée, je n'allais pas me plaindre.

– OK, dis-je en essayant, sans succès, de rester calme. Alors, non seulement, après notre cohabitation forcée dans cette maudite cabane en tôle, vous savez à peu près tout de mes déboires sexuels, mais en plus vous connaissez mon poids, la taille de mes soutifs, mon groupe sanguin, le nom de mes petits amis, la marque de ma pilule… Et quoi encore ?

– Ben… Votre problème de mal de mer, la couleur de votre culotte, votre plat préféré, et le solde de votre compte en banque, répond-il, pince-sans-rire. Entre autres.

J'ai une soudaine envie de l'étrangler, mais après avoir bien considéré nos carrures respectives, je me contente de jurer un bon coup tout en maudissant Darren et son besoin vital de tout contrôler, dominer, étiqueter, régenter, posséder. Ce maniaque du contrôle a un dossier sur sa propre fille !

– Ne vous en faites pas, me rassure Nils, goguenard. Je garderai vos petits secrets pour moi…

Je peste et tempête de plus belle, excédée, ulcérée au-delà du dicible par cette violation de ma vie privée, qui est la goutte d'eau qui fait déborder la barque.

– Allez, ce n'est pas si grave, tempère Nils. Ce ne sont que des renseignements factuels. Ça ne dévoile pas grand-chose de qui vous êtes vraiment.

– Même si ce n'est pas dramatique, c'est humiliant. Vous trouveriez ça moins drôle si c'était votre vie qu'on jetait en pâture à des inconnus.

– Des infos personnelles ou embarrassantes à mon propos, je peux vous en déballer un paquet, s'il n'y a que ça pour vous mettre à l'aise et vous empêcher de râler toute la journée.

– Ah oui ? dis-je, ma curiosité piquée. Allez-y, j'écoute.

– OK... répond-il en réfléchissant avant d'énumérer : mon groupe sanguin est AB+. À 8 ans, je pensais que *Hunting High and Low* de a-ha était la plus belle chanson d'amour du monde, et si vous n'effacez pas de votre cerveau cette info top secret et parfaitement mortifiante dans trente secondes, je serai obligé de vous descendre. De gaucher contrarié, je suis devenu ambidextre. J'ai perdu mon pucelage par accident à 14 ans. Mon dernier test HIV est aussi négatif que le vôtre. Et j'ai pour animal de compagnie un wombat caractériel qui fait fuir toutes mes conquêtes.

– Un wombat ? demandé-je éberluée par toutes ces révélations inattendues et farfelues. Vous voulez dire un de ces bestiaux australiens tout poilus qui ressemblent à un croisement hasardeux entre un koala et un castor ?

– C'est ça. Il s'appelle Willy et il est plutôt susceptible alors surveillez votre langage si jamais vous le rencontrez un jour.

– OK, OK, promis, je ferai preuve de tact, dis-je amusée et étonnée qu'il ait réussi si facilement à dissiper ma mauvaise humeur.

– Au fait, concernant la couleur de votre culotte, j'ai menti, ajoute-t-il avant qu'on ne rejoigne Sam et Aïna qui nous attendent près du pick-up. Ce n'était pas dans le dossier. Je vous ai juste maté les fesses ce matin, quand vous avez sauté en catastrophe de la benne avec vos couvertures autour du cou.

– Hein ? sursauté-je, incrédule et… troublée.

– Eh, rien de personnel, se défend-il en haussant les épaules, l'air faussement contrit. Réflexe atavique de mâle en bonne santé.

– Mais…! Mais…! Mais, mufle, quoi ! m'exclamé-je en riant.

5
APPRIVOISE-MOI

Valentine

Le soir même, après d'interminables heures à endurer les cahots de la piste, nous nous arrêtons pour dresser notre camp dans la forêt primaire, ultime étape avant notre vol en hélicoptère vers La Réunion, d'où nous prendrons un jet pour la Californie, avec une escale prévue à Paris pour déposer Aïna et Samuel. Je me demande quoi penser de l'intermède près du lac, avec Nils. J'ai découvert qu'il peut être agréable, voire charmant, mais comparé à Samuel ou à n'importe quel homme, il paraît parfaitement inaccessible ; peut-être à cause de son physique. Même Aïna, qui a le contact facile et aime les armoires à glace, le trouve intimidant. Et puis, je ne sais pas sur quel pied danser avec lui. Il ne réagit jamais comme je m'y attends.

Samuel a conduit une bonne partie du trajet, ne rendant le volant à Nils que lorsque nous avons bifurqué vers l'est à travers la forêt, sur un sentier à peine tracé qui serpente au milieu d'arbres centenaires. Aïna m'a commenté ses photos – magnifiques – de lémuriens, et nous avons passé le temps en papotant, sans être vraiment à l'aise avec toutes ces oreilles masculines qui traînaient. Elle va me manquer, après tout ça. Maintes fois, je lui ai proposé de s'installer en Californie avec moi, et elle l'envisage sérieusement, mais Aïna est une globe-trotteuse, elle ne tient pas en place. Peu importe l'endroit où elle habite, elle n'y reste jamais bien longtemps, alors je ne la verrais pas beaucoup plus même si on était voisines de palier. De toute façon, dans les mois qui viennent, elle n'aura pas une minute à elle : elle va bosser d'arrache-pied, utiliser ses vidéos et ses photos des trafiquants pour monter un documentaire dénonçant le braconnage et le pillage organisé dans son île. Elle espère le vendre à des chaînes de télé grâce à des contacts de sympathisants à la cause, des gens influents, en Savoie et en Suisse. Je suis sûre que ça sera un film d'enfer.

– Valentine ? me demande-t-elle alors que j'enfourne mécaniquement ma dernière (et délicieuse) bouchée de riz au lait de coco. Tout va bien ?

– Hmm ? marmonné-je, arrachée à mes pensées.

– On ne t'entend plus.

– Ce qui est suffisamment inédit pour être inquiétant, raille Nils en raclant la gamelle pour la terminer, après en avoir déjà repris trois fois.

– Vous, savoir cuisiner le meilleur *vary coco* de Madagascar ne vous autorise pas à être sarcastique, dis-je avec mon plus charmant sourire en tendant mon assiette pour qu'il me resserve.

– Demandé si gentiment… s'incline-t-il en me cédant à contrecœur la dernière part.

Après avoir fait la vaisselle et tout remballé, chacun récupère ses couvertures, Nils débâche le pick-up, me lance un tube de pommade pour mon poignet, et Aïna et Samuel s'empressent de reprendre leurs places sur les banquettes. Résignée, je me prépare à affronter ma seconde nuit dans la benne, sous les étoiles. C'est toujours mieux que sous le châssis, avec les serpents, araignées, scolopendres et autres bestioles exotiques. Après tout, la première nuit s'est bien passée : je me suis allongée, endormie, réveillée, d'une seule traite. J'espère seulement que les trafiquants ne retrouveront pas notre trace ici ; on y est presque, ce serait idiot de se faire rattraper si près du but. Je me rassure en me remémorant que Nils a choisi ce lieu de rendez-vous avec l'hélico pour sa parfaite discrétion.

Je m'entortille dans mes couvertures et m'étends sur le dos, les yeux perdus dans la contemplation de la lune dont le croissant lumineux est comme un grand sourire dans le ciel sombre. La forêt est calme et je me laisse bercer par la respiration régulière et profonde de Nils à mes côtés. Lentement, le poignet engourdi par la pommade, je me sens glisser dans le sommeil…

Je me réveille en pleine nuit, soudain oppressée, une inexplicable panique me nouant le ventre, des images stupides plein la tête : un ours venimeux, un serpent poilu, une araignée géante avec une machette dans chacune de ses huit pattes, une scolopendre avec une gueule comme un piège à loup. Chair de poule.

À cinquante centimètres de moi, baigné par le clair de lune, Nils dort sur le dos, serein, un bras derrière la tête, ses couvertures repoussées sur ses hanches. Même au repos, il a l'air indestructible. Je profite de son sommeil pour le détailler tout mon soûl, un moyen comme un autre de combattre une insomnie coriace. Cependant, j'aurais mieux fait de m'en tenir à la bonne vieille méthode de comptage de moutons. Beaucoup plus efficace. Parce que plus je le regarde et moins j'ai envie de dormir…

Il s'est rasé, et avec son visage lisse il paraît plus jeune, moins dur. Il a refait ses tresses, et sa baignade dans le lac a débarrassé ses cheveux de la poussière de la piste ; ses mèches d'un blond presque blanc sont aussi lumineuses que les rayons de lune. Il a de belles lèvres, sensuelles et pâles, qui donnent envie d'y croquer à pleine bouche, et un corps superbe, lourd et musculeux, mais sans excès, un ventre aux abdos joliment dessinés qui appelle la caresse. Chez lui, malgré sa carrure impressionnante, pas de veines saillantes ni de biceps gonflés aux hormones, tout est harmonieux.

Je m'égare dans sa contemplation tout en laissant mon esprit divaguer… Combien de femmes cette bouche a-t-elle embrassé, ces mains ont-elles caressé ? Est-il tendre quand il fait l'amour ? Brutal ? Un peu des deux ? A-t-il déjà murmuré « je t'aime » à une femme blottie dans ses bras ? Difficile à imaginer quand on le regarde. Y a-t-il quelqu'un dans sa vie ? Samuel ne s'est pas gêné, malgré les circonstances peu propices au badinage, pour flirter avec Aïna dans la voiture, et même avec moi, pendant la vaisselle. Avec sa belle petite gueule d'amour et son caractère aimable, il doit en moissonner, des filles. Mais Nils n'a pas eu un regard, un mot, un geste trahissant le moindre intérêt personnel pour nous. Même son massage était clinique, diagnostique, fonctionnel. Depuis notre première rencontre dans la cabane en tôle, il est demeuré calme et professionnel, autoritaire et imperturbable. Une vraie machine.

Et alors ? Qu'est-ce que ça peut te faire ? Il va te ramener chez toi en un seul morceau, c'est tout ce qui compte, non ? Non… ?

Un bruit dans la forêt m'arrache à mes réflexions. Je me statufie et tends l'oreille. Mon imagination qui me joue des tours ? Non. Malgré le vacarme de mon cœur affolé piquant un sprint dans ma cage thoracique, j'entends clairement un bruissement de feuilles. Ça s'agite dans les arbres, de mon côté. Les trafiquants ? Une machette tranchant des buissons peut-elle faire ce genre de bruit ? Je ne veux pas mourir ! Sans réfléchir une seconde de plus, portée par toute l'ardeur d'une trouille monumentale, je me réfugie d'un bond contre Nils (ou plutôt : sur lui).

– Huumpff ! grogne-t-il quand j'atterris sans trop de délicatesse sur son ventre. Que… ?

– Du bruit… du bruit dans les arbres, chuchoté-je en m'aplatissant contre lui.

Instantanément sur le qui-vive, tout son corps se tend et se durcit sous le mien. Il ferme un bras sur moi et pose une main sur ma bouche pour me réduire au silence. Aux aguets, il est calme, concentré. Je sens son cœur battre puissamment mais tranquillement contre ma poitrine et son souffle mesuré chatouiller ma gorge. Il a les yeux tournés vers la forêt. L'instant s'étire, nous restons immobiles. Lui guettant les arbres, et moi… moi, je ne sais plus. Je suis un peu perdue. J'ai l'impression que là où je suis, loin, très loin de la planète Terre, rien ne peut m'arriver de mal. Je prends conscience de la chaleur de la main de Nils au bas de mon dos, de ses doigts sur mes lèvres, de son odeur, surtout, qui perturbe toutes mes connexions neuroniques jusqu'à me rendre incapable d'aligner deux pensées cohérentes.

Soudain, je le sens se détendre sous moi. Son grand corps devient confortable, accueillant, il retire sa main de ma bouche pour la poser au creux de mes reins. Ses yeux gris, ses magnifiques yeux gris mouchetés d'ombres, accrochent les miens, et il dit tout bas, amusé :

– *Lepilemur hollandorum.*

– Pardon ? murmuré-je, perturbée. C'est du norvégien ?

– Du latin. Votre copine serait ravie de tirer le portrait de ces visiteurs nocturnes. Toute une famille de lépilémurs, des lémuriens assez sympas mais pas toujours faciles à observer, car principalement noctambules. Et plutôt rares dans le coin ; en général on les trouve au nord du pays. Regardez. Mais ne faites pas de bruit.

Il se redresse en me basculant doucement pour m'installer dos à lui, entre ses cuisses. Je m'appuie contre son torse, le cœur battant, les idées en désordre ; son contact me fait complètement perdre les pédales, c'est pitoyable. Mais délicieux. Je suis son doigt du regard, qui me désigne une trouée dans les arbres. Je n'y vois rien. Sûrement parce que je suis tellement troublée d'être dans ses bras que je ne verrais pas un éléphant si j'en avais un sur les genoux. Je m'ébroue mentalement, j'essaie de faire abstraction des frissons que provoquent ses cheveux caressant ma joue, de la douceur de ses grandes mains qui emprisonnent les miennes et qui sont venues se lover sur mon ventre, du sentiment d'invincibilité que me procure son corps enlaçant le mien. Je respire, je focalise sur les branches et, aidée par la lune qui sort obligeamment de derrière les nuages pour nous éclairer, j'aperçois enfin les lémuriens.

– Vous les voyez ? me chuchote Nils à l'oreille en resserrant ses genoux sur les miens.
– Oui, soufflé-je, bien que sa manœuvre m'ait encore tout embrouillée au point de les perdre de vue.

Je les retrouve néanmoins rapidement et je regrette vraiment de ne pas avoir d'appareil photo sous la main. Il s'agit de tout un petit groupe, accompagné de jeunes qui mènent une vie de patachon. Ils sont très drôles à observer et j'ai du mal à ne pas pouffer de rire en admirant leurs pitreries. Ce ne sont pas les plus jolis des lémuriens, avec leurs gros yeux ronds et orange et leur poil gris brun, mais ils ont des bouilles rigolotes. Je ne peux même pas réveiller Aïna pour qu'elle profite du spectacle : le bruit les ferait fuir, immanquablement. D'un autre côté, très égoïstement, je suis tellement bien, là, dans les bras de Nils… Je n'ai aucune envie de rompre le charme.

– Vous en savez beaucoup sur Madagascar, remarqué-je tout bas. Les pistes, la faune et jusqu'à la gastronomie locale…

– Disons que je connais bien l'Afrique en général et que je m'intéresse à tout ce qui se mange.

– Vous mangez du lémurien ?! m'exclamé-je, effarée.

– Bien sûr. Avec une bonne sauce coco, c'est délicieux.

– Mais… Mais…

– Je peux en tuer un pour le petit déjeuner, si vous voulez goûter.

– Jamais de la vie ! me récrié-je en essayant de m'extirper de ses bras. Vous… Vous… !

– Parfois, je mange aussi des petits enfants. En tourte ou en ragoût, c'est exquis.

Silence, le temps que ses paroles fassent leur chemin jusqu'à mon cerveau.

– Oh… Vous… Vous plaisantiez… réalisé-je enfin, embarrassée, en arrêtant de m'agiter.

– Vous me prenez vraiment pour un Barbare, hein ? s'amuse-t-il. Et vous avez effrayé nos visiteurs avec vos glapissements.

Gênée, je me fais toute petite. Minuscule. Microscopique. J'ai bêtement gâché un instant magique et je me sens comme la dernière des poires. Nils a lâché mes mains quand je me suis débattue et, même si j'en crève d'envie, je n'ose pas reprendre les siennes. Je mérite des baffes. Il remue derrière moi ; j'imagine qu'il s'apprête à se recoucher, et je ne sais pas comment rattraper le coup, comment retrouver ce moment parfait, cette intimité complice. Je ne peux raisonnablement pas rester entre ses jambes toute la nuit sans excuse valable. Mais je ne vais pas non plus lui sauter dessus alors que je ne sais même pas ce que je veux, ce que j'attends exactement. Mais je me sentais si bien… Nils, toujours efficace, résout mon dilemme en une seconde :

– On n'a plus qu'à patienter jusqu'à ce qu'ils reviennent, dit-il en se calant plus confortablement contre la benne et en m'attirant à lui, le plus naturellement du monde.

Je bascule contre lui, aux anges, le souffle court, et m'appuie contre son large torse. Je me sens bien. À ma place. Je reprends ses mains pour les ramener sur mon ventre. Quand ses lèvres effleurent mon cou, je souris à la lune, qui me le rend bien.

Dans l'atmosphère chaude et humide de la forêt, sa bouche sur ma gorge trace un sillon de fraîcheur qui me fait frissonner. Elle est douce, jamais hésitante, elle s'attarde derrière mon oreille ou au creux de ma clavicule, où ma peau est si fine que son simple souffle la fait frémir. Je ferme les yeux et bascule la tête de côté, pour lui offrir plus de peau. Ses cheveux caressent ma joue, ils sentent bon l'eau du lac et le savon.

Sa main gauche se libère de la mienne, repousse mon tee-shirt et entame un lent ballet de mon ventre à mes hanches, qui frôle mais ne franchit jamais la ligne de ma culotte, puis remonte progressivement vers mes seins. Sa caresse est incroyablement légère et langoureuse, il prend son temps, il sait ce qu'il fait, et j'aime ça.

La nuit s'annonce très chaude…

Mon cœur s'emballe, de peur ou d'excitation, je ne sais pas trop. Un peu des deux, sûrement. Peur de me laisser aller dans les bras d'un homme qui pourrait me broyer d'une seule main. Excitation que ces bras soient ceux de Nils, un parfait étranger hier encore, mais qui me semble à cet instant précis un rêve ancien, l'incarnation même de mes premiers émois, de mes premiers fantasmes, quand je n'étais qu'une ado virginale et naïve, une ingénue pour qui le sexe et l'amour ne faisaient qu'un.

Je lève les mains au-dessus de ma tête pour les passer dans ses cheveux ; ils sont épais et soyeux, ils coulent entre mes doigts comme une écharpe de satin, un vrai bonheur. Je tourne le visage vers lui pour croiser ses yeux, ses beaux yeux aux éclats métalliques, et il en profite pour m'embrasser au coin des lèvres. Il est tendre, plus tendre que tout ce que j'aurais pu imaginer, ou rêver. Il ne m'en faut pas plus pour m'abandonner.

Sa main gauche est arrivée à mes seins ; elle les contourne d'abord, comme pour en étudier la topographie avant de les explorer, et c'est là que commence le supplice, un délicieux supplice. Je m'alanguis contre lui, sa main droite caresse mes cuisses, alternant de délicates arabesques et des massages sensuels, plus appuyés. Je bénis le ciel qu'il soit ambidextre…

Je sens le désir, puissant, se déployer dans mon ventre, électriser tout mon corps.

Bien consciente de la proximité d'Aïna et de Samuel qui dorment dans la cabine, je voudrais rester immobile et silencieuse, ne pas les réveiller, mais je m'agite et soupire, et je sens bien que c'est mal parti pour la discrétion. J'ai froid tout à coup, malgré les températures tropicales, et la main de Nils semble brûlante. La chair de poule m'envahit, mes tétons se dressent et réclament sa chaleur. Alors il passe de l'un à l'autre en les pétrissant doucement ; chaque fois que son pouce effleure un mamelon, une petite décharge électrique, exquise, me traverse de part en part. Quand il en pince un délicatement, ni trop, ni trop peu, juste ce qu'il faut pour me faire décoller, à l'extrême limite entre douleur et plaisir, cela me provoque des palpitations jusque dans ma culotte, qui devient humide. J'essaie d'ouvrir les cuisses, pour soulager un peu le fourmillement dans mes jambes et dans mon sexe, mais je suis bloquée par ses genoux remontés, qui m'emprisonnent. J'insiste, la frustration décuplant mes forces, mais il ne cède pas d'un pouce. Je ne vais quand même pas me mettre à le supplier de me prendre au bout de cinq minutes de préliminaires ! Il m'a à peine touchée !

Mon corps pourtant trouve l'idée alléchante et se tend vers lui. Alors, je me débarrasse de la couverture et je passe mes deux jambes par-dessus les siennes, dans un grand écart impudique qui me livre totalement à lui, à ses mains, m'interdisant à présent de refermer les cuisses, coincées comme elles le sont par les siennes, qui peuvent même leur imposer de s'ouvrir plus encore. De toute façon, pas question de refermer quoi que ce soit avant d'avoir éteint ce feu liquide qui bouillonne dans mon sexe et se répand tout autour en vagues brûlantes. Un petit courant d'air frais bienvenu vient lécher le tissu trempé qui appuie sur mon clitoris gonflé. Les caresses de Nils sur mes seins se font plus pressantes, mes tétons malmenés en réclament toujours plus, et il leur donne. Par contre, il ne paraît pas décidé à glisser sa main droite sous ma culotte, pour m'apaiser un peu…

… *Au moins juste un peu, s'il te plaît, Nils.*

Mais, non content de me refuser ça, il m'interdit même de me toucher, bloquant mes deux mains dans la sienne. Mon corps se tend, je commence à ne plus savoir s'il est solide ou liquide, j'ondule doucement, savourant le frottement du coton sur mon clitoris, bien loin d'être satisfaisant. Je lutte pour diriger sa main vers mon sexe qui n'en peut plus de ruisseler et pulser, d'appeler ses doigts, sa langue, son sexe, en vain. Je gémis en ondoyant de plus belle. Je sens Nils sourire dans mon cou.

– Ça t'amuse ?

– En tout cas, ça me plaît, répond-il en me mordillant, sa main droite entamant (enfin ! enfin ! enfin !) une descente vers ma culotte.

Je me cambre sous sa caresse, et mes fesses, en reculant, viennent buter contre quelque chose d'incroyablement dur et imposant. Un grognement lui échappe…

– Je sens ça, dis-je en souriant à mon tour.

Sa main droite appuie brutalement sur mon sexe pour me tirer à lui, pour me plaquer plus fort contre le sien. La violence de son geste m'arrache un cri de surprise et provoque simultanément un orgasme éclair et un mouvement de panique. Instinctivement, je veux resserrer les cuisses mais je suis bloquée par ses genoux qui, au contraire, s'écartent un peu plus, m'obligeant à faire de même. Après ce bref accès de rudesse, Nils retrouve immédiatement sa douceur, il murmure en norvégien, je ne comprends rien, mais sa voix est apaisante, ses baisers sont tendres, ses doigts sous ma culotte glissent sur mes lèvres trempées, et ma peur s'envole aussitôt, remplacée par un puissant désir qui me noue le ventre. Il joue maintenant avec mon clitoris, le contourne, le caresse, le titille. Je gémis et j'ondule de plus belle, je me sens repartir, je frotte mes fesses contre son sexe, c'est tellement bon, je ne sais plus si je veux le sentir en moi, devant, derrière, ou si je veux qu'il me fasse jouir avec ses doigts, qu'il fasse exploser mon clitoris. Les élastiques de ma culotte, tendus à craquer par sa main et ses mouvements amples, me cisaillent la chair, mais je m'en fous. Soudain, il referme les genoux, et ses deux mains ne sont plus ni sur mes seins, ni sur mon sexe.

– Tu plaisantes ?! m'étranglé-je. Pourquoi tu…

Il ne me laisse pas terminer ; il m'attrape les jambes pour les réunir, me soulève les fesses et ma culotte disparaît ; me lève les bras, et c'est au tour de mon tee-shirt. Deux secondes plus tard, je vois voler son boxer vers le fond de la benne.

Comme si je ne pesais pas plus qu'une poupée de chiffon, il me réinstalle sur lui, même position, mais sans entrave de tissu, mon dos nu contre son torse, peau à peau, son sexe palpitant entre mes fesses, mes cuisses écartées face à la forêt. Je ne me suis jamais sentie si nue, si offerte, si vulnérable, de ma vie. Je n'ai pas le loisir de me tracasser longtemps sur l'indécence de la situation, Nils reprend exactement où il en était et mon corps réagit en un quart de seconde. Ses doigts me pénètrent ; un seul, d'abord, pendant que son pouce continue à presser mon clitoris en feu, puis un autre, et il va et vient, et je voudrais lui dire que c'est bon, tellement bon ! Mais les mots m'échappent, se dérobent, me trahissent.

– C'est… Je… Nils… Nils… ?
– Oui ?
– Rien… Continue…
– À vos ordres, princesse.

Je baisse les yeux vers mes cuisses, pour regarder sa main gauche qui me pénètre, une belle main large aux doigts longs et épais, qui ressortent luisants à chaque va-et-vient. Des doigts qui me procurent un plaisir dingue, plus intense que n'importe quel sexe auparavant. J'admire aussi son bras, ses muscles qui roulent sous sa peau d'une blancheur irréelle au clair de lune, qui se tendent chaque fois que ses doigts s'enfoncent en moi, plus fort, plus loin. Cette vision m'excite encore plus, et je dois me mordre la main pour ne pas crier de volupté. Sans s'interrompre, Nils me retire ma paume de la bouche et appuie la sienne contre mes dents.

– Je vais te faire mal, haleté-je.
– Ne t'inquiète pas de ça, répond-il en m'embrassant.

Il y va tellement fort maintenant que mon corps se soulève à chaque assaut, butant contre son sexe dressé entre mes fesses. Le pick-up tangue et grince sur ses suspensions, mais c'est à peine si je le remarque. Je ne suis plus que jouissance, étonnée, éperdue, déboussolée, mais terriblement vibrante. Je ne réfléchis plus, je le mords à pleines dents. Il n'a pas un tressaillement, mais dans mon cou son souffle est devenu rauque et plus rapide, je sens ses abdos tendus à l'extrême contre mon dos, ses cuisses sont dures comme le roc. Et j'en veux toujours plus. Mais pas toute seule. Tout à coup, c'est une évidence : je ne veux pas seulement qu'il me fasse jouir, je veux qu'il me prenne, sentir son sexe me remplir, je veux qu'on jouisse ensemble.

– Nils, balbutié-je.
– Oui, princesse, répond-il d'une voix enrouée mais incroyablement maîtrisée vu les circonstances.
– Trop bon, mais…
– Mais… ?
– En moi, soufflé-je. Je te veux en moi…

Il gémit en me plaquant de nouveau incroyablement fort contre lui, sa paume écrasant mon clitoris, son bras me coupant la respiration, mais cette fois, ça ne me fait pas peur, ça manque juste de me refaire jouir sans préavis.

– Tu as une capote ? demande-t-il dans un souffle.

– Non, dis-je en essayant, sans succès, de rassembler mes esprits.

– *Faen i helvete !* gronde-t-il en s'immobilisant (et à l'intonation furieuse, je n'ai pas besoin de dico pour comprendre que ça doit signifier « putain de merde ! » ou quelque chose d'approchant).

– Mais c'est OK, dis-je, au supplice, tremblant d'impatience de l'avoir enfin en moi.

– Sûre ?

– Oui ! La pilule, c'est pas pour les chiens… Je t'en supplie, Nils…

Alors il me soulève par les hanches et, sans plus tergiverser, m'empale lentement sur son sexe. J'entends son souffle se bloquer brusquement, je sens ses mains se crisper et s'enfoncer dans ma chair ; pourtant, il garde le contrôle et me fait glisser en douceur. Il me retient, m'empêchant de descendre trop brutalement, parce que j'ai beau être trempée et dans un état d'excitation improbable, offerte, écartelée, Nils est du genre puissamment membré. Dès qu'il commence à me pénétrer, je regrette de ne plus avoir sa main à mordre ; c'est bon, c'est tellement bon de le sentir en moi, m'emplir, que je ne vais sûrement pas réussir à me retenir de crier !

Quand je suis descendue bien à fond sur lui, je reste immobile un instant, pour m'habituer à lui et reprendre mon souffle ; j'essaie de l'accorder au sien. Il lâche mes hanches et revient agacer mon clitoris, qui n'attendait que ça, et relance la machine à plaisir. Nous bougeons lentement, ensemble. De nouveau, je tourne les yeux vers lui pour le regarder… Il est si beau. Je caresse son visage, je suis la ligne de sa bouche, si douce. Je le taquine. Le bout de sa langue joue avec mes doigts, et ça nous fait sourire. Je garde son visage dans ma main, il frotte sa joue contre ma paume. C'est un moment parfait, intense et tendre.

Puis je repose mes deux mains à plat de part et d'autre, je me soulève, je replie mes jambes sous moi et j'ondule sur lui, d'abord doucement puis de plus en plus fort à mesure que nos sexes se trouvent et s'apprivoisent. Il bouge sous moi, mais il me laisse mener la danse, il ne s'impose pas à moi et ça me met en confiance ; je commence à trouver mon rythme… et le sien. Je l'entends respirer plus fort et gémir, et ça m'excite. Merde, quoi : moi, Valentine, je suis capable de faire gémir un type comme Nils ! Ça m'excite presque autant que ses doigts qui, miraculeusement, vont et viennent toujours sur mon clitoris engorgé, que sa main revenue sur ma hanche et qui donne à mon mouvement plus d'amplitude, que son sexe qui me comble et me laboure. Je vacille entre deux états, mon désir en partie assouvi par son sexe, mais exacerbé par ses doigts entre mes cuisses. Je ne sais pas comment il se débrouille pour mener les deux de front mais surtout, surtout, je ne veux pas qu'il s'arrête ! C'est divin, limite insoutenable, je tremble de toutes parts et la tension met tous mes muscles au supplice.

– Oh, Nils… Nils… ta main… ton sexe… je t'en prie…

– Valentine… ? interroge-t-il en appuyant ses deux mains sur mon sexe écartelé, s'enfonçant plus fort en moi, écrasant mon clitoris.

– Oh ! Oui ! OUI ! Nils ! Comme ça ! crié-je sans aucune retenue. Juste comme ça !!

Il me prend plus fort encore et c'est juste parfaitement ce que j'attendais, je lève les mains pour attraper ses cheveux, je ne veux plus qu'une chose : le laisser m'emmener où il veut, comme il veut, mais fort ! Mais loin ! Encore ! Et c'est ce qu'il me donne, exactement, avec toute la force et la puissance phénoménales dont il est capable, jusqu'à l'explosion, jusqu'à mon double orgasme qui nous secoue tous les deux, et le sien qui nous laisse haletants, trempés, épuisés… heureux ? En tout cas : comblés. Nils enfouit son visage dans mon cou, et je garde une main dans ses cheveux, comme si je ne devais plus jamais le lâcher.

Quand nos peaux emperlées de sueur ont séché, Nils ouvre ses bras, qu'il avait verrouillés sur moi, et me soulève pour me dégager de lui. Je m'abandonne, comme un pantin désarticulé, alanguie. Il s'allonge et m'attire à lui ; je me niche contre son grand corps, frissonnant jusqu'à ce qu'il nous enveloppe de sa couverture. Et je m'endors.

Au cours de la nuit, une sensation de froid me réveille. Nils n'est plus à côté de moi. Je suis seule dans la benne du pick-up. Je reste longtemps les yeux perdus dans les étoiles, mais il ne revient pas. Je finis par me rouler en boule dans ma couverture, la gorge serrée, et par me rendormir…

6
DES BÊTES SAUVAGES

Nils

Après une quinzaine d'heures de vol, avec une escale à Paris pour déposer Aïna et Samuel, Valentine et moi atterrissons à Los Angeles sous un soleil de plomb. Août à Santa Monica est presque aussi chaud qu'à Madagascar. Mais il y a beaucoup moins de mecs armés de machettes dans les rues… Valentine me bat froid depuis la nuit dernière ; je suppose que coucher avec un homme du peuple doit être passablement déplacé pour une princesse de son rang et qu'elle se demande encore comment elle a pu déraper à ce point. Peu importe, c'était une expérience intéressante. Jouissive, intense, inédite.

Quand je lui ramène sa fille, après qu'elle a enduré trois jours de captivité entre les mains de types qui règlent leurs problèmes en découpant les gens en cubes, Darren Cox nous accueille dans son immense salon ultra-design, à peine plus chaleureux qu'une banquise :

– Vous n'êtes pas en avance, Eriksen.

– Mais pas en retard non plus, dis-je en désignant une étrange œuvre d'art d'acier bruni et de laiton brossé, surmontée de six tubes Nixie qui affichent 11:49:47 dans une ambiance surréaliste. Sauf si votre horloge est déréglée.

Il pince les lèvres avant de se tourner vers sa fille :

– Valentine, j'espère que tu n'as pas oublié notre réunion avec Microclear dans deux heures.

– Je n'ai pensé qu'à ça toute la semaine, répond-elle, caustique. Et bonjour, Darren. Moi aussi, je suis contente de te revoir…

– Bon retour au Royaume Enchanté, princesse, murmuré-je avec la furieuse envie de nous sortir d'ici.

Elle me lance un pauvre sourire avant de se jeter dans les bras de sa mère, une grande femme qui vient de franchir la porte en courant, les yeux embués de larmes. Pendant leurs effusions, Darren et moi restons en tête-à-tête. Un moment assez pénible. Et long.

Je pose le coin d'une fesse sur un superbe fauteuil en cuir blanc aussi confortable qu'un rocher, et j'étudie tranquillement les différents protagonistes de ce rapprochement familial. J'en déduis que Mme Cox est l'exact opposé de son mari, affable, émotive, sympathique, et probablement dépressive.

Qu'elle et sa fille s'adorent et sont très proches, contrairement à Darren qui me donne l'impression de ne les connaître ni l'une ni l'autre. Il a visiblement la sensibilité d'un robot-mixeur et une fibre paternelle qui frôle le néant.

Mon attention se reporte ensuite sur l'horloge, décidément superbe et fascinante, incongrue dans cette décoration glaciale, futuriste et minimaliste. Un objet presque *steampunk*, dont les quatre pieds déployés, comme de longues pattes étirées, lui confèrent une allure arachnéenne.

– C'est une Nixie Machine, m'apprend Cox en surprenant mon regard. Plus de trois cent cinquante composants d'acier façonnés main par le créateur. Douze exemplaires au monde, tous uniques.

– Impressionnant, dis-je, sincère.

– Merci, répond-il avec une pointe de fierté, comme un homme qu'on aurait complimenté sur sa progéniture.

Puis son avocat surgit, nous réglons la question de mon salaire, et il est temps pour moi de regagner Manhattan, où m'attend Willy, mon wombat préféré. Valentine et moi nous séparons sans grandes effusions. Pressée par son père, impatient d'en découdre avec le PDG de Microclear, elle me serre la main, la secoue, hésite, pour finalement la lâcher précipitamment tout en restant plantée là, marmonnant :

– Merci. Pour nous avoir sauvé la vie, pour mon poignet, pour le vary coco, pour les lémuriens, pour… enfin, vous savez, pour tout. Je… C'était… J'ai beaucoup… apprécié, conclut-elle avec un coup d'œil vers la paume de ma main, sur laquelle se détache, bien nette, la marque de ses dents, souvenir de cette nuit, quand elle m'a mordu pour étouffer ses cris de plaisir.

– De rien, dis-je amusé de son embarras. Votre père me paie bien.

– ...!

– Je plaisante, précisé-je en voyant sa tête. Arrêtez de démarrer au quart de tour.

– C'était pas drôle. Vous avez un humour pourri, râle-t-elle avant de tourner les talons pour rejoindre Darren qui piétine en regardant sa montre.

Et donc voilà : comment se quitter bêtement.

***

Quelques heures plus tard, de retour à Manhattan, dans ma chambre du Sleepy Princess, un petit hôtel cosy, propriété de mon ami Roman Parker, je retrouve mon Willy. Il me fait une fête d'enfer en grognant et galopant, pataud en diable, à travers les couloirs et le hall d'accueil, faisant couiner de frayeur les clients.

– Ah! Monsieur Eriksen! s'exclame le gérant du Sleepy Princess, en sauvant au vol le vase d'une table basse que Willy a percutée de son gros postérieur. Heureux de vous revoir!

– Moi de même, Anthony. Willy a été sage?

– Vous plaisantez? s'étrangle-t-il. Sage? Cette calamité marsupiale? Il a fait fuir la moitié de la clientèle, dévasté le jardin, éventré un fauteuil et mordu le dalmatien de Mlle Garnier. J'ai dû appeler votre ami vétérinaire, le docteur James McDowell, pour le recoudre.

– OK, soupiré-je en attrapant mon Willy au col pour le pousser vers ma chambre. Rien de nouveau, donc. Je vais régler tout ça avec Roman, James et cette miss…

– Mademoiselle Garnier, chambre 12, à deux portes de la vôtre.

– C'est ça. Merci de vous en être occupé, Anthony.

– Je vous apporte un en-cas, j'ai un assortiment de délicieux bagels dont vous me direz des nouvelles.

– Génial ! Vous êtes une perle, Anthony. Si vous n'étiez pas si barbu, je vous épouserais.

– Dieu m'en préserve, répond-il en battant en retraite. Je ne supporterais pas d'avoir un beau-fils si turbulent, ajoute-t-il avec un regard noir vers Willy.

Puis, mon fauve sur les talons, je m'enferme dans ma chambre et m'affale sur mon lit. J'envoie un texto à Roman, pour lui proposer d'aller courir ensemble ce soir ; j'ai besoin de me dégourdir les jambes après ces vols interminables. Il me répond immédiatement :

[OK. Central Park, 20 h ?]

[Nickel. Au fait : Willy a refait la déco et épuré la clientèle du SP…]

[Je sais. James m'a dit. D'après lui, tu me dois environ trois ans de ton salaire pour les dédommagements…]

Tu m'étonnes… Rien que le fauteuil coûtait sûrement deux fois ma bagnole… Roman est multimilliardaire, mais attention, pas le petit modèle juste bon à frimer avec son yacht et ses trois villas. Parti de presque rien et grâce à un QI à vous filer le vertige, il est devenu l'une des plus grosses fortunes des USA, bâtie sur les biotechnologies. Alors forcément, chez lui, le moindre bibelot vaut un rein pour le commun des mortels. Heureusement pour moi, c'est un mec généreux et peu procédurier, qui attache plus d'importance à l'amitié qu'au mobilier. De plus, ayant par le passé largement participé à sauver la vie d'Amy, sa femme chérie, je bénéficie de son indulgence illimitée sur à peu près tous les fronts. En bref, Roman est un type en or et mon meilleur ami – avec Samuel. J'ai un projet avec lui et son associé Malik Hamani, un gars brillant, un génie en biologie. Mais je ne veux rien lancer sans avoir les fonds pour soutenir mon idée. Mes deux compères m'ont bien évidemment proposé un prêt (Roman souhaitait même tout financer de sa poche et me donner ses parts) mais j'ai décliné. Non, il y a des choses qu'on doit faire soi-même. L'argent de Darren Cox tombe à point nommé ; il me permettra de financer la moitié de l'investissement de départ. Ne reste plus qu'à trouver l'autre moitié… Vu la capacité de Valentine à se fourrer dans les embrouilles, j'ai peut-être un espoir d'être réembauché d'ici peu…

***

Après une fournée de bagels absolument divins, une petite sieste digestive et des excuses en bonne et due forme à la jolie blonde au dalmatien qui voulait absolument me faire visiter sa chambre (voire son lit), j'enfile un short et des baskets pour rejoindre Roman à Central Park. En partant, j'expédie Willy dans le jardin et je dépose derrière le comptoir une enveloppe lestée de cinq billets de cent dollars dans une carte de vœux aux couleurs flashy, adressée à Tilly Gomez. Elle sera mise au courrier demain. J'ai hésité à écrire quelques mots sur la carte, comme toujours, mais pour dire quoi ? Je laisse aussi tout l'argent qu'il me reste, une soixantaine de dollars, en pourboire à Anthony, pour le remercier d'avoir pris soin de Willy et d'avoir résisté à l'envie de le rôtir à la broche.

Roman et moi bouclons deux tours de parc à bonnes foulées, en discutant. Il est content de pouvoir enfin lancer notre projet, néanmoins je le devine tracassé par tout autre chose. Il refuse d'en parler et je n'insiste pas, alors nous continuons à courir en silence. Ce n'est pas un silence pesant ni gênant, simplement un silence respectueux de l'autre. Je me concentre sur ma course, Roman allonge sa foulée et je dois forcer pour le suivre. C'est un rapide, un sprinter, un foutu lévrier ; courir avec lui me permet d'améliorer ma vitesse, mais soyons honnête, j'en bave (pour rester poli). En contrepartie, je lui apprends comment ne pas se faire trop démolir sur un ring. Ça lui vaut souvent quelques plaies et bosses, mais il n'est pas rancunier. En revanche, sa douce épouse, la délicieuse Mme Parker, ne supporte pas que j'amoche son homme :

– On boxe, ici, Amy, dois-je lui rappeler quand elle me tombe dessus après un combat. Moi aussi je dérouille parfois. C'est le jeu.

– Tu parles d'un jeu de sauvages ! proteste-t-elle. Et pour toi, les coups, ça ne compte pas. Tu es aussi sensible qu'un tank !

– Si tu ne veux pas l'abîmer, inscris-le à un tournoi de claquettes.

– Je ne vaux rien en claquettes, intervient l'intéressé, que nos chamailleries amusent.

Le rugissement d'un lion, quand nous passons près du zoo, me ramène au présent. Roman ralentit enfin, et nous adoptons une allure tranquille, qui nous permet de reprendre notre discussion. Nous sommes tous les deux trempés de sueur, détendus, apaisés. Je rentre au Sleepy Princess en trottinant pour ne pas me refroidir et choper la crève ; Roman m'accompagne, c'est sur sa route.

– Oh ! Monsieur Eriksen ! Quelle surprise ! minaude la jolie blonde au dalmatien quand nous pénétrons dans le hall.

Habillée d'une robe fourreau vert pâle qui donnerait au moins imaginatif des hommes des idées à faire rougir Marc Dorcel, elle enchaîne, en me collant ses (magnifiques) seins sous le nez :

– C'est ma dernière nuit en ville, et je suis seule. Je sors au Death & Co : peut-être pourrions-nous nous y retrouver ?

– Ça aurait été avec plaisir, mademoiselle Garnier, mais j'ai promis à mon ami de passer la soirée avec lui, dis-je. Il vient de perdre sa grand-mère, ajouté-je plus bas.

– J'ignorais qu'on dînait ensemble, me dit Roman perplexe quand elle nous quitte, avec un coup d'œil apitoyé vers lui, pour prendre son taxi.

– C’est la nana dont Willy a bouffé le chien. Elle est gentille mais pas moyen de m’en dépêtrer.

– Et alors ? Tu es malade ? C’est bien la première fois que je t’entends dire non à une femme.

– Bof. Elle ne m’inspire pas…

– OK… C’est juste une bombe atomique, cette fille, mais si tu le dis… Je préviens Amy que tu manges avec nous, conclut-il sans plus insister en pianotant un texto auquel elle répond sans tarder.

[Super :) J’ai fait une tourte à la viande pour huit personnes, espérons que ça suffira.]

***

Le lendemain, après une excellente soirée prolongée tard, et une nuit dans la chambre d’amis des Parker pour éviter de me faire alpaguer par Miss Garnier en regagnant mes pénates, je profite d’un voyage de Roman à San Francisco pour l’accompagner. Je ne suis plus à quatre heures de jet près, et j’ai besoin de voir une vieille connaissance, logée aux frais du contribuable à San Quentin, dans le quartier haute sécurité de la prison d’État.

– Si vous parveniez à lui tirer les vers du nez sur la fusillade de Las Vegas, Eriksen, ça justifierait presque la faveur que je vous accorde en vous autorisant à le visiter chaque fois que vous claquez des doigts, me dit le directeur de la prison, un petit homme à lunettes, sec et cassant comme une trique.

– Ce n'est pas à moi que vous accordez une faveur, Braskell, mais à l'agent spécial Frances Devon, du FBI, lui rappelé-je.

– En effet, soupire-t-il avec amertume. Je ne veux pas savoir ce que vous faites pour elle, mais ne déconnez pas avec No-Name, Eriksen. La place de cet homme était dans la chambre à gaz, c'est un sociopathe, une bête sauvage. Vous avez fait une connerie monumentale en convainquant le procureur de commuer la peine capitale en réclusion à perpétuité.

– Je peux le voir ? insisté-je.

– Vous lui parlerez de la fusillade ? Il y a eu douze morts. Dont deux enfants qui n'avaient pas d'autre tort que d'être au mauvais endroit, au mauvais moment.

– Je lui en parlerai, dis-je. Mais je ne promets rien, vous le connaissez…

– Justement non. Depuis qu'il est ici, il n'a pas décroché un mot. À personne, pas même à ses codétenus, qui l'évitent comme la peste. Des mois de silence. Vous êtes le seul auquel il adresse la parole. On se demande bien pourquoi, d'ailleurs, vu que c'est vous qui l'avez envoyé au trou.

– Faut croire qu'il n'est pas rancunier…

– C'est quand même pas clair qu'un type muet comme une tombe accepte de jouer les indics pour vous. Qu'est-ce qu'il y a entre vous ?

– C'est peut-être sa façon à lui de me remercier de lui avoir évité la chambre à gaz. Ou bien il voudrait me demander en mariage mais il est trop timide pour se déclarer.

Le directeur me lance un regard noir, mais appelle un gardien pour m'accompagner au parloir, où me rejoint No-Name. No-Name est un type d'une trentaine d'années, trapu, musculeux, au crâne rasé et tatoué. Il a une énorme cicatrice boursouflée à la gorge, qui fait tout le tour de son cou, comme si on lui avait tranché puis recousu la tête sur les épaules vite fait, mal fait. Avant que je ne le livre à l'agent Devon, c'était un des plus efficaces tueurs à gages de la planète ; j'ai dû cavaler derrière lui un mois dans la jungle amazonienne pour l'attraper. J'ai bien failli en crever, mais j'étais motivé : Amy, la femme de Roman, avait un contrat sur la tête, et il en était l'exécuteur… Soit je le chopais, soit elle mourait. Aussi simple que ça.

– Salut No-Name, dis-je en m'asseyant face à lui. Pas trop dure la vie à l'ombre ?

– Ça va. Au moins, je suis à l'abri des UV, répond-il de sa voix grinçante, à peine audible. Je ne risque pas le cancer de la peau.

– Content pour toi. Tu sais quelque chose à propos de la fusillade de Vegas ?

– Je sais que ça ne te regarde pas.

– Deux gamins sont restés sur le carreau.

– J'ai pas signé pour aider tous les flics du pays, Eriksen. Faut pas me prendre pour Mère Teresa.

– OK, laisse tomber. Et Marin Pebble, ça te parle ?

– T'as pas fait quatre mille bornes pour causer de ce guignol.

– Et pourquoi pas ?

– Parce que je te connais. Qu'est-ce que tu veux ?

– Des infos sur Pebble.

– Foutaises. T'as pas besoin de moi pour ça. Sinon, c'est que t'as viré vraiment merdique comme chasseur.

Il n'a pas tort sur ce coup-là. Mais alors, qu'est-ce que je fous ici ? Ce n'est pas la première fois que je me pose la question. Au fil des mois, mes visites à No-Name sont devenues comme une drogue, un exutoire, un besoin compulsif de parler à quelqu'un qui sait, qui connaît, qui peut comprendre. No-Name n'est pas un ami, mais il sait ce que c'est d'avoir du sang sur les mains. Beaucoup de sang.

– T'as des problèmes avec ta conscience ? ricane-t-il, finaud. Tu t'es enfin aperçu qu'on était pareils, tous les deux ? Tu veux postuler ici et que je te tuyaute sur les meilleures piaules ?

– Va te faire foutre. Je n'ai rien à voir avec toi.

– Fais pas ton susceptible. Bien sûr qu'on est de la même race, tous les deux. Celle des tueurs.

– Je ne suis pas un tueur.

– Ah non ? Et comment t'appelles un mec qui a buté des dizaines de personnes ? Sûr que t'en as descendu autant que moi. Voire plus.

– Tu radotes, on en a déjà parlé dix fois. Ça ne te réussit pas, de tourner en rond dans ta cage à longueur de journée. J'étais un soldat.

– Ouais… et elle est où, la différence avec moi ? À part que tes services étaient rétribués bien moins que les miens, parce que l'État ne reconnaît pas à leur juste valeur ces talents si particuliers…

– La différence, c'est que je n'exécute pas les basses besognes de types pourris jusqu'à la moelle, je ne massacre pas les innocents, je ne vends pas mon âme pour le fric. Et, comme tu dis, j'ai une conscience.

– Super. Bravo. Mais tout ce que ça change, c'est que moi, je fais le bonheur de quelqu'un : mon banquier. Alors que toi, tu ne fais celui de personne. T'as 33 ans et il n'y a jamais eu dans ta vie ni famille, ni femme, ni enfant. Ni banquier reconnaissant. À peine un ou deux potes, comme Parker ou Torres. Les gonzesses te tombent toutes dans les bras, mais tu n'en retiens aucune. Et tu sais pourquoi ? Parce que malgré ta « conscience », tu n'aimes personne, pas même toi. Tu ne détestes personne non plus, d'ailleurs, et c'est peut-être ça le pire. Tu es juste sans émotion, froid. Vide. Comme moi. Mais tout ça tu le sais depuis longtemps, n'est-ce pas ? Sinon tu ne serais pas là. Tu es là parce qu'on est de la même espèce, et que moi seul peux te comprendre.

Jamais je n'ai entendu No-Name parler autant, et il ne s'arrête plus. Ses mots se fraient un passage à vif dans mon crâne comme des bulldozers dans une forêt, déracinant et saccageant tout sur leur chemin. Deux options s'offrent à moi : lui fracasser la tête pour le faire taire, ou me barrer en serrant les dents.

Me pointer ici, devant cette bête féroce à l'affût du moindre signe de faiblesse, aura été la plus belle expérience masochiste de ma vie. Finalement, je me casse avant de lui donner raison et de repeindre les murs avec sa cervelle.

En quittant la prison, je marche jusqu'à l'océan, soulagé de quitter les couloirs glauques de San Quentin pour retrouver le soleil de plomb de Californie. Le ciel. L'eau à perte de vue. Le silence. Ici, pas de voix grinçante et railleuse pour me harceler, juste le murmure hypnotique des vagues.

Distraitement, je suis du bout des doigts la marque des dents de Valentine, incrustée dans ma paume…

7
ET MAINTENANT ?

Valentine

Dire que la semaine dernière, du fond de ma cabane en tôle, j'aurais vendu mon âme pour retrouver tout ça… songé-je en écoutant Lewis Cole, un petit homme charmant, bedonnant, grisonnant… et assommant.

Depuis deux heures que dure cette interminable réunion dans la grande salle de la tour Cox, au cœur du Downtown de Los Angeles, je tente vaillamment de rester focalisée sur ses diagrammes, tableaux, Prezi, *mind-maps*. En vain. Je ne réussis qu'à me bloquer la mâchoire à force d'étouffer mes bâillements. Il parviendrait à rendre la menace d'une invasion martienne ou d'une OPA hostile aussi palpitante que les aventures de *Minnie Mouse chez le coiffeur*. Un bref coup d'œil circulaire me permet de constater que je ne suis pas la seule à lutter contre l'assoupissement. Même mon père et son bras droit, Lana Wright alias « la dame de fer », piquent du nez. Nous avons d'autant plus tendance à être distraits pendant les présentations de Lewis que c'est un homme extrêmement compétent dont la vigilance, le travail et les conclusions n'ont jamais pu être mis en défaut depuis trente-cinq ans qu'il officie au sein du groupe. Tout le monde lui fait donc une confiance aveugle et ne s'intéresse qu'à son bilan, toujours précédé de deux bonnes heures d'explications débitées sur un ton monocorde et soporifique.

Tout en gardant une oreille à l'affût des propos de Lewis, je profite de la somnolence générale pour ouvrir discrètement une page Google sur mon portable : pour la première fois depuis mon retour de Madagascar, la semaine dernière, je me décide à taper « Nils Eriksen » dans la barre de recherche. C'est idiot, mais je ne parviens pas à me le sortir de la tête, même si cette nuit dans ses bras n'était qu'une folie que je n'ai aucune intention de reproduire. Après avoir écarté le profil d'un footballeur norvégien mort depuis quarante ans, et celui d'un diablotin de 9 ans maquillé en tigre qui inonde son Facebook de clichés de ses rayures, je glane ici et là quelques informations susceptibles de correspondre au Nils qui m'intéresse. Je ne déniche malheureusement pas grand-chose, si ce n'est qu'il a monté récemment sa propre agence de détectives. La belle affaire. En revanche, pas de photos de lui, pas de site Internet ni de compte Facebook, Instagram, Twitter.

Merde !

Je referme mon portable d'un claquement sec qui fait sursauter tout le monde, m'attirant un coup d'œil répro-bateur de mon père. Je soutiens son regard, pas décidée à me laisser donner des leçons de savoir-vivre par un homme qui entretient une liaison avec son employée depuis dix-sept ans. Lana ne perd rien de notre échange silencieux. Je me renfonce dans mon siège en massant mécaniquement mon poignet ; c'est devenu comme un toc, ces derniers jours. Il n'est plus douloureux, mais ce simple geste me rappelle les doigts de Nils sur moi, notre premier contact peau à peau et, inexplicablement, cela m'apaise.

Quand Lewis termine son exposé, je m'isole un moment avec lui pour lui commander un rapport sur la nouvelle branche d'activités d'un de nos plus sérieux concurrents sur le marché de la vente en ligne.

– Je veux savoir si leur idée de troc, que Lewis a rapidement évoquée, est viable, dis-je à mon père quand il m'interroge sur les raisons d'un tel intérêt. Elle est farfelue, mais pas stupide ; si elle se vend, il faut qu'on puisse l'améliorer, la développer, et leur damer le pion sous le nez.

Darren hoche la tête :

– Alors tu écoutais la présentation de Cole, finalement ?
– Évidemment.
– Bien. Très bien. Tu es la seule à avoir relevé ce détail. Je me demande à quoi je paie les autres…

Sur ce compliment exceptionnel, il se retranche dans son bureau, suivi de Lana.

***

La semaine suivante est interminable. Elle passe avec une lenteur exaspérante, malgré la frénésie du travail, des réunions, des rendez-vous qui s'enchaînent et se multiplient. Je considère d'un œil critique ce qui m'entoure et je me demande comment je peux vivre ainsi depuis des années, à courir après du temps, des gens, de l'argent, des contrats. Bien qu'appréciant mon retour à la civilisation, son confort, sa climatisation, ses jacuzzis (avec ou sans glaçons !), son luxe éblouissant, ses prises antimoustiques et ses hommes raffinés, je suis insatisfaite de tout. Ça me paraît tout à coup insuffisant. Agréable mais incontestablement insuffisant. Il manque quelque chose dans ma vie parfaite. Peut-être un peu d'adrénaline, de poussière et d'humour pourri…

Le dernier vendredi d'août, de retour du bureau, je passe chez nous embrasser ma mère et je file dans mon appartement – un 300 m² avec terrasse, aménagé dans l'aile ouest de la villa – me préparer pour la soirée. Je pourrais habiter ailleurs en ville, et Dieu sait si parfois j'en rêve, mais… je ne peux pas laisser tomber ma mère. Elle a assez encaissé comme ça. La vie avec Darren n'est pas une partie de plaisir et je compte plus que tout au monde pour elle. C'est d'ailleurs réciproque, même si je ne le lui prouve sûrement pas assez souvent.

Après une longue douche, et puisque je suis enfin débarrassée des bleus et des piqûres de moustiques qui décoraient mes jambes, j'enfile la petite robe bustier Givenchy noire qu'elle m'a offerte hier, une tuerie en satin et dentelle. Je l'adore ! Puis j'appelle un taxi qui se coule dans la circulation encombrée des quartiers chics de L.A. J'envoie un texto à Aïna :

[Tu me manques déjà. Qu'est-ce que je vais faire sans toi ?]

Je m'apprête à ranger mon iPhone, mais elle me répond immédiatement, malgré le décalage horaire :

[Des cochonneries, j'espère ! Tu en es où avec ton Viking ?]
[Nulle part. Pas de nouvelles.]
[Dommage. Il avait l'air génial.]
[Mouais. Il doit être remonté sur son drakkar boire de l'hydromel dans le crâne de ses ennemis…]
[Sûrement ! J'ai revu Samuel, tu veux que je lui demande son numéro ?]

J'hésite un peu avant de pianoter :

[Non. M'en fous. C'était juste un coup d'un soir.]
[Ah oui ?]
[Oui.]
[T'es sûre ?]
[OUI !]
[OK, OK… Un très bon coup alors, parce que t'avais l'air de revenir d'une croisière sur la lune le lendemain matin, avec toute la Galaxie qui clignotait au fond de tes yeux !]

[OK, j'avoue : un très bon coup. (Oui, bon, le coup du siècle…)]

[Vous avez tellement secoué le pick-up que Samuel et moi, on s'est cru dans un shaker !]

Je ris de bon cœur, quoiqu'un peu mortifiée, et tapote :

[Désolée ! Mais n'empêche : un coup d'un soir…]

[Comme tu veux, tête de mule…]

[Je dois te laisser. Bisous, tête de lémurien.]

Le taxi me dépose à l'entrée du club privé où se déroule la fête à laquelle je dois retrouver Milo. Je n'ai pas pris une minute pour le revoir depuis mon retour, et il est temps que j'arrête de rêvasser à un certain blond aux yeux gris pour me réapproprier ma vie. Ma vraie vie, en compagnie d'hommes qui correspondent à mon idéal, chics, civilisés, cultivés, et surtout incapables d'assommer qui que ce soit avec autre chose que des paroles. Et cette soirée où se bousculent stars et people de tous horizons m'a l'air parfaite pour ça.

– Valentine, ma belle, tu es splendide ! me dit Milo en souriant quand je le rejoins.

– Merci, réponds-je un peu gênée par son ton possessif. On s'amuse bien, ici ?

Milo pose une main au creux de mes reins pour me piloter vers le bar, tout en m'énumérant les derniers potins. Je suis heureuse de le retrouver, tout est simple avec lui, je sais où j'en suis. Il est jeune, beau, brillant, riche, sophistiqué, prévisible, fiable. C'est rassurant. Je ne sors pas vraiment avec lui, mais il nous est arrivé de coucher ensemble à l'occasion, et si ça n'a rien d'une croisière dans les étoiles, on ne s'ennuie pas non plus pour autant. On s'entend bien, on se comprend, on ne se bouffe jamais le nez, et je sais qu'il plaît aussi bien à Darren qu'à ma mère, même si elle le trouve un peu fade. Bref, Milo De Clare est le parti idéal… et si j'avais deux sous de jugeote, j'accepterais nos fiançailles avant qu'il ne se lasse de moi et ne jette son dévolu sur une fille moins chiante.

Deux heures plus tard, je commence inexplicablement à m'ennuyer, malgré l'ambiance assez fun de la soirée, quand un ami de Milo le pousse du coude en sifflant tout bas :

– Vise un peu ça ! Rita Shank ! Et elle a mis le paquet…
– La Rita Shank du dernier film produit par Foreman ? demande un type derrière moi.
– En personne, confirme l'ami de Milo.

Je me retourne pour admirer la créature qui semble tous les hypnotiser, excepté Milo qui a la bonne grâce d'affirmer en haussant les épaules préférer les brunes. Et je me raccroche à lui, incrédule, sonnée.

La Rita en question n'est pas juste une jolie starlette bien maquillée, c'est carrément une pin-up rousse à la chevelure incendiaire, avec une bouche écarlate, des yeux de biche, des hanches à la Marilyn Monroe et des seins qui hurlent « libérez-nous ! » en essayant de jaillir de son décolleté à chaque pas. La totale.

Mais ce n'est pas tant Rita qui attire mon attention que celui qui l'accompagne, et sur lequel elle pose une main possessive. Un homme qui dépasse tous les autres d'une bonne tête, très classe dans un costume Lanvin gris acier magnifiquement taillé sur ses larges épaules, avec des cheveux d'un blond presque blanc coupés à la perfection pour dégager sa nuque et mettre en valeur ses yeux d'un gris si rare. Un homme au visage dur et fermé, dont émanent une assurance et une puissance éclipsant tous les mâles présents.

Nils. Transfiguré, sans ses tresses et son pantalon de brousse, mais Nils, sans aucun doute. Et sa main à elle sur lui. Sa main manucurée, aux ongles rouge éclatant, qui monte pour venir caresser son visage. Le visage de Nils. Ce visage que j'ai embrassé, tenu entre mes mains pendant qu'il me faisait l'amour, et qui est venu s'enfouir dans mon cou, après qu'on a joui. Oui, le visage de Nils, et ses doigts à elle qui rampent dessus…

Je me détourne en vacillant, au bord de la nausée.

– Merde… murmure l'ami de Milo. C'est qui cette armoire à glace ?

– Aucune idée, mais ça dissuade d'aller tenter sa chance, répond un autre. Même pour un simple autographe.

– Valentine ? s'inquiète Milo dont je suis en train de broyer la main. Tu te sens bien ?

– Oui, oui, dis-je avec l'impression d'avoir percuté un mur. Enfin, non, je ne sais pas. Je crois que je suis un peu barbouillée.

– Tu veux que je te raccompagne ? me demande-t-il, plein de sollicitude.

– Non, je te remercie. Je vais rentrer, mais je préfère prendre un taxi.

Merde. Nils. Ça fait mal… Mais mal… Pourquoi ça fait si mal ? Ça ne devrait pas. Ce n'était qu'un coup d'un soir.

En arrivant chez moi, je passe au garage disjoncter les lumières automatiques et je gagne la piscine devant la villa, qui reste dans la pénombre. Je ne veux voir personne. Pas même ma mère. Je me déshabille et je plonge dans l'eau rafraîchie par la nuit. Je nage, longtemps, jusqu'à ne plus sentir mes bras, jusqu'à ne plus avoir que le bruit de l'eau dans la tête. Nils… Ce n'est rien, rien d'autre que mon ego qui vient de se prendre un coup mortel : à peine sautée, déjà remplacée. Oui, je suis vulgaire (désolée papa), mais je crois qu'en ces circonstances, j'ai le droit. C'est pas le moment de me les briser avec des leçons de vocabulaire à la con.

Est-ce que je regrette cette nuit-là ? Non. Non ! Dix fois non ! Quoi qu'il en reste aujourd'hui, c'était magique.

Je continue à nager, j'enchaîne les longueurs pour anesthésier la douleur. D'habitude, c'est efficace, mais pas ce soir.

Quand je m'ébroue en sortant de la piscine, je revois Nils au lac Alaotra. L'eau qui ruisselle sur son corps et qui le rend luisant sous le soleil. Je m'assieds sur la terrasse, face à la mer, épuisée mais pas apaisée pour autant, des images de lui, de nous, plein la tête. Je masse distraitement mon poignet.

Sur mon iPhone, une alerte de mon appli santé attire mon attention : « Retard : 5 jours. Bientôt une heureuse maman ? » Je reste un moment groggy devant mon écran qui clignote gaiement comme si c'était la meilleure nouvelle depuis qu'on a marché sur la Lune. OK… Il ne manquait plus que ça. Bravo Valentine : tu n'aurais pas dû sécher les cours de biologie, tu aurais peut-être appris que le meilleur moyen de faire des bébés, c'est de coucher avec un mec sans capote ni pilule…

Je me laisse tomber en arrière pour m'étendre de tout mon long sur la terrasse. Les lattes de bois me heurtent le dos. Je contemple le ciel, les étoiles, la lune qui ne me sourit plus, mais me fixe de sa grosse bouille désapprobatrice. J'ai merdé sur tous les fronts. Mais c'était tellement bon… Rien n'avait jamais été si bon.

Quand Nils s'est arrêté pour s'inquiéter de contraception, j'ai cru mourir de frustration. Sérieusement. C'en était douloureux. Et je n'ai pas vraiment menti en lui répondant que c'était OK, je ne suis pas totalement stupide non plus : dès que notre hélico s'est posé à La Réunion, j'ai filé en pharmacie acheter mon spray antimoustiques… et la pilule du lendemain. Douze heures après le rapport, il était encore largement temps ; j'avais soixante heures de marge, ça aurait dû marcher. Mais il faut croire que je fais partie des 5 % d'échecs. Pas de bol.

Je n'ai plus qu'à acheter un test de grossesse demain à la première heure. Et s'il est positif, c'est quoi le plan B ? Je garde mon mini-Nils ou je file à la clinique pour qu'un gentil médecin m'en débarrasse ? Si je le garde, je préviens Nils ? Je l'arrache à sa bombasse rousse pour lui mettre le nez sur mon ventre ? Et après, qu'est-ce qu'on fait ? On s'engueule pour savoir qui est fautif ou on choisit ensemble la couleur des bavoirs ? Est-ce que je peux élever toute seule un petit Viking ? Est-ce que je le veux ? Un millier de questions virevoltent sous mon crâne, se cognent et s'entrechoquent sans fin.

Déboussolée, je pose une main sur mon ventre, que je caresse pensivement. Dans ma famille, on a le chic pour tomber enceinte du mauvais mec, de celui qui ne reste pas, qui n'était qu'un rêve, un mirage. C'est un peu notre marque de fabrique.

Oui, mais Nils… Quel putain de beau rêve !

II

BIS REPETITA

8
ON A DIT STOP

Valentine

Je dois avoir une très haute estime de moi-même (ou en tout cas de mon système reproductif) pour avoir pu penser que la pilule du lendemain ne marcherait pas sur moi. Que je ferais partie des 5 % de femmes aux hormones invincibles. Dommage. Je trouvais qu'une déesse de la fertilité, ça collait plutôt bien avec un Viking surhumain à tresses. Malgré le lot incommensurable d'emmerdes qui serait allé avec, je me serais bien vu en Artémis aux cheveux courts, avec mon carquois, mes flèches et mon gros bidon, défendant la vie coûte que coûte. Ou alors en Junon, dont le sein lourd déborde de sa toge romaine, enfantant un demi-dieu, seule, pendant que son infidèle Jupiter s'amuse à foutre en l'air le ciel et la Terre. Dans une crise de niaiserie suraiguë, j'ai même cherché le nom de la déesse fertile dans la mythologie scandinave : Frigg. Charmant, n'est-ce pas ? Très doux, comme prénom. Infiniment chaleureux, pas frigide pour un sou. Non, décidément, la culture nordique n'est pas faite pour moi. Je vais garder Valentine. Et remiser mes rêves de mini-Nils dans un coin (bien enfoui) de ma tête, au rayon « fantasmes à ne jamais assouvir ».

Ça fait six mois que je me félicite tous les jours de ne pas avoir reproduit le schéma familial, de ne pas être tombée enceinte du mauvais mec, trop beau pour être vrai, trop con pour rester (et surtout bien trop extraordinaire pour se contenter d'une petite brune consommée à l'arrière d'un pick-up dans la forêt malgache). Pour Nils Eriksen, ce doit être une nuit parmi tant d'autres. La preuve, il m'a déjà remplacée par une pouf rousse aux seins débordant de santé, capables de nourrir une famille nombreuse, même de petits Vikings affamés. Entre Nils et cette fameuse Rita, ça aurait pu ne pas durer. Et j'aurais surtout pu ne pas le savoir. Mais il a fallu qu'elle fasse un peu de cinéma, quelques caprices de starlette et des photos plus ou moins à scandale pour faire parler d'elle. Et donc de lui. Une photo d'eux me saute aux yeux, un beau matin, au hasard d'un magazine people feuilleté honteusement dans la salle d'attente du dentiste.

Quand le docteur Wong m'appelle, j'en suis à lire la légende d'une photo débile : « *La bombe Rita Shank n'a pas froid aux yeux… ni ailleurs* », sous un cliché de l'actrice descendant de voiture en ayant omis de porter une culotte. Quand le docteur Wong répète « Valentine Laine ? » sur un ton interrogatif et légèrement impatient, je daigne lever les yeux du torchon et croise le regard de l'unique autre patient présent : de sexe masculin et d'âge avancé, il lève les mains en l'air pour convaincre le dentiste qu'il ne s'appelle pas Valentine. Très aimablement, je laisse le vieillard innocent passer avant moi sur le fauteuil de torture pour pouvoir poursuivre ma lecture. L'article concernant Nils et Rita ne fait pas plus de six lignes et se finit sur cette phrase : « Le beau blond qui lui ouvre la portière, avec ses airs suédois, doit être habitué aux grands courants d'air. Ça n'a pas l'air de lui faire peur ! »

Il est d'origine norvégienne, bande d'idiots !

Et non, il n'a peur de rien. Et oui, il peut donner chaud à n'importe qui...

Je referme sèchement le magazine, comme si le claquement des pages pouvait arriver directement sur la joue de Rita Shank, de ma part. Puis j'attends nerveusement mon tour, en pensant que je vais être en retard au bureau, que je n'aurais jamais dû laisser passer « Monsieur Valentine » devant moi, et que même la sensation de la fraise en acier sur mes dents sera une torture moindre que cette maudite photo gravée dans mon cerveau. Nils et son costume anthracite, Nils et sa carrure de gladiateur, Nils et ses cheveux blonds presque blancs, qui ont un peu repoussé depuis la dernière fois, Nils et son immense main ouverte vers le ciel, recueillant galamment les doigts manucurés de Rita, Nils et ses beaux yeux gris plissés, peut-être amusés par le spectacle de l'actrice naturiste, peut-être un peu agacé par le flash du photographe. Le bourdonnement métallique de l'autre côté du mur me crispe un peu plus et mon esprit sadique s'amuse à me torturer encore davantage, me révélant des souvenirs invisibles sur le cliché : les sublimes tatouages tribaux dansant sur ses larges épaules, le contraste des dessins noirs et mystérieux sur sa peau blanche, presque angélique ; le soyeux de ses cheveux longs de l'époque, qui coulaient entre mes doigts ; la force tranquille de ses mains sur mon corps, tour à tour délicates et viriles ; la trace de ma morsure de plaisir à l'intérieur de sa paume, preuve sans doute effacée de notre nuit torride.

Mais pourquoi toutes ces images me hantent encore ? Pourquoi toutes mes sensations semblent fades depuis celles qu'il m'a procurées ?

Docteur Wong, venez me chercher ! Et faites-moi mal, s'il vous plaît, que je puisse l'oublier un peu !

***

Après un détartrage presque indolore (et bien incapable de remplir sa « mission sensations »), j'arrive juste à temps à la tour Cox pour la réunion de dix heures. Je me dirige directement vers la grande salle, ma veste et mon sac à main encore sur mes épaules.

– Tu as pris ta matinée ? me demande mon père, déjà installé au bout de la grande table en U, Lana à ses côtés.

J'ignore si c'est une stupide plaisanterie de bureau, une tentative de complicité père-fille ou juste une de ses remarques de *control freak* accro au boulot, qui n'envisagerait jamais de commencer sa journée de travail après sept heures et demie du matin.

– Merci de t'inquiéter de mon emploi du temps, Darren, lancé-je, d'un air tout à fait sérieux. La prochaine fois, je te demanderai une autorisation d'absence avant de prendre rendez-vous pour mon frottis annuel. Mais pas d'inquiétude : aucune descendance à l'horizon, tu n'auras pas besoin d'ajouter un autre enfant non désiré à ton testament. À moins que quelqu'un d'autre se porte volontaire pour te faire ce cadeau… ?

Sans même que j'aie besoin de la regarder, Lana (bras droit de mon père autant que sa maîtresse attitrée) pique un fard et plonge le nez dans ses dossiers. Elle ne semble pas réaliser qu'elle regarde un tas de feuilles écrites à l'envers, qu'elle a visiblement oublié de retourner avant de se chercher une contenance. Mon père se contente de se racler la gorge, de resserrer son nœud de cravate qui n'en a pas besoin et de sourire pour de faux à Faith et Lewis, qui arrivent juste, suivis de près par Becca, Jeff et Rory, les trois chefs de service concernés.

– On est au complet, on peut commencer, annonce rapidement Darren pour briser le silence gênant, en frottant bruyamment ses mains sèches l'une contre l'autre.

J'ignore son tic d'impatience et démarre la réunion en annonçant que notre tout nouveau service de troc va pouvoir

voir le jour, en version bêta. On s'attend évidemment à ce qu'il explose et peut-être même révolutionne carrément le marché de la vente en ligne. À l'exception de mon père, tout le monde autour de la table arbore un sourire fier, victorieux… et fatigué. Ça fait à peine six mois que nous développons cette idée pour couper l'herbe sous le pied de notre concurrent direct. Avec Faith, ma nouvelle assistante, les équipes de développement, les créatifs et les commerciaux, nous avons bossé comme des acharnés dans cette course contre la montre. Dans l'histoire du groupe Cox, jamais un service n'a été pensé, conçu et produit dans de tels délais. Darren, comme n'importe quel PDG, devrait être époustouflé. Mais il hoche simplement la tête en agitant ses cheveux blancs (qu'il garde un peu trop longs, pour faire jeune). Ses petits yeux noirs et austères ne laissent passer aucune expression (mais trahissent largement ses 64 ans).

Il y a des choses que même une fortune de dix milliards de dollars ne peut pas offrir…

Lasse de son indifférence, je passe la parole à Lewis Cole pour les détails techniques et surtout chiffrés, qui devraient davantage intéresser le PDG Cox. De sa voix monocorde, Lewis m'assomme en moins de temps qu'il ne faut pour le dire. J'en profite pour laisser discrètement mon esprit vagabonder. Tout seul, il s'amuse à résumer la situation : moi, Valentine Laine, je me suis envoyée en l'air avec l'homme engagé par mon père pour me ramener saine et sauve d'un violent kidnapping à Madagascar. Engagé, d'ailleurs, non pas pour protéger sa fille unique, mais bien juste pour assurer l'avenir de son groupe adoré. Ça pourrait être un peu triste ou carrément pathétique, mais vu sous cet angle, ça me fait presque sourire. C'est donc l'argent de Darren Cox en personne qui a payé ma nuit de sexe démente à la belle étoile. Et c'est bien la première fois que j'ai envie de dire sincèrement « merci papa ! »

Et si je me faisais à nouveau enlever, moi... ?

Cette idée stupide me traverse l'esprit pendant que je crayonne sans y penser dans le coin d'une feuille, avant de réaliser que j'ai dessiné de mystérieux motifs tribaux remplis de noir, que Faith essaie de décrypter par-dessus mon épaule.

« Fais au moins semblant de suivre la réunion... Pas comme moi ! » écris-je en petites lettres, à son intention, avant d'ajouter un smiley qui cligne de l'œil.

Comment perdre toute crédibilité professionnelle en moins de dix secondes, pour un maudit colosse blond et tatoué, qui m'a oubliée aussi vite qu'il m'a séduite ? Il suffirait pourtant que je fasse la même chose. L'effacer de ma mémoire. De ma peau. Ça fait déjà six mois et je suis certaine que mon cerveau a embelli les souvenirs que j'ai de cette nuit. Pathétique. Nils Eriksen, sors de ce corps ! Tout de suite ! Ou alors reviens t'y loger, doucement, profondément, follement, comme tu sais si bien le faire...

Non ! Stop !

Je referme ma bouche bêtement entrouverte, retourne ma feuille griffonnée et reprends mon air le plus pro, les yeux rivés sur ce bon vieux Lewis Cole. Pendant qu'il débite ses informations, pourtant intéressantes, mais sans aucune modulation, sa chemise se tend sur son ventre bedonnant et le tissu s'écarte dangereusement entre deux boutons, juste au niveau du nombril. J'ignorais qu'on pouvait être aussi poilu de cette zone. Comment était le ventre de Nils, déjà ? Musclé, d'accord, mais imberbe ou pas ?

On a dit stop !

Si même mon job que j'adore ne parvient plus à me faire oublier cet enfoiré, je suis mal. J'ai un milliard de choses à faire, comme tous les autres jours, j'ai un père à provoquer, sa maîtresse à ignorer, une mère à soutenir, des galas mondains auxquels je dois (et veux) assister, et même un mec, ou presque (ou en tout cas qui accepterait ce titre si je lui demandais). Pas comme l'autre. En tout cas, ma vie est déjà bien assez remplie. Je n'ai pas besoin de *lui*.

Après une heure de Lewis et deux heures de tour de table (où chacun a pu prendre la parole pour présenter sa partie), j'aperçois Aïna de l'autre côté des baies vitrées qui entourent la salle de réunion. Elle me fait de grands signes, pointe sa montre de l'index, puis sa bouche grande ouverte et son estomac apparemment vide, mime avec ses bras des aiguilles qui tournent au ralenti puis simule finalement un malaise hypoglycémique. Je retiens un éclat de rire, remercie Rory, le dernier intervenant, puis libère tous les corps qui gargouillent et rêvent sûrement de s'étirer, avant de leur donner rendez-vous pour l'ultime dénouement de cette réunion en début d'après-midi.

– J'ai cru que tu ne sortirais jamais de ton bocal ! gémit mon amie d'enfance, à voix basse.

Je lui offre une parfaite imitation de *Nemo* pour toute réponse : grands yeux qui louchent, joues gonflées d'air, bouche qui fait de fausses bulles, jusqu'à ce qu'Aïna me saute dans les bras. Ces derniers mois, elle a travaillé d'arrache-pied sur son reportage dénonçant le trafic de bois de rose à Madagascar et a réussi à vendre son film à une chaîne de télé française. Pour le moment, il n'est pas question pour elle de remettre un pied dans son pays natal, où elle est devenue *persona non grata*. Alors elle m'a rejointe il y a quelques semaines aux États-Unis (après que je l'ai suppliée un bon million de fois), où elle va pouvoir souffler un peu tout en continuant son combat de loin. Je crois qu'elle n'imaginait pas qu'il serait si difficile de se faire de petites places dans mon emploi du temps surchargé. Elle a arrêté de me fixer des rendez-vous que je dois régulièrement reporter, et préfère venir me surprendre à la tour Cox et m'amadouer de ses yeux de cocker affamé.

– Bon, on va déjeuner ? Je t'attends, moi ! ironisé-je en m'éloignant.
– Tiens, salut Faith ! lance gaiement ma copine en direction de mon assistante qui se dirige aussi vers la sortie.

– Bonjour madame, répond cette dernière, sans un sourire, avant de déguerpir.
– Madame ?! Moi ?! Valentine, tu es sûre qu'elle ne se drogue pas ?
– Faith est *légèrement* protocolaire, tenté-je d'expliquer. Elle peut avoir l'air un peu sévère mais c'est pour cacher sa timidité…
– Je ne comprendrai jamais pourquoi tu as embauché une fille aussi différente de toi… et de moi, soupire Aïna, la mine boudeuse.
– Parce que j'ai besoin de quelqu'un de rigoureux, de droit et d'appliqué pour me seconder, et dont le sens de l'humour ne va pas me distraire toutes les trente secondes. Quelqu'un qui n'est pas doué en mimes, par exemple. Et qui ne va pas me raconter ses exploits sexuels ou ses fantasmes sur Tom Hardy tous les matins à la machine à café.
– Pas de blague et pas de cul, tu veux mourir ?! me demande-t-elle, outrée.
– Je suis sûre que Faith a une sensualité cachée, enfouie quelque part, qui se révèle tard le soir…
– Arrête, je refuse de visualiser ! bougonne Aïna.

Avec ses tresses plaquées sur le crâne, son sarouel près du corps (sans doute issu du commerce équitable), son débardeur court, ses sandales en corde et ses deux boucles d'oreilles différentes, ma meilleure amie a tout de la fille *roots* qui se lave un jour sur deux, mange des graines, fume des feuilles et fabrique elle-même ses vêtements et bijoux. Mais pour connaître Aïna Rakoto (ou plutôt Vololoniaïna Rakotonalohotsy), il faut creuser un peu plus que ça.

Elle se plante à côté de moi, les bras croisés, une moue ronchonne sur son joli visage typiquement malgache, et nous regardons s'éloigner mon assistante : une grande liane à la peau très noire et aux cheveux aussi raides que sa démarche, usés par le fer à lisser sur lequel elle doit tirer chaque matin pour discipliner ses cheveux crépus. Voilà, tout en elle n'est que raideur, droiture et discipline. Tout le contraire de mon amie d'enfance, souple, adaptable, rusée, imprévisible, éprise de liberté.

– Bon, d'accord, Faith est peut-être un peu psychorigide, finis-je par admettre, vaincue.

– À ce stade, c'est plus un balai qu'elle a dans le derrière, c'est un séquoia ! conclut gaiement Aïna.

Je pouffe de rire et passe mon bras sous le sien pour l'entraîner dehors, enfin. Après avoir quitté la tour, on s'installe sur des tabourets hauts dans un bar à salades de Downtown Los Angeles, on commande des plats aux jolis noms « nature » et on reçoit d'énormes bols remplis de crudités colorées, d'ingrédients frits, de fromages en tout genre et de sauces onctueuses, qui n'ont plus grand-chose de sain à la fin.

– Alors, Milo ne t'a toujours pas passé la bague au doigt ? m'interroge la curieuse aux yeux en amande.

– J'ai bien cru qu'il allait poser un genou à terre la dernière fois qu'on est sortis ensemble. Je te promets que mon cœur s'est arrêté pendant qu'il refaisait ses lacets.

– Je croyais que Milo De Clare était exactement ton type d'hommes… insistent les yeux fouineurs.

– Qu'est-ce que tu veux que je te dise ? Il est charmant et raffiné, intéressant et cultivé, il me tient les portes et me glisse sa veste sur les épaules, il a de bonnes manières et de belles valeurs, des yeux verts à tomber et un superbe avenir, il ne ferait pas de mal à une mouche, même si elle l'avait cherché…

– Et toi, Valentine Laine, tu as envie qu'on te fasse un peu mal, se marre Aïna en ondulant sur son tabouret, l'air sauvage.

– Non ! me défends-je en chassant une image de Nils qui surgit dans mon esprit. Juste d'avoir un tout petit peu peur de ce qui pourrait se passer.

– Si c'est l'aventure que tu veux, commence par quitter ta tour dorée et ton bocal à poissons. Quand est-ce qu'on repart ?!

– Quand on ne risquera plus de se faire kidnapper, séquestrer et tripoter par des fous… !

– Il me semble que tu n'étais pas la dernière pour te faire tripoter à l'arrière d'un certain pick-up.

– Ah, ça… dis-je sur un ton nonchalant. C'était différent. J'avais trop d'adrénaline dans le sang, il fallait que j'extériorise.

– Et toute la forêt a profité de vos ébats ! sourit Aïna. Il paraît qu'à Mada, les animaux refusent de se reproduire depuis qu'ils vous ont vus… Trop de pression !

– Et je les comprends !

Je ris de bon cœur mais je réalise exactement à ce moment-là pourquoi je n'arrive plus à laisser Milo m'approcher, me déshabiller, me caresser.

Trop de pression. Pas assez de frissons.

En passant après le blond, le brun ne peut souffrir la comparaison.

– Toujours aucune nouvelle de Nils ? reprend ma copine quand elle arrête enfin de rire à sa propre blague.

– Non, et je ne veux toujours pas que tu demandes à Samuel son numéro, la devancé-je. Ça date d'il y a six mois. Et je te rappelle qu'il est détective privé, s'il avait voulu me joindre, ça fait longtemps qu'il aurait trouvé un moyen de le faire.

– OK, comme tu veux…

– Et ça fait longtemps que cette brute est sortie de mon esprit.

– Message reçu ! capitule Aïna.

– Et vous êtes toujours en contact, Sam et toi ?

– Plus ou moins, me répond-elle, la bouche pleine. On s'est revus plusieurs fois à Paris, avant que quelqu'un m'oblige à déménager en Californie !

– Vous aviez tant de choses que ça à vous raconter ?! me renseigné-je, le plus discrètement possible.

– C'est un type intéressant, sous ses airs de tchatcheur. Ils ont déjà vécu dix vies, avec Nils.

– Ah bon ? commenté-je pour la pousser à en dire un peu plus.

– Ouais, enfance chaotique, familles d'accueil, fugues… Puis la galère, la débrouille, une fois devenus ados. Après, je ne sais pas trop.

– Difficile de se construire dans ces conditions-là, fais-je un peu tristement. Mais à part leur humour pourri et leur amour de la baston, ils ne m'ont pas semblé particulièrement déséquilibrés…

– Apparemment, ils partagent plus que ça. Le goût du risque, l'insubordination, un problème avec l'attachement, forcément.

– Mouais, marmonné-je en haussant les épaules, l'air faussement sceptique.

– C'est marrant, quand même, cette envie de savoir des trucs sur une « brute sortie de ton esprit », me taquine mon amie.

– Je m'intéresse au genre humain, figure-toi !

– Oui, surtout quand il a des airs de Viking, un corps de rêve qui fait trembler les pick-up et de mauvaises manières qui font fantasmer les filles presque fiancées…

– Tais-toi ou je t'enfonce ces billes de mozza dans les narines !

Tais-toi ou je t'avoue que je ne pense qu'à lui, presque toutes les nuits, Nils qui me fait du bien, Nils qui me fait toutes ces choses, Nils qui pourrait me faire du mal…

Au fait, on n'avait pas dit stop ?

9
PAS POUR MOI

Valentine

Dans les meilleurs jours, une vingtaine de minutes séparent la tour Cox de la villa Cox, située à Santa Monica. Le double, lorsque la circulation n'est pas aussi fluide qu'aujourd'hui.

Parce que mon père est un narcissique de première, il faut que tout porte son nom.

Tout en gardant un œil sur le feu rouge, je consulte rapidement mes derniers messages reçus. Rien de nouveau, à part un lien que vient de m'envoyer Aïna. Je clique dessus sans y penser et tombe sur un article relatant la dernière escapade de Nils et Rita. Photo à l'appui. Mon téléphone atterrit violemment sur la banquette arrière, j'écrase l'accélérateur et allume la radio pour passer mes nerfs sur le dernier tube de Rihanna.

Ne pas oublier ma mission. À cet instant, rien d'autre ne compte. Pas même LUI.

Si j'ai quitté le bureau en début d'après-midi, c'est parce que ma mère n'est pas sortie de son lit depuis deux jours. Cela fait plusieurs années qu'elle connaît des hauts et des bas, mais la mélancolie et la noirceur semblent gagner de plus en plus de terrain ces derniers temps. Les sourires qu'elle affiche cachent souvent des pensées tout autres et lorsqu'elle n'est même plus capable de faire semblant, je réalise à quel point la situation est grave. J'ai demandé à son psy de passer la voir, ce matin, il a décidé d'augmenter son traitement mais n'a pas réussi à lui arracher plus de deux mots.

Florence Laine-Cox n'arrive pas à le concevoir, mais elle est l'une des plus belles femmes que je connaisse. Une grande brune de 47 ans, qui en fait dix de moins et qui n'a jamais perdu sa taille mannequin. Ses cheveux ondulés et soyeux lui tombent au milieu du dos, tandis que ses lunettes rondes à fines branches lui donnent ce petit côté intello et mutin qui plaît tant aux hommes. Ma mère est également pourvue de cette sensibilité, de ce petit supplément d'âme qui fait d'elle un être d'exception. Mais un être qui a été fendu, presque brisé. La violence d'un homme, Pascal, mon ex-beau-père, lui a laissé de lourdes séquelles : un mal-être et une peur profonde qui la hantent depuis presque dix ans.

Et j'ai assisté à tout ça, impuissante...

J'avais 16 ans quand ce cher Pascal a envoyé ma mère aux urgences. C'est là que j'ai enfin réussi à la convaincre de porter plainte et de le quitter. Après une dépression de plusieurs années, Florence n'a commencé à remonter la pente que lorsque Darren, mon père et son seul amour, a accepté de l'épouser. On a quitté la France pour les États-Unis, on s'est installés à la villa Cox et on a fait semblant de former une famille normale. C'était il y a quatre ans et ce n'était rien d'autre qu'un mariage de convenance, mais ça suffisait au bonheur de ma mère.

Aujourd'hui, je n'en suis plus si sûre.

Je chasse les images qui me poursuivent (la brute épaisse de Pascal, les bleus sur son visage à elle, les coupures sur ses bras, le sang sur les murs…) et pénètre dans sa chambre après avoir frappé doucement à sa porte. Si menue et si blanche dans ce grand lit aux draps ivoire, les yeux fermés et les poings serrés, elle n'est que le fantôme d'elle-même. Cette vision me fait mal au cœur. Et me met en colère. Je l'embrasse sur le front puis vais brutalement ouvrir les rideaux, puis les fenêtres. Elle proteste, la lumière l'éblouit, je laisse entrer l'air dans la grande pièce et vais m'asseoir à ses côtés.

– Il faut que tu sortes de ce lit, maman. Et que tu manges.

Ma voix était douce et déterminée, mais Florence ne l'entend pas de cette oreille :

– Pour faire quoi ? soupire-t-elle en posant ses mains graciles sur ses yeux.

– Pour aller mieux… fais-je doucement.

– Comment est-ce que je pourrais aller mieux ? s'écrie-t-elle en éclatant soudain en sanglots. Il m'a épousée uniquement pour obtenir ce qu'il voulait ! Toi ! Une héritière pour reprendre les rênes de son satané groupe !

– Darren n'a pas de cœur, ce n'est pas nouveau, grogné-je en serrant les dents.

Les sanglots de ma pauvre mère se transforment en hoquets incontrôlés.

– C'est à cause… de lui… que je meurs à petit feu…

– Résiste, maman ! l'imploré-je. Vis pour autre chose que pour lui ! Vis pour toi ! Pour moi !

– Je ne fais que ça, ma douce. Si tu n'étais pas là, je serais déjà partie… murmure-t-elle en reniflant.

– Ne dis pas ça !

– C'est elle qu'il aime… Lana… Moi, je ne suis rien…

J'en ai assez entendu. Je repousse brusquement le drap qui la recouvre et la force à se lever. Dans son peignoir griffé, ses longues jambes tremblent d'abord un peu, puis elle me suit jusqu'à la terrasse de sa chambre qui domine l'océan.

– Respire et regarde ça ! m'écrié-je en tentant de lui faire entendre raison. Regarde la beauté, l'immensité de ce qui t'entoure. Regarde tout ce qui est à ta portée. Tout l'argent, toute la liberté dont tu disposes pour accomplir tout ce dont tu rêves !

– Je ne rêve que d'une chose, Valentine, m'avoue-t-elle tristement. Être aimée de celui que j'aime…

– Alors bats-toi, nom de Dieu ! Lance-lui un ultimatum ! Lana ou toi ! Il tient trop à son empire pour te laisser filer…

– Me battre ? Je n'en ai plus la force. Et puis je ne veux pas d'un homme qui me serait fidèle par obligation. Je veux… Je veux qu'il soit amoureux. Comme je le suis…

– Mais qu'est-ce que tu lui trouves, bordel ? marmonné-je en fixant l'horizon.

– L'amour ne s'explique pas, Valentine. Et il n'épargne personne. Tu finiras par le savoir…

Merci, sans façon.

Une heure plus tard, je quitte ma mère qui a accepté d'avaler un bagel, de prendre un bain et de s'installer sur notre plage privée, plutôt que dans la pénombre de sa suite du premier étage. Je l'embrasse puis traverse l'immense villa, pour aller retrouver ma vieille Mercury Comet décapotable (récemment troquée contre mon SUV de fille à papa… que je ne suis pas). En arpentant le salon, aussi prétentieux et impersonnel que l'est mon père, je suis tentée de faire *malencontreusement* tomber sa Nixie Machine, cette saleté d'horloge qu'il chérit comme la prunelle de ses yeux.

À quoi bon ? Il claquerait des doigts et en dénicherait une autre dans l'heure…

Le jour et la nuit. En traversant chaque pièce du rez-de-chaussée, je suis à nouveau troublée par le décalage d'ambiance qui règne dans cette maison. Quatre-vingt-dix pour cent de la villa ont été décorés par un designer à la mode, engagé par Darren. Le rendu est épuré, moderne, froid et sans âme. L'étage qu'occupe ma mère est chaleureux, vivant, presque bordélique. On y trouve des bibelots partout, des poupées anciennes, des figurines désuètes, des tableaux colorés et des photos par dizaines (de moi, le plus souvent). Du coup, impossible d'ignorer que mes parents vivent dans deux espaces bien séparés. Chacun leur territoire et celui de ma mère est limité. Avec elle, Darren n'a jamais voulu partager plus que son nom et une partie de son compte en banque.

Ah… et moi.

Mon moteur flambant neuf rugit sous le capot rouge vif lorsque je passe les grilles du parc de la villa Cox. J'ai deux mots à dire à mon père. Voire plus.

***

La circulation n'était pas la même dans ce sens et je débarque à la tour Cox une éternité plus tard, en me retenant de balancer des uppercuts à la première personne qui m'adresse la parole. L'ascenseur dans lequel je grimpe est exceptionnellement vide : je peux me défouler sur la voix automatique jusqu'à ce que les portes s'ouvrent au dernier étage. La secrétaire de mon géniteur tente de me retenir, je la couvre de gentillesses (parfois, les gros mots sont affectueux) et débarque au bureau dans le ciel.

Je m'attendais à trouver mon père en compagnie de Lana. Mais pas dans cette position-là.

– Valentine ! Sors d'ici ! hurle Darren alors qu'il a les mains sur les seins nus de sa maîtresse.

Je daigne me retourner, le temps qu'ils se rhabillent, mais ne quitte pas la pièce. Je ne leur ferai ce cadeau pour rien au monde.

– Tu m'as entendu ? grogne le PDG, dont j'entends la braguette remonter.

– Dans cinq secondes, je me retourne… les menacé-je.

– Non ! Une minute ! panique Lana. Tous ces fichus boutons !

– Il suffirait peut-être de ne pas les défaire… sifflé-je en m'impatientant.

Je finis par ignorer ses jappements et vais m'asseoir dans le fauteuil qui vient d'assister à leurs ébats lubriques… et répugnants.

– Vous savez que ça s'appelle un adultère ? Et que ça pourrait vous coûter cher ? fais-je en direction des deux amants.

– C'est pour nous apprendre la vie que tu t'es déplacée ? ironise mon père. C'est trop aimable, mais ce n'était vraiment pas la peine…

– Elle peut s'en aller ? demandé-je.

– Non, elle peut rester ! tranche-t-il quand la blonde s'apprête à décamper.

Tandis que je fusille du regard l'homme qui m'a conçue, sa poule de luxe se met dans un coin et se fait toute petite.

– Si je suis là, c'est parce que *ta femme* est en train de dépérir au fond de son lit, fais-je le plus froidement du monde.

– Elle ira mieux dans quelques jours… soupire-t-il en resserrant sa cravate.

– Tu sais que c'est faux.

– Elle est faible.

– Elle a vécu l'enfer.

– D'autres ont vécu pire.

– Tu lui dois fidélité et assistance ! lâché-je, hors de moi, à deux doigts de sauter par-dessus son bureau pour l'éviscérer.

– Ce n'est qu'un mariage, Valentine. Ne sois pas aussi naïve que ta mère… fait-il, plein de mépris.

Je me lève, incapable de rester immobile. Tous mes muscles sont tendus, prêts à faire un carnage. De la voix la plus calme possible, je rappelle à mon enfoiré de père les termes de notre arrangement :

– J'ai accepté de reprendre le groupe à deux conditions : que tu épouses ma mère, mais aussi que tu prennes soin d'elle.

– Elle ne manque de rien financièrement, si ? riposte-t-il dans un sourire arrogant.

– J'ignore si tu es pire en tant que mari ou en tant que père…

– Parce que tu crois que ça m'intéresse ? s'impatiente-t-il.

– Darren, j'ai vécu vingt ans sans toi, sans ton argent et ta suffisance. Ne me pousse pas à revivre le bon vieux temps…

– Ta mère en mourrait, si je la quittais, résume-t-il froidement en haussant les épaules.

Un coup de pied en pleine tête, c'est ce que je viens de recevoir. Du moins, c'est l'effet ressenti.

– C'est vrai que c'est ta spécialité, ça… murmuré-je.
– Quoi donc ?
– Que tous les gens qui t'entourent finissent par mourir.
– …

Louisa et David : son ex-femme et son fils. Décédés dans un accident de voiture il y a maintenant cinq ans.

Et soudain, en sortant de ce bureau, j'ai la nausée. Parce que ce que je viens de faire est infect. Laisser les morts en paix, c'est la moindre des choses.

***

– S.O.S., Aïna, besoin de toi ! m'écrié-je dans le combiné en faisant claquer la portière de ma Comet.

Je viens de me réfugier dans mon bolide, sans savoir où aller. J'appelle ma meilleure amie par réflexe, espérant qu'elle aura quelques heures à m'accorder. Par chance, elle est à peu près dans le même état que moi.

– La fille de la cousine de ma mère chez qui je squatte me rend dingue ! s'égosille-t-elle à son tour. Elle se barre en croisière demain, mais en attendant je ne peux plus passer une seule minute en sa compagnie ! Elle collectionne les grenouilles en terre cuite, Valentine ! Et elle leur parle !

– Bon, on retourne chez les barons ? fais-je en éclatant de rire.
– Ouais, un ou deux petits coups de machette, ça nous remettrait les idées en place…

Quelques minutes plus tard, nous sommes à court de blagues et d'idées douteuses.

– On va se défouler ? me propose Aïna. J'ai deux entrées dans une nouvelle salle de gym…
– Le temps que je repasse chez moi pour me changer et que je revienne, ça risque de faire tard.
– Pas la peine, je t'amène une tenue ! Rendez-vous dans vingt minutes sur Fountain Avenue !
– OK ! Évite juste le justaucorps rose bonbon !

Elle a raccroché avant d'entendre ma requête. Connaissant son sens de l'humour et de la mode, je crains le pire mais décide de me rendre au lieu de rendez-vous. Même si Aïna est la pro des « plans foireux », j'ai besoin d'un exutoire. De me laisser porter. De ne pas décider du programme, ce soir. D'y aller les yeux fermés (on klaxonne derrière moi, je les rouvre) et d'oublier, le temps d'une soirée, tous les drames de la famille Cox.

Et un certain Viking aux mains si douces…

En parlant de douceur, les températures avoisinent les vingt degrés en ce début février, mais ma meilleure amie déboule en doudoune et bottines fourrées.

– Quoi ? balance-t-elle en se rendant à la réception. La doudoune, c'est pour commencer la séance avant l'heure. Je me fais suer !

– Charmant… grimacé-je. On se fera la bise une autre fois.

– Des douches sont disponibles à tout moment. Même *avant* la séance, si besoin… précise la blonde qui nous désigne les vestiaires.

Aïna lui répond une horreur en malgache, puis trottine jusqu'au seul casier vert encore libre. La plupart des bleus sont pourtant disponibles.

– Tu as quelque chose contre le bleu ? ris-je en la voyant fourrer son énorme doudoune dans le petit rangement.

– Non, ce casier est pour nous deux ! Il est assorti à nos tenues !

– Vert fluo ? Vraiment ? Aïna… Vert fluo ?!

Vraiment. Vert fluo. Le legging et le tee-shirt qu'elle me tend sont aussi laids que scintillants. Ma meilleure amie m'explique qu'elle a bénéficié d'une promo « un offert pour un acheté » et enfile son propre lot comme si de rien n'était. Pire : comme si elle était au top du glamour dans ces vêtements infâmes.

– Excusez-moi, demandé-je soudain à une quadragénaire qui passe par là. Vous savez s'ils vendent des tee-shirts, ici ?

– Aucune idée, me répond-elle.

– Hum… chuchoté-je. Combien pour le vôtre ?

– Pardon ?

– Votre tee-shirt… Cinquante dollars ?

La brune aux biscotos m'ignore puis s'empresse de quitter les vestiaires, en barrant son tee-shirt d'une main sur sa poitrine et en s'assurant plusieurs fois que je ne la poursuis pas. J'enfile ma tenue transgénique en soupirant, puis suis Aïna sans une seule fois me regarder dans un miroir. J'ai trop peur que l'image reste gravée.

Aïna ressemble à un hybride de sauterelle et de smoothie pomme-kiwi. Donc logiquement, je ne vaux pas mieux.

En quittant les vestiaires, je découvre la salle multisports, sur deux niveaux : sports de combat au rez-de-chaussée et musculation-fitness à l'étage, avec une vue imprenable sur la ville. Bien que quelques sourires moqueurs s'étirent sur notre passage, l'endroit est agréable. Moderne, propre, fonctionnel et fréquenté sans être bondé. Aïna mate sans vergogne chaque mâle musclé et transpirant qu'elle croise, je les regarde sans vraiment les voir. Aucun de ces corps ne rivalise avec celui du guerrier blond aux yeux gris acier (que je continue à essayer d'oublier… mais visiblement pas assez).

Nous commençons la séance par quelques minutes de rameur. Après quarante secondes d'efforts, ma complice se plaint déjà et décide de passer à l'elliptique. Sept minutes plus tard, direction le banc de muscu. Je comprends vite pourquoi : il est fourni tout équipé. Un beau black bodybuildé nous sourit alors que nous approchons. Musclor voit à ma tête que je ne suis pas intéressée et saute sur la proie la plus accessible : Miss Smoothie Concombre.

Le type a beau être sympathique, les phrases que ces deux-là échangent sont affligeantes. J'ai rarement entendu de telles platitudes et de pires techniques de drague. Sauf que ça marche. Le courant semble tellement passer que très vite je me sens clairement de trop entre les deux tourtereaux en nage. Je glisse à l'oreille d'Aïna qu'elle n'a pas intérêt à trop *suer* pour ce mec, elle rit comme une potiche sans cesser de bouffer son quatre-heures du regard. Je m'éclipse, vais boire un peu d'eau, puis décide d'aller faire un tour à l'étage inférieur. En descendant les escaliers, je tire sur ce maudit tissu bionique qui me rentre dans les fesses.

J'aime le sport sous toutes ses formes, sauf quand cela consiste à retourner à l'état primaire pour démolir son adversaire. Pas de bol : au rez-de-chaussée, il n'y a que des mecs (et quelques rares filles) qui s'empoignent ou se rouent de coups en se prenant pour des demi-dieux.

J'hésite à prendre la fuite, mais quelque chose me retient ici. Tout au fond de la salle, je scrute un ring sur lequel s'affrontent deux boxeurs. L'un d'eux paraît immense malgré la souplesse avec laquelle il se déplace. Son dos est puissant, ses épaules larges et musculeuses. Des épaules tatouées. Des tatouages noirs sur une peau de porcelaine, qui ondulent comme animés d'une vie propre. La nuque sur laquelle remontent mes yeux est emperlée de sueur et balayée de cheveux d'un blond pâle. Mon ventre part en vrille, mon cœur se serre, ma gorge s'assèche.

Des mois que ces images me poursuivent…

Nils.

La scène dure probablement de longues minutes, mais elle semble passer en un éclair. Le Viking se déplace vite mais calmement, ses coups portent et font mouche à chaque fois. Son adversaire, un grand brun trapu aux veines et muscles saillants, semble percuter un mur à chaque fois qu'il le touche. J'assiste, fascinée malgré moi, à leur danse violente, jusqu'à ce que le brun aille au tapis, complètement sonné.

Nils ne hurle pas victoire, il ne cherche pas la gloire mais se penche rapidement sur son adversaire, puis l'aide à se remettre sur pieds. Le perdant s'éloigne en claudiquant, sans demander sa revanche. Moi ? Je claudique, je tremble et je m'essouffle aussi. Intérieurement.

Et je n'aurais rien contre une… « revanche ».

Sauf que je ne ressemble à rien dans ce truc moulant vert, que je ne sais pas quoi lui dire, que mon cœur bat beaucoup trop fort et que j'ai la profonde certitude de n'avoir rien représenté pour lui. Bilan des courses : c'est le moment de se tailler ! Aïna me rejoint au moment où je tourne les talons.

– Ce connard est marié ! râle-t-elle. Tu le crois, ça ? Il a fallu que je… Attends ?! C'est… C'est Nils !
– Baisse d'un ton, grogné-je.
– Pourquoi tu ne vas pas le voir ? Lui parler ? Tu en crèves d'envie !

Je suis obligée de l'attraper par le bras pour l'attirer à l'écart. Aïna est aussi discrète que… sa tenue. Qui est aussi la mienne.

– Viens, on rentre ! fais-je sans lui demander son avis.
– Valentine…
– Aïna ! m'énervé-je à voix basse. Il n'est pas pour moi ! Tu sais que je n'aime pas les brutes ! Il n'est pas question que je serve de punching-ball à un mec, comme ma mère. Compris ?
– Heu… Ouais.

Je lance un petit sourire contrit à ma meilleure amie, elle me prend par la main et nous fonçons jusqu'aux vestiaires. Évidemment, je me retourne deux ou trois fois (quatre !) en partant, espérant secrètement croiser le regard le plus clair et pourtant le plus troublant qui soit. Raté : il a disparu.

Cet homme est bien trop dangereux. Pour ses adversaires sur le ring, comme pour moi…

Je peux enfin m'extraire du tube vert scintillant qui emprisonne mes chairs. Et me faire le plaisir de le foutre à la poubelle.

– T’es dingue ?! proteste ma meilleure amie. C’était une super affaire !

Je sors ma carte bancaire et lui tends :

– Toi et moi, on va s’acheter des nouvelles fringues de sport. C’est vital !

– Y avait les mêmes en rose…

– Je peux engager un tueur à gages à tout moment, Aïna…

10
9 999 999 DOLLARS

Valentine

Allongée sur la banquette arrière d'un monospace gris métallisé, je grogne sans pouvoir émettre un son. Nous roulons en direction de Las Vegas depuis plus de trois heures. Et je n'en reviens toujours pas.

Me faire kidnapper une fois, passe encore. Mais deux, ça non, je ne peux pas le concevoir !

J'étais en plein footing lorsqu'un grand maigre et un petit gros (pour résumer) ont décidé de m'emmener de force dans cette virée improvisée. À l'avant, le conducteur s'est rapidement trahi en donnant l'heure et la destination à son complice, avant de réaliser qu'il venait de me fournir une information capitale. Et dire qu'il y a six mois, j'étais entre les mains de trafiquants sauvages, sanguinaires, terrifiants…

Rien à voir avec le scénario actuel. Et c'est peut-être d'ailleurs pour ça que je n'éprouve pas la moindre peur face à ces deux enfants de chœur.

Des amateurs.

Une blague… Ça ne peut être qu'une blague !

Au moment où je vous parle, les deux *partners in crime* se disputent la dernière gorgée de soda. Vraiment ? Ma vie est menacée par ces deux-là ? Impossible. Je vais sortir de la voiture, on va m'enlever ce bâillon, ce bandeau et ces liens qui me serrent les poignets et je vais découvrir que je suis filmée.

Mais si ce n'est pas une mauvaise plaisanterie et que tous les criminels de la planète ont la même idée pour se faire de l'argent, ma vie va vite devenir un enfer…

***

Loupé. Pas de caméra. Pas de comité d'accueil. Voilà une bonne heure que je suis menottée à un gros tuyau, dans la cave à peine éclairée d'une maison inhabitée. Non seulement cet enlèvement n'est pas une blague, mais mes deux ravisseurs aux têtes de comptables encore puceaux ont adressé un message à Darren pour lui demander une rançon de neuf millions neuf cent quatre-vingt-dix-neuf mille neuf cent quatre-vingt-dix-neuf dollars. Pas de réponse pour l'instant, ils tournent en rond sous mes yeux, en débattant :

– S'il ne répond pas dans l'heure, on… on passe à la vitesse supérieure ! bredouille à moitié le premier, rond et court sur pattes.

– Ouais. Qu'il ne nous prenne pas pour des novices ! dit le grand maigre d'une voix suraiguë. Attends… C'est quoi la vitesse supérieure ?

– On le rappelle !

Mes menottes couinent contre le cuivre à chaque fois que je bouge d'un demi-centimètre. Et à chaque fois, les deux nigauds sursautent et pointent leurs regards effarouchés dans ma direction.

– Mon père se contrefout de moi… soupiré-je. Ne vous attendez pas à un miracle.

– Tais-toi et regarde le mur ! riposte celui à la voix de castrat.

Avant d'ajouter un timide « s'il te plaît », qui lui fait perdre toute crédibilité.

– Je t'avais dit qu'il ne fallait pas lui enlever son bandeau ! l'engueule le petit gros.

– C'est vrai que ça m'aurait empêchée de vous entendre… grogné-je en réalisant à quel point ils sont incompétents.

– Je vais acheter des boules Quies ? propose le maigrichon.

– Non ! Ne me laisse pas seul avec *elle* ! panique son compère.

Le monde à l'envers. *Je* fais peur à mes kidnappeurs. Ces deux-là sont tout sauf violents, tout sauf impressionnants.

Par contre, j'ai rarement vu plus nerveux et maladroits. Le premier tremble tellement qu'il fait tomber tout ce qu'il touche. L'autre se bouffe les ongles en scrutant l'écran de son téléphone. Mais je dois avouer que le flingue posé sur la table, au fond de la pièce, me fait un peu peur.

– Bon, tout ira bien tant que tu coopères… me sourit timidement celui à la voix de Mickey Mouse.

Comme si j'avais le choix…

***

J'ignore quelle heure il est lorsque j'ouvre les yeux mais j'ai mal partout. Je me suis endormie assise, la tête contre le tuyau qui émet des bruits douteux. La pièce est plongée dans la pénombre, je ne vois rien ni personne autour de moi. Je me mets à tambouriner comme une folle contre le cuivre, à crier sauvagement pour que quelqu'un vienne s'intéresser à ma petite personne. Au bout de quelques minutes, Mickey et Dingo se pointent, allument la lumière et se frottent les yeux, l'air mal réveillé.

– Je vous dérange ? fulminé-je.
– Ben… On dormait…
– Changez-moi d'endroit ! Je ne peux pas rester comme ça, dans ces conditions ! me rebellé-je. J'ai mal au dos, aux jambes, aux poignets, je me caille…
– Désolé, pas de chambre cinq étoiles dans cette baraque ! rigole le deuxième lascar.

– Un matelas… réclamé-je d'un air menaçant. Et une couverture.

– Sinon quoi ?

– Sinon je vous pourris la vie toute la nuit. Vous ne fermerez pas l'œil, croyez-moi.

– J'aurais vraiment dû penser aux boules Quies, murmure Mickey.

Après quelques chuchotements, ils se mettent d'accord. Le flingue à la main, le premier me surveille tandis que le second détache mes menottes et me guide jusqu'à une petite pièce adjacente, toujours au sous-sol. Je m'allonge avec bonheur sur le vieux lit d'enfant aux ressorts grinçants (qui doit dater des années 1950, comme la couverture rêche qui le recouvre) et refuse de me laisser rattacher.

– Coopère, je te dis ! me menace celui au flingue.

– Oui, ça sera mieux pour tout le monde, rajoute Mickey de sa voix de crécelle.

– Contentez-vous de fermer la porte à clé.

A priori, je ne risque pas grand-chose à jouer les victimes rebelles… Ils ont besoin de moi en vie, non ? Hein ? Quelqu'un ?

Les deux complices se fixent longuement de leurs regards vides, hésitants. Pendant un instant je me dis que je suis folle de jouer avec les nerfs d'un homme armé (et au QI d'huître), mais je tiens bon, je les fixe, faussement impassible, et ils finissent par capituler. Ils retournent à leur étage en traînant des pieds, après avoir verrouillé ma porte de l'extérieur.

Impossible de m'endormir. Mon survêtement ne sent pas la rose, mon estomac gargouille et ma vessie se réveille subitement, au bord de l'implosion. Je me relève, donne de grands coups dans la porte en appelant mes deux nouveaux colocataires. J'y mets de la voix. Et du cœur.

Forcément, ils ne sont pas de très bonne humeur lorsqu'ils se ramènent. Le petit gros, regard mauvais, tient fermement son flingue dans ma direction.

– Désolée… Envie pressante ! expliqué-je sommairement en trépignant.

Mickey s'éloigne quelques secondes, puis revient avec un vieux seau rouillé. Il me le tend en souriant :

– Ça devrait faire l'affaire.
– Pardon ? rétorqué-je, outrée. Vous savez qui je suis ?
– Heu… Valentine Laine-Cox ?
– Je suis la fille qui s'apprête à vous rapporter dix millions ! La moindre des choses, ce serait de m'accorder une pause pipi digne de ce nom !

Sur ce, je me lance sans réfléchir. Je me fraie un chemin entre eux et prends la direction des escaliers, sans me presser.

– Vous me guidez ou je dois fouiller toute la maison pour trouver les WC ?

Là encore, les deux novices finissent par céder, en faisant semblant d'avoir pris eux-mêmes cette décision. La porte des toilettes se trouve à proximité des escaliers et j'ai droit à ma minute de tranquillité sur une lunette qui doit avoir le double de mon âge (ne pas la toucher !). De retour dans ma cave, je tente de pousser le bouchon en passant commande pour mon futur petit déjeuner :

– Un café bien noir et…
– Il est trois heures du matin. Dors ou mon flingue risque de partir tout seul… ronchonne Dingo en claquant ma porte.

Bon. Et pour la douche, on négocie quand ?

***

Le soleil filtre à peine à travers la minuscule fenêtre à barreaux lorsque Mickey m'apporte trois mauvaises nouvelles : le café est du pur jus de chaussette (odeur comprise), les chips saveur barbecue me donnent la nausée et le souriceau m'annonce que mon cher papa n'est pas plus décidé que moi à coopérer. Apparemment, il aurait refusé de payer quoi que ce soit en échange de ma vie sauve.

Ça fait mal, même si ça ne devrait plus m'étonner…

Et l'avenir du groupe ? Ce n'est plus sa priorité ?

Je suis à deux doigts de bousculer mon frêle ravisseur pour tenter une évasion, lorsque son complice et son flingue se ramènent à leur tour.

– Tu vas y mettre du tien, sinon il va t'arriver des misères, me prévient Dingo. Cette fois, on ne joue plus.

– Je suis censée faire quoi ?

– Avoir l'air terrifié. Affamé. En sale état, quoi. On va te prendre en photo pour essayer d'impressionner ton paternel.

– Et si ça ne marche pas ?

– Tu préfères ne pas savoir… lâche-t-il, tandis que Mickey me fait des signes comme quoi « tout va bien aller ».

Pendant que je m'ébouriffe les cheveux, me force à pleurer sur commande pour rendre mes yeux rouges et bouffis, puis déchire le col de mon tee-shirt, je les entends murmurer de l'autre côté de la porte :

– Elle a raison… Et si ça ne fonctionne pas ? s'inquiète le plus sensible des deux.

– On n'aura pas le choix. Il faudra tout laisser tomber et l'abandonner ici en s'assurant qu'elle ne puisse jamais sortir.

Qu… Quoi ?

– Ici ? Toute seule ? Sans rien ?

– …

– Elle va mourir de soif ! De faim !

Euh… Objection !

– On l'a kidnappée, crétin ! Tu croyais quoi ?! Tu tiens à finir en taule, toi ?

– Il va payer ! se persuade Mickey. Cox va payer, on va la libérer et on pourra disparaître et mener la belle vie de l'autre côté du globe !

– Ouais, prie pour que ça arrive… Et essaie de lui faire peur au lieu de la couver, nom de Dieu ! Cette photo, c'est notre dernière chance.

Leur conversation m'a donné la chair de poule. Pour la première fois, je me contente de faire ce qu'on me demande. Je prends mon air le plus pitoyable en fixant l'objectif et je tente d'attirer la sympathie, la pitié, non seulement de mon géniteur, mais aussi des deux larrons. Tandis que Mickey s'empresse d'envoyer le cliché à mon père, Dingo accepte de m'accorder cinq minutes dans la salle de bains sans fenêtre. Je prends une douche (minute, glaciale, mais efficace) en utilisant un vieux bout de savon qui traîne là et qui sent étonnamment bon, puis parviens à maîtriser mes cheveux mouillés en les plaquant en arrière (le gros avantage de la coupe garçonne !). Je remets mes vieux vêtements, faute de mieux, satisfaite de me sentir plus fraîche.

– Les cinq minutes sont passées, bouge-toi ! décrète mon kidnappeur. Direction la cave !

Je retrouve mon petit lit grinçant, la quasi-pénombre et les gargouillis de mon ventre. Je fais mentalement la liste des gens susceptibles de s'inquiéter pour moi :

Florence, ma mère ? Elle est probablement trop déprimée pour sortir de son lit et se rendre compte de quoi que ce soit.

Aïna ? Tu parles, elle est sûrement obnubilée par un nouveau mec bodybuildé… ou son futur reportage sur les lémuriens.

Milo ? Négatif. À force de mettre trois jours à lui répondre, je lui ai donné l'habitude de ne pas s'inquiéter de mes silences.

Faith ? Oui ! Elle va forcément se demander pourquoi je ne suis pas au boulot à cette heure-ci ! Aïe. On est samedi…

***

Plusieurs heures ont encore défilé. Pas de signe de Darren, ni de ses millions de dollars.

– Pourquoi 9 999 999 dollars ? Pourquoi pas un chiffre rond ? demandé-je à Mickey lorsqu'il dépose un sandwich peu ragoûtant sous mes yeux.
– Mange, répond Dingo.
– Parce que ça fait moins peur… me souffle le souriceau. Tu sais, c'est pareil avec un pull : tu l'achèteras plus facilement à 29,99 qu'à 30 dollars.

– Et vous comptez partager équitablement ? demandé-je en souriant presque face à sa candeur. Ou l'un de vous aura un *cent* de moins ?

À la manière dont ils se regardent, les deux génies n'ont pas pensé à ça.

Je connais un gentil Mickey qui va se faire bouffer par un méchant Dingo transformé en Picsou…

– Contente-toi de manger et arrête de te mêler de ce qui ne te regarde pas, conclut le porteur du flingue en faisant signe à son complice de sortir de la pièce.
– Mickey ? fais-je soudain. Merci pour mon déjeuner.
– Pourquoi tu m'appelles Mickey ? sourit-il, tandis que l'autre lève les yeux au ciel.
– Je ne sais pas, comme ça, murmuré-je. Peut-être parce que je t'aime bien…

Dingo n'apprécie pas d'être laissé de côté et attrape son collègue par la manche de sa chemise pour le faire décamper.

– Tu ne vois pas qu'elle te manipule ? grommelle-t-il. Dehors !

La porte claque et le silence m'entoure à nouveau. Je goûte au pain du bout des lèvres, il est un peu rassis, comme l'est cette pièce. Je ne suis pas loin de perdre la tête. Après mes bravades du début, je commence à paniquer. Dans peu de temps, ça fera vingt-quatre heures que j'ai été kidnappée. Vingt-quatre heures et personne n'est venu me sauver.

Je réalise soudain que je risque vraiment de me retrouver enfermée là jusqu'à ce que mort s'ensuive, pendant que les deux guignols retourneront à leurs vies médiocres. Je ne supporte plus la pénombre de la cave, ces ressorts qui me piquent le dos, j'ai mal au crâne, je veux voir le soleil, retrouver ceux que j'aime. Et je suis à deux doigts de virer claustrophobe.

Un peu plus tard, lorsque je les appelle pour la énième fois en donnant des coups de pied dans la porte, mes deux ravisseurs ne viennent plus. J'ignore s'ils ont quitté le navire (après un nouveau refus de cet enfoiré de Darren ?), ou s'ils sont toujours là mais veulent me donner une bonne leçon en me laissant pourrir entre ces quatre murs humides. Je ne me suis pas suffisamment méfiée d'eux, finalement. Je ne suis pas invincible. Ni surhumaine. Mais peut-être sur le point de crever dans cette cave, dans un survêtement défraîchi, avec pour seule compagnie un vieux sandwich rassis.

Mon épitaphe dira : « Ci-gît Valentine Laine, bouffée par les rats du Nevada. »

Et Aïna en fera un documentaire.

Mon esprit s'évade, je tente de penser à des choses positives pour faire passer ce coup de blues. Je songe à la dernière fois que j'ai fait l'amour. C'était avec Milo. Agréable, mais pas transcendant. Pas comme avec Nils. Depuis que la brute aux yeux de brume m'a montré toute la douceur et la fougue dont il était capable, plus rien d'autre ne me semble transcendant.

Si seulement il débarquait, là, maintenant, et m'arrachait à ces deux mauviettes. Il réglerait leur compte en moins de deux et pourrait se focaliser sur moi… Sur ma peau qu'il n'a plus touchée depuis six mois. Et qui le réclame, malgré toute la volonté que je mets à nier l'évidence.

J'allonge mes jambes et fais tomber le sandwich sur le sol. Au moins, les rats pourront commencer par ça.

***

Le soleil est presque couché lorsque je suis tirée du sommeil par des bruits de lutte, au premier étage. Le plafond bas de la cave semble prêt à me tomber sur la tête tant les sons qui s'en échappent sont violents. Quelqu'un tombe, râle, crie. Des meubles sont déplacés, d'autres ont l'air de se briser par terre. J'en déduis que je ne suis donc pas seule, que mes kidnappeurs sont toujours là. Mais je réalise surtout qu'ils sont en train de s'entretuer. Le pauvre Mickey n'a aucune chance de l'emporter contre le gros Dingo. Je dois me préparer à finir mes jours ici.

L'agitation dure de longues minutes. Assise au bout de mon lit de fortune, mes jambes recroquevillées contre mon corps, j'enroule ma tête dans la couverture qui sent la poussière et attends que ça passe, en collant mon front contre le mur froid. Je ne veux plus rien entendre. Plus imaginer le pire. Les bruits cessent, là-haut. J'entends les pas de quelqu'un qui descend lentement les escaliers, je resserre la couverture contre mes oreilles. Ma porte s'ouvre. Après de longues secondes, je me force à poser les yeux sur mon bourreau.

Dans la quasi-pénombre, une immense silhouette occupe tout l'espace.

Une silhouette familière, qui fait s'arrêter mon cœur pris de stupeur…

11
ENCORE LUI

Valentine

– Tout va bien, princesse ?

J'ai déjà entendu ces mots. Déjà frissonné au son de cette voix rauque, très basse. Nils. Ma stupeur se mue instantanément en soulagement. Toutes mes peurs disparaissent, comme si sa simple présence ne leur laissait aucune place. En revanche, une sorte de désir incontrôlable et parfaitement inopportun se met à fourmiller dans mon corps.

– Tout va bien, princesse ? répète-t-il à peine plus fort.

Cette fois, je perçois une sorte d'ironie, un sourire dans sa phrase de sauveur.

– Je ne vois pas ce qu'il y a de drôle, attaqué-je en balançant ma vieille couverture à terre, un peu plus peste que je ne l'aurais voulu.

Ce que je devrais lui dire, en réalité, c'est : « Merci d'être là. » Merci de me sortir de ce trou. J'irais presque jusqu'à « merci d'exister », mais ça doit être l'émotion…

– Deux kidnappings, deux sauvetages, ça frôle le comique de répétition, réplique-t-il.

– Je n'avais pas besoin de votre aide, cette fois. J'aurais très bien pu m'en tirer toute seule, j'attendais juste le bon moment.

Ce n'est pas loin d'être vrai. Enfin presque. Enfin pas tout à fait, mais bon… Ce n'est pas le sujet.

– On peut se tutoyer, non ? propose-t-il en ignorant totalement mon commentaire.

– Non.

– Pourquoi ?

– On ne se connaît pas assez.

– Je ne suis pas d'accord… sourit-il insolemment.

– Vous n'êtes jamais d'accord. Par principe. Et je réitère : je pouvais m'en sortir sans vous.

– Je peux repartir et refermer la porte derrière moi, si ça peut *te* faire plaisir.

Malgré son ton provocateur, il a l'air tout à fait sérieux. Le colosse reste figé un moment sur le seuil de la porte ouverte, attendant ma réponse. Il n'y a plus assez de lumière qui rentre par la petite fenêtre aux barreaux pour que je puisse discerner Nils. Seule une faible lumière derrière lui me permet de distinguer la largeur de ses épaules, l'immensité de son corps, la solidité de son bras appuyé contre le chambranle, au-dessus de sa tête. Mais le contre-jour m'empêche de cerner l'expression sur son visage. Tant mieux, je n'ai pas à subir son indifférence teintée de mépris, après cette mission trop facile pour lui, au secours d'une fille à papa qui a une fâcheuse tendance à se mettre dans de sales draps.

Pourtant, il est venu. Nils. Encore lui.

Je voulais le revoir. Si je suis vraiment honnête avec moi-même, ça fait plus de six mois que j'attends ça. Il y a encore quelques minutes, je n'osais même pas prier pour que ce soit lui qui vienne me sauver. Mais je ne voulais pas le revoir comme ça. Pas dans ces circonstances. Pas pour ces raisons-là. C'est-à-dire avec un chèque à la clé.

– Combien mon père t'a payé, cette fois ? balancé-je, toujours assise au bout du lit.

– Donc on se tutoie, remarque-t-il, l'air satisfait de sa petite victoire.

– Combien ? répété-je.

– Ça ne regarde que lui et moi.

– Ah oui, c'est vrai que pour lui comme pour toi, je ne suis qu'une marchandise, un paquet à rapporter en bon état et au bon endroit.

– Ça t'arrive de te montrer reconnaissante, parfois ? soupire-t-il, apparemment las.

– Tu n'espérais quand même pas que je te saute au cou ?

Il ne répond pas à ma question. Est-ce qu'il est en train d'hésiter ? Non, Nils Eriksen n'est là que pour remplir sa mission. Uniquement motivé par l'argent et la satisfaction du travail bien fait. Ce n'est pas le genre à attendre que la damoiselle en détresse qu'il vient de sauver d'un claquement de doigts se pende à son cou chevaleresque en poussant des soupirs de pâmoison.

– Bon, tu restes là ou tu viens avec moi ?

D'un geste souple, son deuxième bras se lève et rejoint le premier contre le cadre supérieur de la porte. On dirait qu'il est suspendu, sans aucun effort, malgré les cent kilos de sa carcasse virile. Ce n'est pas vraiment un mouvement d'impatience, juste sa façon d'attendre, d'envahir tout l'espace de sa seule présence.

Je réalise que j'en ai presque oublié les deux zigotos, là-haut. Bien qu'agacée, je me suis sentie libérée, apaisée comme par magie à l'arrivée de Nils. Et parfaitement en sécurité depuis. Je déteste le voir ici. Mais je n'aurais voulu personne d'autre à sa place. Maudits paradoxes du cerveau humain. Le silence et la semi-obscurité ne font pas bon ménage quand on est face à un homme de ce charisme, avec des souvenirs qui tentent d'affluer de tous côtés (j'ignorais que mon entrecuisse était aussi doté d'une mémoire).

– Qu'est-ce que tu as fait de Mickey et Dingo ? demandé-je pour toute réponse à sa question.

– Je les ai installés côte à côte devant un Disney avec un petit plateau télé, pour qu'ils arrêtent de parler. Leurs voix me fatiguaient.

– Je ne te crois pas. Je vais aller voir ça, juste par curiosité, dis-je pour justifier que je me lève enfin.

Nils me précède et on quitte la cave par un étroit escalier. Arrivés au rez-de-chaussée, la lumière se fait enfin sur son pantalon de toile beige, son tee-shirt blanc à peine sali, la pâleur de sa peau et de ses cheveux blond clair. Malgré les ténèbres dans ses yeux, ce type est lumineux. Je détourne rapidement mon regard de lui pour observer les deux affreux en piteux état. Le Viking n'a pas tout à fait menti : ils sont ligotés l'un à l'autre par le bras, Mickey a les lèvres enflées et du sang plein la bouche, comme s'il venait d'embrasser (plusieurs fois) la télévision qui gît explosée à côté de lui. Il me fait de la peine. Sincèrement. Son compère, lui, passe du blême au verdâtre et ne quitte pas des yeux son épaule déboîtée. Je ne sais pas si c'est la vision d'horreur ou la douleur, mais il me semble au bord de l'évanouissement.

– Vous bossez pour qui ? leur demande Nils en les dominant de toute sa hauteur.

– On ne sait pas, je vous le jure ! baragouine le castra maigrichon entre ses lèvres amochées. Le coup était déjà monté, on n'avait juste à suivre les instructions pour pouvoir toucher l'argent. Nous, on a des dettes de jeu, on voulait seulement effacer notre ardoise. Ne nous faites pas de mal !

Mickey parle à toute vitesse et protège sa tête de son bras libre, comme s'il craignait que les coups pleuvent à nouveau s'il répond mal à la question. Mon cœur se serre un peu, à nouveau. L'autre sursaute quand Nils s'approche et fouille leurs poches, il pousse de petits couinements chaque fois que son corps rondouillard est déplacé d'un millimètre par les mains rapides et précises du colosse. Nils extirpe deux portefeuilles presque identiques et les vide de leur contenu, tout en expliquant :

– Je vais vous laisser tranquilles, parce que je suis convaincu que vous ne savez rien qui m'intéresse. À mon avis, vous n'êtes que de très mauvais pions. Mais la prochaine fois, les gars, évitez de prendre vos cartes d'identité avec vous. Je n'ai pas non plus besoin de savoir à quelle salle de sport vous ne mettez jamais les pieds, dans quel cinéma vous faites la queue pour voir le dernier *Star Wars* et dans quel casino vous allez vous ruiner dès que la paye est tombée.

Nils égraine ces informations tout en envoyant d'une pichenette, une à une, les cartes de fidélité sur les deux malheureux, qui plissent les yeux et font « aïe » chaque fois qu'un minuscule projectile les touche.

– D'ailleurs, il n'y aura pas de prochaine fois, poursuit le privé, accroupi face à eux. Vous allez me soigner cette vilaine plaie à la bouche, aller voir un dentiste, remettre cette clavicule en place et ne plus jamais vous amuser à kidnapper qui que ce soit. OK ? Contentez-vous de jouer au méchant dans vos jeux vidéo. Si je revois un jour vos visages, je ferai en sorte que même vos mères ne les reconnaissent plus. Compris ?

Mickey et son acolyte acquiescent sans produire un seul son, terrifiés par les menaces de Nils et pressés qu'il en finisse. Même plié en deux, il semble dix fois plus puissant, plus épais, plus impressionnant que les deux nigauds réunis. Du coin de la pièce, j'ai l'impression qu'ils ne sont tout simplement pas de la même espèce, comme si j'assistais à la conversation improbable entre un ours polaire et deux bébés hérissons.

– Tu vas les laisser là, comme ça ? demandé-je au colosse qui s'éloigne vers la sortie.

– Tu préfères qu'on les couche et qu'on les borde avant de partir ?

– Non, mais ils ne vont jamais réussir à se libérer, malins comme ils sont…

Nils hausse les épaules, sort un petit couteau pliable de sa poche, puis se penche pour le faire glisser par terre, jusqu'aux pieds de Mickey. Comment une carcasse pareille peut faire preuve d'une telle souplesse, d'une telle légèreté, d'une telle précision dans ses gestes ?

Et pourquoi j'ai la bouche ouverte, moi ?

Je me secoue, rassurée que mes deux agresseurs ne subissent pas le sort que je craignais tant : mourir de faim et de froid dans cette maison abandonnée, sans que personne ne vienne jamais les chercher. Il ne doit pas exister deux Nils Eriksen sur cette planète. Et désolée, il est déjà venu pour moi. Je quitte les lieux en courant pour éviter d'être semée par mon sauveur, qui n'a visiblement pas envie de s'attarder ici.

– Sympa le survêt', s'amuse-t-il en me détaillant des pieds à la tête.

– Si j'avais prévu qu'on m'enlèverait au milieu de mon footing, j'aurais porté un mini-short moulant et un débardeur trop court, juste pour tes beaux yeux, ironisé-je.

– Mes yeux ne se plaignent pas trop, mais merci pour eux. J'ai un tee-shirt de rechange pour toi, si tu veux…

Il engouffre le haut de son corps par une vitre ouverte, à l'arrière de ce qui ressemble à un ancien Hummer de l'armée, tout déglingué, d'un vert kaki très foncé. Puis il en ressort en me tendant un tee-shirt blanc semblable au sien, et donc en taille XXL. Au moins.

– Non merci, décliné-je.

– Parce que c'est trop grand ?

– Parce que je ne vais pas me changer devant toi.

– Au cas où tu aurais oublié, je t'ai déjà vue nue, lâche-t-il avec un petit sourire agaçant.

– Au cas où tu en doutes, ça ne va pas se reproduire aujourd'hui, rétorqué-je spontanément.

Donc il se souvient de notre nuit. De ma nudité. Et il ne semble pas gêné une seule seconde d'en reparler. Mais pourquoi il faut toujours que je réponde sans réfléchir quand moi je suis troublée ?

– On a de la route à faire jusqu'à L.A., annonce-t-il en me balançant quand même le tee-shirt, comme s'il me laissait la possibilité de changer d'avis.

Puis il grimpe dans le Hummer et s'installe au volant, attendant que je le rejoigne à la place passager. Je m'y hisse, son tee-shirt toujours à la main, et il démarre à peine ma portière refermée. Sa conduite est étrangement fluide malgré la lourdeur de l'engin qui traverse le désert du Nevada. Je me laisse bercer par le bruit régulier du moteur, la sensation de puissance sous mes pieds, la douce luminosité du soleil presque couché, le paysage uniforme qui défile de part et d'autre de l'interminable route au tracé rectiligne.

Sans parler de la présence rassurante à ma gauche, qui me donne l'impression que rien ne peut plus m'arriver.

Rien, sauf ce que je voudrais…

Il est rare que je reste silencieuse si longtemps. Et je suis reconnaissante (malgré ce qu'il pense) que Nils respecte ce moment d'intimité, le contrecoup du choc qui me laisse muette, épuisée, recroquevillée dans ma bulle. Peut-être que je suis un peu plus secouée que je veux bien l'admettre par cet enlèvement, même raté.

– Pourquoi on n'a pas appelé la police, au fait ? demandé-je doucement après de longues minutes de réflexion intérieure.

– C'est dans mon contrat. Cox ne veut pas ébruiter l'affaire, me répond Nils sans prendre de gants.

– Ah. Laisse-moi deviner : mon père pense que c'est mauvais pour l'image du groupe.

– Je crois que ses mots exacts ont été : « Je n'ai pas besoin de ce genre de publicité. »

– Évidemment. Pour quelle autre bonne raison il laisserait les agresseurs de sa fille s'en tirer aussi facilement ? fais-je, amère, les yeux perdus dans le vague.

– Peut-être pour ne pas donner à d'autres la même mauvaise idée ? tente le Viking à voix basse.

– Pas la peine d'essayer de le défendre. Darren Cox est irrécupérable.

– Si ça peut te rassurer, vu leur profil, les deux kidnappeurs en herbe ont eu la peur de leur vie. Je pense qu'ils ne sont pas près de recommencer.

– Je n'ai pas besoin d'être rassurée, conclus-je en me tournant vers la vitre, essayant de trouver une position confortable, la tête appuyée sur le tee-shirt de Nils.

– Peut-être pas. Mais tu as besoin de dormir. Et de manger. Et d'arrêter de penser.

D'un coup de volant soudain mais parfaitement maîtrisé, mon chauffeur prend la sortie et s'arrête devant le premier motel au néon fluo. Il ne reste qu'une seule chambre mais elle contient deux lits séparés. Le colosse m'explique qu'il pourrait dormir dans son Hummer mais qu'il est plus prudent qu'il garde un œil sur moi cette nuit. J'ignore la petite bulle qui pétille au creux de mon ventre et acquiesce sans broncher (surtout pour ne pas passer pour une princesse).

Il me suit encore de son regard acier quand je me rends à pas lents dans le petit magasin attenant au motel, faisant office d'épicerie, de *dîner*, de tabac et de pharmacie. Je ne l'entends pas se faufiler derrière moi. C'est à peine si je ne sursaute pas quand j'aperçois son allure souple et calme se diriger vers le snack-bar. Ce dos. Ce fessier. Cette peau.

Je secoue la tête et m'éloigne dans les rayons étroits, jetant mon dévolu sur une bouteille d'eau, un paquet de cookies au chocolat, un lot de trois culottes blanches en coton (c'est Aïna qui serait fière de moi!), une brosse à dents et un mini-dentifrice. Une fois à la caisse, je demande aussi des comprimés pour le mal de tête et une boîte de préservatifs, sans même y avoir réfléchi avant. Juste une impulsion. Je me traite aussitôt d'idiote mais il est trop tard pour revenir en arrière : Nils me rejoint pour payer (je n'ai pas un sou sur moi). J'essaie de cacher tant bien que mal les capotes au moment de ramasser mon trésor, mais le Viking ignore royalement mes cachotteries, trop occupé à dévorer des morceaux de poulet frit avec les doigts, piochant régulièrement dans un *bucket* de taille familiale.

– Tu en veux ? me propose-t-il, une fois assis par terre dans la chambre du motel, le seau posé entre ses longues jambes étendues devant lui.
– Il y a une table, ici.
– Pas besoin. Tu en veux ou pas ? Sinon, je finis.
– Juste un, dis-je en m'asseyant en tailleur face à lui.

Malgré son appétit d'ogre, il mange proprement. Et je ne peux pas m'empêcher de trouver sensuels ses doigts luisants de gras qui pénètrent à peine entre ses lèvres humides chaque fois qu'il engloutit une nouvelle bouchée.

Là, tout de suite, je voudrais juste être l'extrémité d'un pouce.

Nils accepte volontiers de finir mes cookies (à peine entamés) et je le regarde se régaler sans un mot, comme si c'était un moment sacré. Je ne parle pas non plus, bêtement absorbée par les mouvements de ses mains, de ses lèvres, de ses mâchoires en pleine action. J'espère juste qu'il me croie trop fatiguée pour faire la conversation.

Je le laisse finir de dîner pour aller prendre une longue douche, me brosser les dents pendant au moins six minutes et changer enfin de culotte. J'hésite un bon moment à remettre mon bas de survêtement et mon tee-shirt au col déchiré, mais je me résigne enfin à passer le tee-shirt propre de Nils : le col est si large qu'une de mes épaules en sort constamment et le tissu blanc me descend presque jusqu'aux genoux. Au moins, pas d'attentat à la pudeur en vue.

– Désolée, je crois qu'il n'y a plus d'eau chaude, m'excusé-je en sortant de la salle de bains.

– Pas de problème, le froid ne me dérange pas, répond-il en relevant les yeux vers moi. Contrairement à toi…

Ses yeux de brume balayent rapidement mes cheveux mouillés, mon épaule dénudée, son tee-shirt blanc sur mes tétons pointés.

Attends, mes quoi ?!

Je baisse les yeux vers ma poitrine et croise aussitôt les bras pour masquer les deux petits traîtres. Nils s'amuse de mon trouble puis déplie sa carcasse, jette les restes du dîner et va jeter un œil par la fenêtre de la chambre, décalant légèrement le rideau jaune moutarde qui n'occulte rien de la lumière de la lune ou celle du néon criard au-dehors. Il ne fera donc jamais complètement nuit dans cette chambre de motel.

– Je vais prendre une douche express. Je laisse la porte de la salle de bains entrouverte. Crie s'il y a un problème. Et essaie de ne pas t'endormir avant que je revienne.

S'il croit que je vais pouvoir dormir en imaginant son corps de statue grecque ruisselant d'eau à moins de cinq mètres de moi…

– Tu as une préférence, pour le lit ? demandé-je sur ce que j'imagine être un ton parfaitement nonchalant.
– C'est un peu tôt dans notre relation pour qu'on ait un côté attitré, non ? me charrie-t-il.
– Je pensais à ma sécurité !
– Ouais, ouais, acquiesce-t-il, tout sourire. Je prendrai celui qui est près de la porte.

J'éteins le plafonnier, défais l'autre lit et me glisse sous les draps pour couper court à ce moment gênant qu'il a l'air de savourer. J'entends Nils se doucher rapidement, se laver les dents (en me demandant s'il m'a volé ma brosse) puis je le vois revenir, en boxer, marchant silencieusement dans la chambre pendant que je fais semblant de dormir.

Bénis soyez-vous, lune brillante, rideau transparent, gènes norvégiens. Merci pour ce spectacle.

Je m'assoupis, sans savoir quand ni combien de temps, puis mon mal de tête me réveille. Après ça, je ne réussis pas à dormir plus de dix minutes d'affilée, croisant dans mes rêves agités des lèvres fendues, des épaules déboîtées, des tatouages tribaux qui se mettent à serpenter sur une peau de porcelaine, des yeux ténébreux qui passent du gris pluie au noir orage, des tétons pointus comme des flèches et des dangers surgissant de toutes parts.

J'ai trop réfléchi, trop attendu, laissé trop de chances à cette insomnie : je me lève et rejoins Nils sur la pointe des pieds. Il me semble dormir d'un sommeil profond. À ce moment de la nuit, je ne veux ni le réveiller, ni le séduire, juste me faire une petite place dans son lit, me pelotonner discrètement contre lui et le laisser me protéger, me réconforter, m'apaiser. Exactement ce qu'il est venu faire. Exactement ce pour quoi je suis si heureuse de le retrouver.

Mais je préférerais m'arracher la langue sur-le-champ plutôt que lui avouer.

Si seulement mon père n'avait pas joué les intermédiaires…

***

Je dors profondément pendant quelques heures, bercée par sa respiration lente et continue, mon dos lové contre son torse. À mon réveil, je découvre que ses bras m'entourent et que son visage frôle ma nuque. Au fin fond de mon ventre, la petite bulle pétille de plus belle. Derrière moi, le Viking reste immobile mais son souffle est plus rapide, son corps plus tendu. Il est réveillé.

Sans réfléchir aux conséquences, sans peser le pour et le contre, je laisse mon désir prendre les commandes. Lentement, langoureusement, je me mets à bouger contre son grand corps. Lorsque mes fesses partent à la rencontre d'une partie bien précise de son anatomie (plus du tout endormie), il lâche un grognement viril et je retourne ma tête vers lui, de manière à plaquer ses lèvres sur les miennes. Un baiser fugace mais inoubliable, qui mêle fougue et tendresse et m'arrache un gémissement.

La peur et l'excitation s'engouffrent à nouveau dans mes veines, sans que je sache laquelle l'emporte. C'est l'effet Nils Eriksen. La brute aux mains si douces promène ses paumes dans mon cou, il les fait glisser le long de mes flancs et les faufile sous le tee-shirt XXL qui recouvre ma peau brûlante.

Je le désire déjà à m'en mordre férocement les lèvres.

– Tu es sûre que c'est ce que tu veux ? murmure sa voix grave.

Sans attendre ma réponse, ses doigts atteignent mes tétons et les pincent sans ménagement. Je gémis et me cambre davantage contre lui, sentant sa dureté dans mon dos. Excitée comme jamais, je lui rétorque d'un filet de voix :

– Nils, tais-toi. Contente-toi de me faire tout oublier…
– À ton service, princesse.

Soudain, ses bras me déplacent comme une poupée de chiffon et je me retrouve plaquée sur le matelas, sous son corps massif. Je ne suis plus dos à lui. Je suis face à lui. Offerte. Totalement à sa merci.

À ton service, grand méchant Viking…

Je me perds un instant dans le dédale de ses muscles. J'effleure du regard sa carcasse de gladiateur bien entraînée, comme taillée dans la pierre. Ce spectacle me donne chaud. Très chaud. Mes lèvres ont encore le goût des siennes, et pourtant j'ai l'impression que notre dernier baiser remonte à une éternité. Je me penche en avant en espérant atteindre sa bouche, il m'évite et m'embrasse dans le cou, sur l'épaule, écartant mon tee-shirt (qui est en réalité le sien) de ses dents.

– Barbare… grogné-je en savourant ces caresses.

Il lâche un petit rire satisfait, puis plaque sa bouche sur la mienne pour m'embrasser brutalement. Ses lèvres ont le toucher du velours, sa langue me fait perdre la tête, son souffle m'enflamme, ses soupirs sont contagieux. Je mordille sa lèvre du bas (bien trop pleine et insolente pour échapper à cette punition), il se venge en pressant un peu plus son érection contre ma petite culotte blanche… trempée.

– Sadique, en plus de ça… ajouté-je fébrilement.

– Valentine, tais-toi. Contente-toi de gémir et de me faire bander, m'imite-t-il de sa voix qui porte.

– À tes ordres, Cro-Magnon… soupiré-je avec une pointe d'ironie.

Puis je glisse mes mains dans ses cheveux en espérant les tirer pour lui faire mal, il intercepte mes poignets et les bloque de force de chaque côté de ma tête.

– Tu ne gagneras jamais avec moi… souffle-t-il.

Il passe la pointe de sa langue sur mes lèvres, sans m'embrasser franchement. Un geste d'une impertinence et d'une sensualité qui m'achève. Ma poitrine monte et descend à toute vitesse, ma respiration est chaotique, je meurs d'envie de sentir à nouveau ses mains sur moi. Sa virilité en moi.

Je plonge en avant et l'embrasse à pleine bouche, sans qu'il ne m'en empêche, cette fois. Nils me rend mon baiser avec ferveur et frôle enfin ma peau nue de ses grandes mains. Il caresse mes hanches, mon nombril, joue avec les bords de ma culotte, puis empoigne franchement mes cuisses en lâchant des grognements de mâle en rut. J'adore ça, cette brutalité douce.

– Tu m'as bien traité de Barbare, tout à l'heure ? lâche-t-il en s'arrachant à mes lèvres.

Il est aussi essoufflé que moi. Je l'observe à la lueur du néon fluo du motel, qui éclaire la chambre de l'extérieur. Ses cheveux blonds, tout juste assez longs pour être en bataille. Ses yeux aux éclats métalliques. Ses larges épaules à la peau blanche et aux muscles tendus. Il est d'une beauté renversante, d'une animalité farouche.

– Oui, rétorqué-je.
– Tu le penses toujours ?
– Plus que jamais.
– Tant mieux… sourit-il.

Mon tee-shirt ne me servait plus à grand-chose, sachant qu'il était relevé jusqu'à mes seins depuis belle lurette, mais la brute trouve tout de même nécessaire de m'en débarrasser. D'un coup sec qui me fait hoqueter de surprise, il le déchire au niveau du col, jusqu'en bas. En deux ou trois mouvements, le tissu quitte ma peau pour aller s'échouer sur le sol. La première victime collatérale de mon attirance folle pour ce Viking.

La seconde, si on compte ce qu'il me reste de vertu.

Mes seins tendus, pointés vers lui, n'en peuvent plus d'attendre ses lèvres. Nils Eriksen est un ogre et tout mon corps peut désormais en témoigner. Voilà de longues minutes que je gémis, tandis qu'il dévore chaque centimètre carré de ma peau. L'ancien flic est en repérage, il prend ses marques, collecte des indices, dans le but de résoudre l'énigme suivante : « Comment supplicier au mieux Valentine Laine ? »

Il m'embrasse, me caresse, me frôle, me pince, m'empoigne et j'en redemande à chaque fois qu'il a le malheur de s'arrêter. Contrairement à notre première étreinte, je n'ai pas besoin de rester silencieuse. Pas besoin de me cacher, de me retenir, de faire taire mes plus inavouables instincts. Je m'abandonne totalement à ses caresses, couine quand il mordille la peau tendue de mon ventre, lâche un juron quand il attise mon clitoris à travers le coton. Lorsque je tente de glisser mes mains sur son corps ou sous son boxer, je suis gentiment mais fermement remise à l'ordre. Comme s'il tenait à prendre soin de moi, me cajoler, me faire oublier les dernières vingt-quatre heures, sans rien attendre en retour.

Comme pour me prouver qu'il n'est pas la brute égoïste et macho que je soupçonnais à l'origine… mais bel et bien mon protecteur.

Ma culotte disparaît aussi vite que mon tee-shirt : Nils se redresse pour se mettre à genoux, il soulève brusquement mes jambes, fait coulisser le tissu avec une précision incroyable. À croire qu'il s'est entraîné maintes fois… Me voilà entre ses mains, intégralement nue, tremblante de désir pour lui. Dans un élan parfaitement impudique, je me surprends à écarter les cuisses, pour que mon message soit bien clair.

Pendant la prochaine heure, tu as carte blanche, Thor…

Ses yeux sont traversés par une lueur que je ne lui connaissais pas. Son sourire, d'abord discret, s'étend. Il a quelque chose de… follement érotique.

– Je ne savais pas que les filles de bonne famille étaient capables de telles provocations… résonne sa voix rauque.

Je suis incapable de répondre mais ça n'a pas d'importance : le mâle déchaîné est déjà passé à l'offensive. Son visage s'enfouit délicieusement entre mes cuisses, et en à peine dix secondes je suis haletante, une main perdue dans ses cheveux soyeux, l'autre agrippée au bord du matelas. Le vorace me goûte, me suçote, attise mon clitoris du bout de sa langue, enfonce un doigt en moi. Puis deux. Je vibre, gémis, m'accroche à ses épaules tatouées, m'agrippe à la chair ferme de son dos… puis lâche un râle bestial qui m'étonne moi-même.

Je n'ai jamais, de toute ma vie, produit un tel son. Mes joues écarlates risquent de ne pas s'en remettre.

Nils en profite pour délaisser mon sexe et remonter à hauteur de mon visage. Il me regarde un instant, me scrute comme s'il m'observait au microscope. Son regard gris est indéchiffrable. J'ignore s'il est sur le point de se moquer de mon cri de bête, de m'annoncer que la partie est finie, ou je ne sais quoi encore. Sauf qu'il ne parle pas. Aucun son ne sort de sa bouche, mais ses lèvres recouvrent les miennes et m'embrassent avec une étonnante tendresse. Je sens mon goût salé sur ses lèvres, c'est étrange et sexy à la fois. Nils et moi venons de passer au niveau supérieur de l'intimité.

En parlant de niveau supérieur… J'ai enfin la permission de toucher au fruit défendu. Je dépose ma main sur son boxer, le caresse à travers le tissu. Allongé contre moi, Nils se braque légèrement, puis se détend au fur et à mesure de mes allers-retours. Ma paume se faufile enfin sous l'élastique et ma peau entre en contact avec la sienne. Cette peau si fine et si sensible qui entoure son sexe dressé. Je soupire de bonheur, il râle de plaisir mais pose doucement sa main sur la mienne pour m'interrompre.

– Tu n'es pas obligée, Valentine, précise le Viking en me fixant intensément. Tu ne dois jamais te sentir obligée.
– J'ai envie…
– De quoi ?
– De toi. En moi.

Il soupire, puis sa main libère la mienne et je peux reprendre mes caresses. Je prends le temps de lui retirer correctement son boxer, il me regarde faire en observant mon corps nu et mouvant à la lumière du néon. Son sexe durcit de plus en plus, il grandit et grossit, à m'en faire rougir. Nils m'embrasse avec fougue tandis que je le touche, d'abord lentement, puis *crescendo*, au rythme de ses baisers passionnés. Il semble apprécier cette synchronisation, si j'en crois sa respiration qui s'accélère.

La chaleur qui se répand au creux de mes reins devient incontrôlable. Voir ce corps sublime et sculptural à ma portée, l'intensité qui se dégage de ce visage viril et aux traits étonnamment délicats, sentir ce sexe vigoureux grandir dans ma paume… Je mets au défi la femme la plus chaste au monde de ne pas se liquéfier face à ce spécimen. Ou de s'embraser, comme moi à cet instant.

Sans interrompre mes caresses, je tends la main en direction de la petite table de nuit qui sépare les deux lits. C'est ici que j'ai déposé mon sac de courses, un peu plus tôt. À l'intérieur… une boîte de préservatifs flambant neuve. Finalement, mon intuition était la bonne. Que ferais-je sans elle, à cet instant ? Lorsque je m'empare de la petite boîte, Nils trouve le moyen de me déstabiliser, une nouvelle fois :

– C'était donc prémédité…
– Par mon inconscient, peut-être, admis-je.
– Il a bon dos, l'inconscient…
– Toi aussi, tu devrais te taire… fais-je en serrant un peu plus la base de son sexe.
– Hmm… grogne-t-il de plaisir.

Il se venge comme il peut, en m'embrassant de toute sa voracité (Dieu que j'ai chaud…). Je sors une capote de son emballage et la place sur son sexe. La seconde qui suit, je ne maîtrise plus rien. L'animal indompté, qui sommeillait au plus profond de lui, surgit dans le corps de mon Viking. Et dans son regard électrique. Je ne suis plus que sa proie.

Une proie largement consentante…

Nils me pénètre sans préambule ni politesses, après s'être positionné au-dessus de moi. Je lâche un râle de stupéfaction, puis des cris de plaisir à mesure qu'il me possède. Son sexe coulisse au plus profond de moi, et rapidement mon intimité trempée s'habitue à sa taille. La légère brûlure laisse place à un plaisir entêtant, qui devient rapidement vertigineux. Ses lèvres sont dans mon cou, ses dents mordillent mon épaule, tandis que nos peaux claquent l'une contre l'autre.

Mon amant s'évertue à s'échapper, à sortir complètement pour mieux revenir en moi. À chaque fois, je cherche désespérément à le retenir, à le conserver dans ma chair, au point de planter mes ongles dans ses hanches. Il grogne de douleur, de plaisir, je râle de désir.

– Nils Eriksen ! le provoqué-je en agrippant sa peau. Arrête de te défiler ! Prends-moi pour de bon…

Si je n'avais pas gémi six fois au milieu de cette phrase, j'aurais presque pu être crédible…

Mais. C'est. Si. Bon.

Le Viking décide de répondre favorablement à ma requête. Son membre coulisse en moi en un éclair, avec une telle fougue que je pousse un cri. Il pose sa paume sur ma bouche et reprend ses mouvements. Plus vite. Plus fort. C'est animal. Presque brutal. Je ferme les yeux et quitte la terre tiède pour un éden brûlant.

Les frissons m'assaillent, la chaleur monte encore et encore, de mon bas-ventre jusqu'à mes joues, mon corps malmené par la plus douce des brutes semble se libérer de toutes ses tensions, guérir de toutes ses cicatrices. Je caresse celle qui barre la cuisse de mon amant tandis qu'il sort pour rentrer à nouveau en moi, qu'il me possède, avec plus de force encore. Je crie mon plaisir, susurre son nom, il m'embrasse passionnément en me pénétrant de plus belle.

Et puis… Une explosion sensorielle… Je vacille, je perds pied, c'est bon, trop bon, presque insoutenable. L'orgasme m'emporte avec une violence inouïe. Aucun son ne parvient à passer la barrière de mes lèvres, tant le plaisir me ravage. Nils sent tout mon corps se braquer dans un dernier élan et il me rejoint en quelques va-et-vient, lâchant à mon oreille quelques mots inconnus à mon répertoire.

Ces mots qu'il vient de prononcer, je les ai déjà oubliés. Il faut dire que je flotte… sur un nuage venu tout droit de Norvège… Tout mon corps est en coton… Et le Barbare me sourit.

12
TOUS AUX ABRIS

Nils

Je me réveille avant elle. Le corps un peu courbaturé, mais je crois que ça n'a rien à voir avec ma rencontre sympathique des deux abrutis du Nevada. La vraie coupable dort encore. Dans *mon* lit. Je crois que je m'étais trompé sur son compte : elle a beau être la progéniture d'un milliardaire au cœur en acier brossé, Valentine Laine-Cox n'a rien d'une princesse-fille-à-papa. J'aime sa beauté androgyne, ses cheveux courts et sa belle bouche, son petit corps nerveux et sa poitrine menue. Elle a des airs de Natalie Portman. Hyper sexy, mais du genre prête à tout et peur de rien. Valentine a l'air de s'en foutre royalement de porter ou non un soutien-gorge. De s'acheter une culotte sans frou-frou dans un *drugstore* au bord de la route. D'être maquillée ou pas. Pas de bijou, pas de chichi, j'aime ça.

Bon, j'aime toutes les femmes et il faut bien avouer que je leur dis rarement non. Mais celle-ci a du cran. Venir se blottir contre moi au milieu de la nuit, sans me demander mon avis, à peine remise de son deuxième enlèvement en six mois, c'est pas mal. Je ne l'ai même pas entendue se plaindre une seule fois. Elle râle, ça oui. Elle gueule aussi. Mais c'est pour obtenir ce qu'elle veut plutôt que pleurnicher sur ce qu'elle n'a pas. Elle a un côté battant, indépendant, qui est assez marrant. Je suis sûr qu'elle met un point d'honneur à être la meilleure. En tout. Ouais, cette fille me plaît bien. Rien de plus, rien de moins.

Je sors du lit le plus discrètement possible, elle bouge un peu, se retourne sur le ventre, repousse le drap qui doit lui tenir chaud, me donne à regarder la moitié de son corps dénudé, puis elle se rendort aussitôt. Par terre, à côté de la table de nuit qui sépare les deux lits, je redécouvre la boîte de capotes ouverte et ça me fait sourire. Maligne, la petite. Elle avait bien calculé son coup. Elle m'a tendu son joli petit piège et j'ai foncé dedans la tête la première, genre saut de l'ange sans réfléchir depuis un rocher de dix mètres de haut. Bien joué. Je me suis fait avoir comme un bleu. Et le pire, c'est que je veux bien remettre ça quand elle veut.

Elle se réveille juste quand je sors de la douche. Je reste un peu torse nu, pour voir sa réaction, mais elle ne pose pas une seule fois ses yeux noirs sur moi. Elle ne sourit pas non plus. En fait, c'est à peine si elle répond à mon bonjour, assise sur le matelas, les jambes repliées, son petit corps enroulé dans le drap blanc, l'air un peu gêné de ne pas être dans le bon lit. Par respect, je me tais, finis de me saper et garde mes distances.

– Quand est-ce qu'on part ? me demande sa voix un peu enrouée.

– Dès que tu es prête. On passera juste prendre un petit déjeuner à emporter.

– Pas faim.

– Moi oui.

– OK.

Et donc voilà : comment terminer bêtement une nuit très expressive par un dialogue monosyllabique.

Elle récupère ses fringues de jogging lavées, pliées et repassées, en baratinant quelque chose qui ressemble à un merci dans ma direction. J'ai fait appel au service pressing, hier soir, pendant qu'elle s'endormait. Et ça ne semble lui faire ni chaud ni froid d'avoir quelque chose de propre à se mettre sur le dos ce matin. Foutue princesse.

On reprend la route direction L.A., avec un grand gobelet de café chacun. Elle renifle le sien plus qu'elle ne le boit, comme si elle se shootait avec l'odeur. Ça doit lui faire du bien. Le mien est vide depuis longtemps mais les trois donuts trop gras m'ont donné soif.

– Je t'échange un de ces beignets contre ta bouteille d'eau, proposé-je au beau milieu du silence.

– Je crois que tu perds au change, lâche-t-elle avec un haussement d'épaules.

Elle me tend la bouteille dont elle a pris soin de dévisser le bouchon pour me faciliter la tâche. Je sais me débrouiller tout seul au volant, mais quand même je trouve ça mignon. Je meurs d'envie de tout siffler d'un coup mais je me retiens, alors que je déteste vraiment partager. D'ailleurs, je ne pensais pas qu'elle changerait d'avis sur le petit déj'. Elle a déjà enfourné un donut entier, récupère sa bouteille, boit de longues gorgées derrière moi et s'attaque au deuxième. Je me demande bien où elle a la place de mettre tout ça. J'essaie de garder mes yeux sur la route plutôt que sur les quelques grains de sucre qui se font un petit séjour prolongé sur sa lèvre inférieure.

Les veinards.

– Comment va Rita ? s'enquiert-elle, la bouche pleine, comme si ça avait un quelconque rapport avec la conversation précédente.

– Rita Shank ? J'en sais foutre rien. Pourquoi ?

– Comme ça, continue Valentine, l'air de ne pas y toucher.

– Comme ça quoi ? demandé-je calmement, sans comprendre ce que l'actrice vient foutre ici.

– Je ne sais pas, pour savoir si tu as des scoops sur sa carrière, son prochain film ou…

– Tu peux la *googliser*, si l'actu people te passionne tant que ça, dis-je en lui tendant mon iPhone.

Valentine lève les yeux au ciel pour décliner ma proposition, se lèche les doigts et se met à regarder par la vitre, genre « la discussion est close ». Autant dire qu'elle boude.

– Tu es passée de l'actu people à l'étude des paysages du comté de San Bernardino ? lâché-je pour la provoquer. Tu changes vite de passion !
– Moins vite que tu changes de copine, apparemment.

C'était donc ça, la vraie question !

Vouloir être la meilleure en tout inclut apparemment vouloir être la meilleure *avec moi*. Et donc la seule. L'image d'une lutte physique entre Natalie Portman et Rita Shank me traverse l'esprit. Éventuellement dans la boue. Et toujours sans soutien-gorge.

– D'où tu tires cette conclusion ? insisté-je, en m'empêchant de sourire.
– Tous les deux, vous étiez encore dans la salle d'attente du docteur Wong, pas plus tard que la semaine dernière ! m'annonce-t-elle pour toute explication.
– Excuse-moi ?!
– Enfin, en photo. Dans un torchon. Sans culotte. Enfin, surtout elle. L'article ne contenait pas d'information sur tes sous-vêtements à toi. Juste un commentaire débile sur ton sourire béat et tes probables ancêtres suédois.
– Aïe, j'ai mal à ma moitié norvégienne, ris-je en me tapant le cœur du poing. Tu en as donc déduit que la stricte vérité sortait de ces lignes merdiques ?

– J'en ai donc déduit que tu te la tapais, si tu préfères.

Son ton agacé m'amuse. Et ce qui m'amuse surtout, c'est qu'elle n'arrive pas (ou ne cherche pas) à le cacher. J'hésite à la cuisiner encore un peu ou à dissiper le malentendu. Mais Rita Shank est une vraie peste et elle ne mérite pas que je mente pour elle. Vu le mal de chien que j'ai eu à m'en dépêtrer quand ma mission auprès d'elle s'est terminée.

Foutue sangsue.

– J'étais son garde du corps, rien d'autre, déclaré-je simplement.

– Dur, ton job ! ironise Valentine.

– Disons qu'il y a des boulots que j'ai plus envie de faire que d'autres, lui expliqué-je en toute sincérité. Mais celui-ci rapportait gros. Et j'avais besoin de thunes, à ce moment-là.

– Je n'ai pas besoin de savoir tout ça, réplique-t-elle en reprenant son ton indifférent.

– Bizarre, pour quelqu'un qui pose la question.

– C'était il y a une demi-heure. Ça fait longtemps que je suis passée de Rita à San Bernardino, tu te rappelles ?

– On est dans le comté de Los Angeles, maintenant. Essaie de suivre si tu cherches à me clouer le bec.

– Tant mieux, ça veut dire qu'on est presque arrivés.

Je la laisse gagner cette joute verbale, persuadé qu'elle ne lâchera pas le morceau tant qu'elle n'aura pas le dernier mot. Elle tourne à nouveau la tête vers la vitre et recroqueville ses jambes contre elle, comme elle le fait souvent j'ai l'impression. Je la trouve minuscule sur le siège passager de mon Hummer. Minuscule mais têtue. Minuscule mais râleuse. Minuscule mais incroyablement présente.

On finit le trajet en silence et je m'arrête juste un peu avant Santa Monica. Je n'ai pas eu le temps de faire ça jusque-là mais là boîte aux lettres que j'aperçois m'y fait penser. Je glisse les mille dollars que j'avais préparés dans la carte de vœux, le tout dans une enveloppe prétimbrée sur laquelle j'écris rapidement l'adresse de Tilly Gomez. Valentine m'observe du coin de l'œil et je sors poster mon petit paquet avant que la curieuse n'ose poser sa question. Je claque la portière assez fort pour lui montrer que je ne suis pas d'humeur à papoter. Ça fonctionne à merveille.

Quelques minutes plus tard, je « livre » mon autre « marchandise », en souriant intérieurement parce qu'elle détesterait sûrement cette phrase. Et elle ne se gênerait pas pour me le dire. Une fois dans l'immense salon design de la villa, le connard de Darren Cox nous reçoit, aussi froidement que la dernière fois.

– Merci, Eriksen. Mon avocat va s'occuper du paiement. Et bonjour, Valentine.

Tiens, cette fois, il n'oublie pas les politesses. Mais ça ne le rend pas plus chaleureux pour autant. Avec ses cheveux blancs, le sol en marbre immaculé sous nos pieds, les murs blancs veinés de bleu pâle tout autour de nous, la scène ressemble étrangement à un reportage soporifique sur une calotte glaciaire.

– Notre autre accord tient toujours ? me demande le milliardaire, voyant que sa fille ne lui répond pas.

J'acquiesce en silence, un peu perturbé par cette ambiance. Valentine semble blessée, comme si elle accusait le coup de n'être encore que l'objet d'une transaction financière pour son père. À moins qu'elle soit déçue de moi ? Ça ne me semble pas le moment idéal pour lui apprendre que je n'ai plus besoin de ce genre de jobs pour gagner ma vie. Ma boîte de détectives privés tourne bien. Grâce au fric gagné avec Roman, j'ai pu embaucher sept gars qui bossent pour moi, et même une secrétaire. Si je continue à faire ce boulot, c'est uniquement parce que j'aime ça. Et dans le cas présent, parce que j'avais envie de la revoir. Mais ça, elle ne doit sûrement pas le croire. C'est peut-être un truc que j'aurais pu lui dire dans la voiture, au lieu de débattre avec elle sur la géographie de la Californie ou la carrière d'une starlette un peu collante.

D'ailleurs, cette nuit ne faisait pas partie du contrat. Et elle a eu l'air de l'apprécier autant que moi…

Je pourrais peut-être trouver une bonne raison de me tirer d'ici avec elle, mais quoi ? Une question de sécurité ? Une menace qui viendrait juste de tomber ? Mickey et Dingo qui nous poursuivent encore avec leur tronche ratatinée et leur épaule déboîtée ? Je n'ai pas le temps de mettre au point mon opération commando au milieu de la banquise : la femme de Cox se pointe et va serrer sa fille dans ses bras, aussi émotive et démonstrative que l'encéphalogramme de son mari reste plat.

Le grand sentimental s'apprête à disposer, considérant sans doute que cette histoire de kidnapping est parfaitement réglée et qu'il peut aller s'occuper de ses autres affaires courantes, quand Valentine l'interpelle :

– Pourquoi tu as refusé de payer la rançon ? C'est si compliqué que ça de dépenser un peu de ton fric pour moi ?
– C'est la dernière chose à faire dans ces cas-là, réplique-t-il, le plus sobrement du monde.
– Ma vie ne vaut probablement pas quelques millions de dollars, confirme-t-elle d'une voix amère. Surtout quand on a une calculatrice à la place du cœur.
– Je t'interdis de dire une chose pareille, siffle-t-il en haussant le ton. Je me suis occupé de ton cas, non ?
– Mon quoi ?! s'indigne-t-elle tout à coup.
– Ce n'est pas ce que je voulais dire, se défend mollement Cox.
– Mais si, Darren, c'est exactement ça ! sourit-elle pour de faux, comme si elle comprenait tout, tout à coup. Tu as fait tes petits calculs financiers... Tu as réfléchi à ma valeur puisque je ne suis rien d'autre qu'un « bien », pour toi... Et tu as fini par décréter que payer un type pour venir me sauver revenait moins cher, que je pouvais bien attendre un jour ou deux à crever de trouille et de froid, n'est-ce pas ?

Ouch. Elle frappe fort.

La mère de Valentine glisse une longue main frêle sur son épaule pour tenter de l'apaiser. Je ne crois pas l'avoir déjà vue si remontée. Et pourtant, elle en a souvent après moi. Darren baragouine des trucs à peine compréhensibles pour tenter de se justifier. Bien pathétique. De mon côté, je refrène mon envie d'intervenir pour prendre la défense de l'anti-princesse, au bord de l'explosion. D'un point de vue stratégique, il a eu raison de ne pas payer la rançon. Mais pourquoi il se comporte comme un connard fini ? S'il se montrait seulement humain, ça suffirait largement. Bon, d'après ce que j'entends, Valentine n'a besoin de personne pour se défendre contre son père :

– La seule chose qui t'agace dans tout ça, c'est qu'on puisse te « voler » aussi facilement ce qui t'appartient ! C'est-à-dire moi ! Tu ressentirais la même chose si on venait te piquer ton canapé ou ta stupide horloge ! dit-elle en pointant violemment du doigt la fameuse Nixie Machine.

– C'est faux… Tu ne sais pas ce que… Ça n'a rien à voir… soupire-t-il, impuissant face à la colère sanguine de sa fille.

– J'en ai ras le bol que tu nous considères comme des meubles, maman et moi ! J'en ai ras le bol que tu nous veilles, comme une de tes voitures de collection hors de prix dont tu ne te sers même pas ! Je te préviens que je ne me laisserai pas implanter sous la carrosserie une puce antivol, avec alarme et GPS intégrés. Tu n'auras jamais ce contrôle-là sur moi !

Avis de tempête sur la banquise. Tous aux abris.

J'attends que l'orage passe pour prendre la tangente. Mais quelque chose me dit qu'elle n'a pas fini de tempêter vu la surprise que lui réserve, pour les mois à venir, le type qui lui sert de père.

Espérons juste que le vent ne tourne pas contre moi…

III

SOUS SURVEILLANCE

13
N'IMPORTE QUOI

Valentine

Pourquoi est-ce que j'ai l'impression que Nils Eriksen et mon père se regardent en chien de faïence ? Il y a quelques minutes, le premier m'a « rendue » au second, après un nouvel enlèvement orchestré par les deux pires kidnappeurs au monde. Il y a quelques secondes encore, j'étais en train de pousser un énorme coup de gueule sur le thème « Je suis ta fille mais certainement pas ta chose, je n'appartiens à personne et encore moins à l'empire Cox. » Mais maintenant que le silence est revenu dans l'immense salon de la villa de Santa Monica, ces deux-là ne se quittent pas des yeux. Et ma mère les fixe l'un après l'autre, muette et absorbée, comme si elle assistait à un match de tennis invisible. La dernière fois que j'ai vérifié, le seul lien qui unissait Darren et Nils était celui d'employeur à employé. Alors pourquoi ont-ils l'air de débattre sans avoir besoin de se parler ? D'où sort cette soudaine complicité ? Et pourquoi j'ai l'étrange sentiment qu'ils se disputent la primeur de m'annoncer quelque chose ? Ou plutôt de ne pas le faire ?

– Bon, qu'est-ce qu'il se passe entre vous deux ? demandé-je finalement.

– J'allais t'en parler… se lance Darren, hésitant.

– Si vous êtes tombés amoureux, dites-le. Ce ne sera pas la première fois que tu mélanges le boulot et le reste, ironisé-je en direction de mon père.

– Valentine… soupire-t-il comme s'il ne trouvait pas ça drôle.

– Commencer par le prénom, c'est très mauvais signe. C'est toujours comme ça que démarrent les histoires qui finissent par « ton chien est mort » ou « papa et maman divorcent ».

J'essaie de faire de l'humour, autant pour détendre l'atmosphère que pour mon pauvre système nerveux. Le Viking esquisse un sourire (au moins, mes plaisanteries marchent sur lui). Puis il recule d'un pas souple, très précisément dosé pour pouvoir poser une demi-fesse sur l'accoudoir du canapé blanc. Apparemment, il s'installe. Tout comme mon mauvais pressentiment.

– Je refuse que tu puisses être à nouveau victime d'une quelconque agression… annonce enfin mon père.

Tiens, son cœur se serait-il remis soudain à battre pour quelqu'un d'autre que lui ?

– … ou de quoi que ce soit qui puisse compromettre l'avenir du groupe… continue-t-il sur le même ton.

Ah pardon, j'ai failli croire que Darren Cox était un être humain.

– … J'ai donc embauché M. Eriksen à plein-temps…

Mon paternel se soucierait-il tout à coup de la santé de ma vie sexuelle ?

– … pour être ton garde du corps attitré.

QUOI ?!

– C'est hors de question. Je n'en ai pas besoin ! protesté-je aussitôt.

– Ce n'est ni une suggestion ni une proposition, Valentine.

– Tu remets ma vie entre les mains de quelqu'un et je n'ai pas mon mot à dire ?! m'emporté-je.

– Je sollicite ton avis sur de nombreux sujets, comme tu le sais, mais celui-ci n'en fait pas partie. Tu travailles avec moi depuis plusieurs années déjà, tu devrais savoir que je…

– On ne parle pas de toi, le coupé-je subitement, mais de moi, pour une fois ! Et on n'est pas en réunion, là, mais dans la vraie vie. *Ma* vie.

– J'aurais bien aimé être mise au courant, ose ma mère. C'est aussi ma fille.

– Ma décision est prise. Je ne reviendrai pas dessus, déclare-t-il froidement en nous dévisageant l'une après l'autre.

– Et moi je ne laisserai pas ce Néandertal me suivre partout où j'irai, ratatiner le moindre mec qui s'approchera de moi et m'empêcher d'avoir ne serait-ce qu'une once de vie privée ! sifflé-je sans oser regarder Nils.

– Tu finiras par t'y habituer. La discussion est close.

Un haussement d'épaules plus tard, Darren considère qu'il a réglé cette affaire et quitte les lieux sans plus de formalités. Sa fuite et sa lâcheté me font pousser un long grognement de frustration dans lequel doivent se trouver une dizaine de gros mots à peine dissimulés.

– Va te reposer, ma douce, chuchote ma mère, apparemment encore plus épuisée que moi.

Puis elle vient m'embrasser sur le front et quitte à son tour le salon à pas feutrés. Je reporte aussitôt mon regard sur Nils, toujours étonnamment stoïque. Mais j'ai quand même l'impression de lire de la désapprobation dans son regard ténébreux. Est-ce qu'il a du mal avec l'ambiance générale qui règne chez les Laine-Cox ? Ou juste avec ma façon (légèrement ingrate) de le surnommer ?

– Désolée pour « Néandertal », m'excusé-je, un peu gênée.

– Néandertal, Cro-Magnon, Barbare… Je commence à avoir l'habitude, me répond-il sur un ton mi-amusé mi-indifférent.

Pas juste. Les surnoms donnés pendant le sexe ne comptent pas !

Est-ce qu'il pense à la même chose que moi… ?

– Ce n'est pas contre toi, m'expliqué-je histoire de dire quelque chose plutôt que rester plantée là à le regarder.

– OK, acquiesce-t-il simplement de sa voix rauque et basse.

– C'est juste que je déteste les méthodes de dictateur de mon père, insisté-je quand même. Je n'ai pas envie de voir ma vie m'échapper… J'aime trop ma liberté.

– Je sais tout ça.

Son visage parfaitement impassible, son ton parfaitement mesuré, sa façon de rester parfaitement calme et d'avoir parfaitement compris qui je suis m'exaspèrent un peu. On est quand même bien loin de la perfection en ce qui concerne notre nouvelle situation. Sachant qu'on couche ensemble chaque fois que l'on se retrouve à dormir plus ou moins l'un à côté de l'autre et qu'on ne peut pas passer un seul trajet en voiture sans se bouffer le nez, tout ça me semble même une très mauvaise idée. Des milliers de warnings s'allument dans ma tête : je ne veux pas de Nils Eriksen comme *bodyguard*, pas plus que je n'en veux comme employé du groupe Cox ou même comme simple présence dans ma vie.

À la limite, comme plan cul attitré, mais c'est tout à fait incompatible avec les deux autres métiers précités.

Et je ne suis pas du tout censée tirer ce genre de conclusions, même dans ma tête. Je me contente de jouer les princesses lasses et désespérées, juste pour agacer le principal intéressé :

– Là, je voudrais juste aller prendre une douche la plus longue et la plus brûlante possible, avec la porte de ma salle de bains fermée à clé, avant de choisir des vêtements qui ne ressemblent ni à un survêtement, ni à un tee-shirt trois fois trop grand. C'est tout ce que je demande.

Le colosse blond pourrait disposer (et c'est bien ce que je viens de l'inviter à faire) mais il reste immobile, à moitié assis sur son bout du canapé, comme s'il attendait que je bouge pour m'imiter. Il semble à la fois terriblement sûr de lui, maître de la situation, mais aussi complètement indifférent à tout ce qui l'entoure. Moi y compris. Nils Eriksen donne l'impression que jamais rien ne l'atteint. Et pour ça, je l'admire autant que je l'envie. Nos regards se croisent en silence, un peu trop longtemps, et son gris acier finit par me troubler.

– Ne me dis pas que ton contrat est déjà effectif… soupiré-je.

– Quand je suis venu te chercher hier, ce n'était pas juste pour revoir ton petit cul… lâche sa voix grave.

Au même moment, ses iris translucides s'égarent sur mes hanches, comme s'ils cherchaient mon postérieur de l'autre côté, comme s'ils avaient le pouvoir de me traverser le corps.

OK, peut-être bien qu'ils l'ont…

– Et tu comptais m'en parler au moment où je t'aurais trouvé caché sous mon lit ? relancé-je.

– Je préfère être *dans* les lits que dessous, déclare-t-il avec un sourire au fond des yeux.
– Ça, ce n'est pas toujours toi qui choisis, le rembarré-je.
– Ce n'est pas le souvenir que j'ai de la nuit dernière.

Un point pour lui.

Fier de sa dernière riposte, Nils me regarde bouillir en glissant sa large main sous la manche de son tee-shirt blanc (peut-être pour se gratter l'épaule, ou plutôt pour me rappeler l'endroit où j'ai planté mes ongles il n'y a pas si longtemps…). Comme il a réponse à tout et que je ne suis pas vraiment d'humeur à jouer (encore moins à perdre !), je décide de dépasser un peu les bornes. Après tout, il l'a un peu cherché.

– Je ne crois pas que partager mon lit fasse partie de tes nouvelles attributions. Et si c'est à ça que te paye Darren, de toi à moi, ça ne s'appelle pas un garde du corps. À moins que tu aies envie d'ajouter une ligne « gigolo » à ton CV…
– Contrairement à Cox, je n'aime pas mélanger le boulot et le reste, réplique-t-il sur un ton grave.

Un point partout, je crois…

– Tant mieux, approuvé-je sans le quitter des yeux.
– Je vais attendre dehors. Préviens-moi si tu sors.

Ça, il peut toujours rêver. À partir de maintenant, on va plutôt jouer à un nouveau jeu. Ça s'appelle « Attrape-moi si tu peux ». Une douche et un tailleur-pantalon plus tard, je suis au volant de ma Comet rouge, direction la tour Cox. J'ai envie de me remettre au travail le plus rapidement possible, autant pour passer à autre chose que pour prouver à mon père qu'il en faut bien plus pour me déstabiliser. Évidemment, je n'ai pas prévenu le Viking de mon départ, et je me suis faite toute petite pour quitter la villa par une porte dérobée.

Je ne suis pas peu fière de moi quand je monte dans l'ascenseur. Et c'est même avec une certaine joie (à la limite de la jubilation) que je salue Becca, Lewis et tous ceux que je croise dans le long couloir animé qui mène à mon bureau. Ce n'est certainement pas toute la fortune de Darren Cox ou tous les muscles de Nils Eriksen qui vont m'empêcher de vivre ma vie comme je l'entends.

Je claque ma porte d'un coup de hanche énergique et sursaute en découvrant la silhouette virile obstruant presque toute la fenêtre de mon bureau. L'apollon me tourne le dos. Une statue grecque parfaitement immobile. Sa peau claire et pure comme de la pierre. Mais sa présence, son charisme, la force qui émane de lui est bel et bien vivante, humaine. Surhumaine. Je peux distinguer la fin d'un tatouage noir qui dépasse de son tee-shirt clair, au niveau de la nuque, et ce détail m'achève. Je n'ai pas de mots. Sa voix rocailleuse lâche enfin :

– Maligne, mais pas assez rapide.
– Comment tu... ?

Il se retourne soudain, vif mais souple, et j'arrête ma question stupide en vol.

– La prochaine fois que tu veux semer quelqu'un, évite de le faire dans une voiture rouge décapotable.

– Parce que tu te trouves discret dans ton Hummer kaki déglingué ? Je t'ai vu arriver à trois kilomètres ! déclaré-je en mentant pour retrouver la face.

– Fugueuse, passe encore. Mais menteuse... murmure-t-il de sa voix profonde.

– J'ai du travail, riposté-je en lui ouvrant la porte de mon bureau. Pas la peine que je te raccompagne ?

– Je connais le chemin, sourit-il.

– Bonne fin de journée, dis-je en lui rendant le mien, ironique.

– Une dernière chose, souffle-t-il sur le seuil de la porte, son regard planté dans le mien. Ça peut éventuellement me faire marrer de te courir après. Mais c'était la dernière fois. Mon job, c'est de veiller sur toi. Y compris dans l'ascenseur et les couloirs de cette putain de tour. Y compris dans les rues bondées de Los Angeles. Et surtout, y compris si tu ne le veux pas. Je vais te coller aux basques, Valentine Laine, alors ne te fatigue pas à me compliquer la tâche. Tu te lasseras avant moi. Et rappelle-toi : ce n'est pas un jeu, je suis payé pour ça.

Sa carrure d'iceberg et ses yeux couleur glacier me filent la chair de poule. Je déteste les mots qui sortent de sa bouche pâle et sensuelle, je n'aime pas beaucoup plus son ton directif et menaçant. Mais je dois bien avouer qu'il sait se montrer convaincant. Et avec la grâce d'un félin, l'ours polaire disparaît avant que j'aie pu trouver quelque chose d'intelligent à répondre.

***

Malgré moi, notre cohabitation forcée se met doucement en place dans la semaine qui suit. En fait, je n'ai pas vraiment le choix. Comme promis, le Viking me suit partout, dans le moindre de mes déplacements : rendez-vous avec des clients, voyage d'affaires de deux jours à Seattle, courses au supermarché, dîners professionnels, séances de sport avec Aïna… *Il* est toujours là.

Que ce soit dans l'avion, au bureau ou sur un tapis de course, j'ai toujours la vague sensation que quelqu'un lit par-dessus mon épaule. Je vois bien que Nils se fait le plus discret possible, mais ça reste passablement agaçant.

Et enivrant, entêtant, troublant, excitant… et plein d'autres choses qui finissent par « ant ».

Haaan…

D'ailleurs, je râle souvent (et il fait semblant de ne pas m'entendre). Il plaisante parfois (et je fais semblant de ne pas trouver ça drôle). Évidemment, je mets plus de temps que lui à prendre mes marques, mais on finit par trouver quelques arrangements. À l'hôtel, il dort systématiquement dans la chambre mitoyenne à la mienne, plutôt que de partager la même. Dans mon appart, on partage la même salle de bains. Mais on a fait installer un deuxième frigo pour qu'il évite de vider le mien. Je n'avais plus rien à manger trois jours après avoir reçu ma livraison de courses pour deux semaines !

Malgré ses airs de brute épaisse, Nils est plutôt respectueux de mon environnement. Étonnamment silencieux et ordonné. Je n'ai pas eu une seule fois à lui dire de baisser la lunette des WC, de remplacer le rouleau de papier toilette ou de jeter la bouteille de lait vide. Je suis bien forcée d'admettre que Néandertal est un peu plus évolué que je le pensais. Et il cuisine divinement bien... Mon four à micro-ondes n'a pas vu un seul plat surgelé depuis que mon étrange colocataire a emménagé. En revanche, mes saladiers n'ont jamais autant servi : pour Nils, ce ne sont rien d'autre que des bols, dans lesquels il boit son demi-litre de café au lait le matin et son demi-litre de chocolat chaud à quatre heures.

La première fois que je le surprends attablé dans la cuisine, un samedi après-midi, devant deux sandwichs au beurre de cacahuètes, je ne peux pas m'empêcher de me moquer :

– Comme c'est mignon... Nils Eriksen est donc resté un grand enfant.

Il me laisse parler et prend bien le temps de mastiquer avant d'avaler son énorme bouchée, qui fait comme un gros nuage invisible dans le pain de mie. J'essaie de ne fixer ni ses lèvres gourmandes ni ses puissants zygomatiques.

Qui n'ont vraiment rien d'enfantin.

Et je continue, histoire d'éviter un trop-plein de silence ou de sensualité :

– Tu t'es senti nostalgique, tout à coup ? Besoin d'un bon goûter pour te réconforter ? C'est ta maison ou ton doudou qui te manque ? demandé-je avec une moue chagrine.

Je ne sais pas ce qui me prend de jouer les pestes de cour de récré. Je voulais juste ébranler un peu cette carapace de flegme et d'assurance, rien qu'une fois. Mais je crois que je m'y prends très mal.

– Juste un rituel *(il se passe le pouce sur la bouche)*. Depuis toujours *(il se lèche le pouce)*. En solitaire… insiste-t-il pour me faire déguerpir.

Je devrais m'en aller. Je ne suis pas du genre à empiéter sur les moments d'intimité des gens, normalement. Mais rien n'est normal avec Nils. Tout en jouant les indifférents, il me nargue, il sait parfaitement qu'il est en train de me troubler… et ça me rend plus puérile encore.

– Pauvre petit chou, avec mon emploi du temps, tu dois souvent rater ton quatre-heures… continué-je, cynique (et sans doute horripilante).

– Si je ne ratais que ça, à cause de toi… lâche-t-il en venant soutenir mon regard.

Un frisson me fait trembloter, j'essaie de le cacher. Je ne vois pas où il veut en venir. En fait si, je le sais très bien. Et vu qu'il me sourit, il sait que j'ai compris.

– Tu parles de toutes les femmes que tu ne peux pas rencontrer à force d'être toujours collé à moi ?
– « Rencontrer » n'est pas le verbe que j'aurais utilisé, me provoque-t-il, les yeux plissés, avant d'aller visiter le coin de sa bouche du bout de sa langue.
– Si le pauvre petit mâle frustré que tu es devenu à cause de moi veut reprendre sa liberté, la porte est là.
– Si tu utilises encore « pauvre » ou « petit quelque chose » en t'adressant à moi, on va avoir un problème.

Je fais mine d'ignorer sa menace, attrape le petit couteau rond posé en équilibre sur le pot de beurre de cacahuètes et le porte à ma bouche. Moi aussi, je sais comment l'aguicher. Sauf que sa main jaillit et attrape mon poignet avant même que j'aie eu le temps d'y goûter. Il m'arrache le couteau d'un geste sec en marmonnant dans un sourire :

– Pas un jouet pour toi. Tu pourrais te blesser, pauvre petite princesse…

***

C'est la première et la dernière fois que j'ai partagé son goûter.

Beaucoup trop dangereux.

Juste après, je suis allée ouvrir la fenêtre de la cuisine pour me donner une contenance (et calmer mes vapeurs), et j'ai remarqué qu'elle ne grinçait plus. Ça m'a calmée, je me suis contentée de le remercier. Sans que je lui demande, le Viking a aussi réparé le lave-vaisselle aux boutons capricieux et le robinet que je trouvais trop dur à ouvrir. Je regretterais presque de ne pas avoir assisté à sa séance de plomberie, allongé à même le sol dans ma cuisine (mais c'est un tout autre sujet).

Bricoleur, cuisinier, chauffeur, j'ignorais que le métier de garde du corps était aussi polyvalent. J'espère au moins que mon père le paye grassement. Parce que non, je ne suis pas forcément un cadeau au quotidien. Nils doit sûrement trouver certaines de mes petites manies un peu pénibles : je parle un peu toute seule (et je réponds « Rien! » sur un ton agacé quand on me demande de répéter ce que je disais). Je me ressers souvent mais j'ai presque toujours les yeux plus gros que le ventre et finis rarement mes assiettes. Il m'arrive de lui piquer son rasoir supersonique pour mes mollets, mais je ne me souviens jamais où il était rangé pour ne pas me faire pincer. Il ne m'en a jamais parlé. Et le Barbare a juste souri quand j'ai hurlé pour qu'il vienne me sauver d'une énorme blatte noire qui rampait sur mon oreiller (et qui s'est avérée être une grosse mouche… morte).

Je ne le reconnaîtrai jamais de mon vivant mais j'imagine que si l'on s'accommode l'un à l'autre, c'est surtout grâce à lui. J'ai rarement vu une telle capacité d'adaptation chez un être humain. Encore moins de sexe masculin. En clair, j'aurais pu plus mal tomber. Sauf que j'ai l'impression de mener une véritable vie de couple en compagnie d'un mec que je n'ai même pas choisi, avec tous les compromis nécessaires et les engueulades obligatoires, mais sans les câlins devant la télé ou le sexe sur la table de la salle à manger.

Franchement, quel intérêt ?!

Ça, c'était pour le jour. Quant à la nuit, Nils a désormais sa chambre attitrée, et je l'ai choisie la plus éloignée possible de la mienne. De concert, nous avons instauré quelques règles vestimentaires nocturnes : je ne dois pas dormir nue au cas où il devrait débarquer dans ma chambre pour me protéger d'un quelconque danger (et au cas où il serait tenté de me faire sauvagement l'amour contre le mur, au lieu d'aller arrêter le cambrioleur encagoulé). De son côté, il a l'interdiction formelle de quitter son domaine privé sans au moins un short et un tee-shirt sur le dos (c'est une question de respect et de politesse, pas du tout d'hormones, de bouffées de chaleur et de perturbations visuelles). J'ai pu vérifier lors d'une insomnie qu'il avait déjà enfreint la règle numéro un en vidant une bouteille d'eau, à la lueur du frigo, vêtu d'un unique boxer (et de ses huit abdominaux). Le colosse a en revanche la très bonne idée de ne pas ronfler (et je passe souvent derrière sa porte pour écouter… Ma mère m'a toujours appris qu'on devait s'assurer du bon sommeil de nos invités). Et on a tous les deux accompli l'exploit notable de ne pas recoucher ensemble (malgré notre amour commun de la nudité et des règles à contourner).

Je vais finir par me vexer qu'il n'essaie même pas… Mais je crois que Nils Eriksen est trop professionnel pour ça.

Un soir, peu après minuit, je le trouve en pleine séance de tractions, suspendu à une étrange barre métallique fixée dans l'encadrement de sa porte.

– Désolé, marmonne-t-il en maintenant son effort, je t'ai réveillée ?

– Non, j'allais me coucher.

– Ce n'est pas vraiment le chemin de ta chambre, remarque-t-il avec un sourire, avant de sauter sur ses pieds.

– Et toi, tu sortais ? demandé-je pour changer de sujet.

Nils porte ses baskets, un long short noir brillant et un épais sweat à capuche gris, dont la poche ventrale recrache une grosse enveloppe blanche. Je distingue à nouveau le nom de Tilly Gomez griffonné au milieu. Et je ne sais même pas pourquoi ça me chiffonne. Il la range un peu mieux en voyant que je l'ai aperçue et prend son air contrarié :

– Il faut que j'aille courir si je veux arrêter de faire du gras. Je ne sais pas comment ton tour de taille et ton coup de fourchette s'arrangent entre eux, mais ça ne marche pas comme ça chez moi.

– Juste un bon métabolisme, je crois… dis-je simplement.

Est-ce qu'il me reproche de trop manger, là ? Ou il est juste jaloux que je ne grossisse pas ?

– Je peux envoyer ça pour toi, si c'est pressé, proposé-je en pointant du doigt l'enveloppe qui dépasse encore. On a un service de coursiers vingt-quatre heures sur vingt-quatre.

– Pas la peine. Pas urgent.

Et voilà : des moitiés de phrases et des réponses hachées, c'est sa façon à lui de me dire qu'il n'a plus envie de discuter. Quand il veut, Nils sait très bien redevenir un Cro-Magnon aux mœurs étranges. Du brouillard ténébreux plein les yeux, il défait sa barre de traction en levant les bras (et son sweat remonte sur son ventre, me laissant voir une fine bande de peau claire, comme si j'avais besoin de ça en plus pour m'émoustiller). Puis il la jette d'un geste précis sur son lit et claque la porte de sa chambre, s'éloignant au pas de course, sans un mot de plus. Il quitte mon appartement, les poings fourrés dans les poches, pour aller poster son éternel petit paquet à cette mystérieuse Tilly Gomez.

Une ex ?!

Pire, une actuelle ?

Ces deux hypothèses me traversent l'esprit avant qu'une troisième ne s'impose à moi : ça ne me regarde absolument pas.

Mais quand même : qui d'autre que moi a le privilège de voir en dessous de son sweat ?

***

Ce vendredi soir aurait pu se conclure par un bon thriller, une pizza extra *cheesy* et un lit bien douillet, mais c'était sans compter mes obligations professionnelles. Faire des courbettes et sourire à m'en décrocher la mâchoire pour courtiser de gros portefeuilles : ma passion. En ajoutant une touche de mascara, je me remémore les noms des trois emmerdeurs que Darren m'a chargée de baby-sitter ce soir.

John Gardner. Jack Gardner. Jim Gardner. Trois gros clients potentiels, trois millionnaires, trois générations de businessmen et un seul dîner pour les séduire. Un coup d'œil à ma montre et je réalise qu'il est temps de décoller.

– Il ne te manque pas quelque chose ? me lance mon garde du corps déjà prêt, dans l'entrée, en inspectant ma robe de créateur.

Il tire sur les manches de sa chemise, sous sa veste. Ses biceps se contractent pour le plaisir de mes yeux qui s'attardent sur lui un instant de trop. Il est diablement beau. Et tout mon corps frémit.

– Comme ? demandé-je, en revenant sur terre.
– Un pull ? Une veste ?
– Pour quoi faire ? fais-je en haussant mes épaules nues.
– On est en février…
– On habite en Californie, Nils, pas au fin fond de ta Norvège…

– *On* habite ? répète-t-il en souriant.

– Oui, bon, c'est provisoire ! *Très* provisoire ! Tu vas vite retrouver ta terre froide, c'est moi qui te le dis ! grommelé-je (sans en penser un mot) en prenant la sortie.

Et le Viking de rire dans sa barbe, en m'observant. Je me retourne et intercepte son regard. Il est… désarmant.

Sexy…

Plutôt que m'attarder sur les cognements dans ma poitrine, je salue Ted, le chauffeur de la berline envoyée par mon père, et monte à l'arrière. Le Viking me rejoint et s'installe de tout son large. Durant le trajet, je me force à fixer la route. À ne pas humer son parfum viril, quoique discret. À ne pas zieuter sur le côté. Nils Eriksen en costard, c'est rare. Et plutôt très beau à voir : sa peau si claire qui contraste avec le noir profond du tissu. La coupe droite et ajustée, qui met chacun de ses muscles en valeur. La manière dont ce pantalon allonge ses jambes et, j'imagine, moule ses fesses rondes et fermes. Il est à tomber. Et voilà que je divague, secrètement, en voyant défiler le bitume. Une fois encore, je me maudis d'être aussi faible.

***

– Je vois que vous n'êtes pas encore mariée, Valentine ? m'interroge John Gardner, une fois les présentations faites au restaurant (tandis que je sens le regard de Nils sur moi, quelques mètres plus loin).

Le sexagénaire a l'air très intéressé par ce qui ne le regarde pas et semble très préoccupé par le célibat de son petit-fils, Jim. Son père également :

– Jimmy a du mal à trouver celle qu'il lui faut, ajoute Jack en vidant son verre de scotch. Peut-être devrions-nous vous laisser dîner tous les deux…

J'inspire, expire et me retiens de répondre quoi que ce soit. Même si ce genre d'incursions dans ma vie privée me donne des envies de meurtre, passer à l'acte serait mauvais pour les affaires. Et puis, de toute évidence, Jim Gardner s'intéresse bien plus au barman en chemise cintrée qu'à ma petite personne. « Jimmy » est gay à 100 %. Et plutôt poli et charmant, contrairement à ses aïeux qui cherchent à tout prix à le caser avec le bon parti que je suis.

Fille de Darren Cox : la malédiction sans fin…

Les deux vieux beaux en sont à leur troisième cocktail lorsque nous quittons le bar lounge pour être escortés à notre table. Les blagues grivoises fusent depuis un bon moment et je suis à deux doigts de prétexter une indigestion foudroyante pour m'échapper. Seul l'air consterné de Jim me convainc de rester : si j'ai un Darren à supporter, lui en a deux.

Et encore, je n'ai pas vu le reste du clan Gardner…

– Alors, les jeunes ? Vous comptez faire mieux connaissance, ce soir ? insiste papy en mastiquant ses huîtres.

– Bibliquement, tu veux dire ? blague le fils.
– Oui ! Quoiqu'il n'y ait rien de très pieux dans ce que j'imagine… se marre le plus vieux.
– Arrêtez, les implore le petit-fils. Vous mettez Miss Cox mal à l'aise.

Moi ? Mal à l'aise ? Mais pas du tout !

Juste envie d'encastrer ma tête dans ce mur…

Je suis plutôt vaillante généralement, j'encaisse pas mal de choses sans broncher, mais ce soir, je me sens fatiguée, lasse de sourire et de faire semblant. Les deux porcs ne cessent de jacasser sur ma future descendance (que Jim me ferait par obligation, dans le noir et sans bruit, en pensant à son dernier amant), je fixe mon assiette en enviant presque le sort de ce homard.

– Une petite coupe, Valentine ? me relance Jack.
– Non, merci.

J'ignore pourquoi, mais je me retourne soudain vers Nils. Sa force tranquille m'apaise, malgré la distance. Le Viking croise mon regard et instantanément il fait un pas dans ma direction. Je lui fais signe que ce n'est pas la peine, lui souris timidement et me concentre à nouveau sur mes clients. Je tente de relancer le sujet des affaires, sans succès.

– Allez ! insiste Jack en posant sa grosse main sur mon épaule nue. Si Jim passe son tour, je suis preneur !

Son regard libidineux, sa voix lubrique, son haleine qui empeste l'alcool : tout me dégoûte. Un haut-le-cœur me traverse, une tonne d'insultes me monte au cerveau, mais Nils réagit avant même que j'ouvre la bouche. J'ignore comment il fait pour me rejoindre aussi vite, mais le Viking vole bel et bien à la rescousse. Et une drôle de chaleur se répand en moi lorsque sa voix chaude et virile retentit…

– Pas de contact, gronde-t-il en fixant la main de Jack.

Il n'a pas besoin de hausser la voix, de provoquer un esclandre ou de sortir un gros calibre. Sa carrure est telle, comparée à nous qui sommes assis, qu'il ressemble à un géant. Un géant dont les beaux yeux lancent des éclairs en direction du businessman pervers.

– Ne me forcez pas à répéter… le menace Nils, plus impressionnant encore.

Jack Gardner, complètement sonné, retire enfin sa paluche de mon épaule. Il fixe mon garde du corps, l'air paniqué, tandis que Jim s'excuse à sa place.

– Valentine, je suis confus, me chuchote-t-il tandis que je me lève de table. Notre deal tient toujours avec le groupe Cox et je vous promets que vous n'aurez plus jamais à avoir affaire à ces deux…
– Ces deux quoi ? lui lance John d'un air torve (tout en n'osant plus regarder Nils en face).

Si Jack a perdu sa langue, ce n'est apparemment pas le cas de l'ancêtre, qui s'apprête à s'en prendre à la chair de la chair de sa chair.

– Bonne soirée messieurs, ce fut un plaisir ! ironisé-je en récupérant ma pochette.

Le serveur s'approche pile à ce moment. Je lui fais signe et lui passe commande, sous les yeux des trois millionnaires :

– Deux grands verres d'eau glacée pour ces deux-là ! fais-je en désignant le père et le grand-père. Et une médaille pour le troisième !

Jimmy laisse échapper un petit rire, j'attrape Nils par la manche et le force à me suivre en direction de la sortie.

– Je sais marcher, princesse…
– Tes poings étaient serrés. J'ai eu peur que tu leur casses la gueule.
– Crois-moi, je l'ai fait par la pensée, murmure-t-il en accélérant le pas. Et leurs dents s'en souviennent encore…

Il m'ouvre la porte du restaurant, je sors en inspirant l'air frais, sans relents d'eau de Cologne surpuissante et démodée. Je souris au colosse, il jette sa veste sur mes épaules dénudées et nous marchons jusqu'à la berline, garée au coin de la rue.

Si être suivie en permanence par une armoire à glace demande un temps d'adaptation, je dois admettre que ça a ses avantages. Comme repousser les êtres indésirables, par exemple.

Et quand Nils le fait, je pourrais presque croire qu'il ne joue pas. Qu'il serait prêt à trucider tous ceux qui m'approchent d'un peu trop près. Comme s'il en faisait une affaire personnelle. Comme s'il… tenait à moi.

Nils Eriksen ? Possessif ? Jaloux ?

N'importe quoi.

Et quelque part, au fond de ma petite tête de linotte, une lumière s'allume. Comme si cette idée folle, ce fantasme surréaliste me plaisait malgré moi. Comme si, en dépit de tous les signaux d'alarme qui me hurlent qu'il n'est pas pour moi (trop blond, trop grand, trop brute, trop violent, trop différent de tout ce que je connais et ce que j'attends), ce Barbare était le seul que je désirais vraiment.

N'im-por-te quoi !

14
LA GIFLE

Valentine

L'une des traditions que ma mère et moi perpétuons depuis toujours : le petit déjeuner du dimanche matin. S'il est une habitude dans certaines familles, chez nous, il est *sacré*.

Florence ne plaisante pas avec ce rituel. Chaque semaine, je la retrouve sur sa terrasse panoramique du premier étage à dix heures tapantes. Sur la table en marbre clair, je découvre généralement une montagne de viennoiseries et autres délices sucrés provenant de la meilleure boulangerie française de L.A. Dans son plus beau peignoir en soie pastel, ma mère m'embrasse comme du bon pain, puis me désigne ma place attitrée. Toujours à gauche, le côté du cœur, parce que selon elle ça porte bonheur. Je riposte souvent en lui disant qu'elle en a plus besoin que moi, elle me répond que c'est « le devoir d'une mère » de donner le meilleur à son enfant. Alors elle s'assied à droite, j'arrête d'insister, je l'embrasse à mon tour et me jette sur le croissant aux amandes, qui me fait toujours de l'œil en premier. Et puis, pendant une heure ou deux, en fonction de son moral et de sa forme, nous refaisons le monde côte à côte, la bouche pleine, les yeux tournés vers l'océan.

Sauf que ce matin, je ne débarque pas seule à son étage. Je suis accompagnée d'une armoire à glace affamée depuis son réveil aux aurores (et sa séance de muscu nocturne de la veille, à laquelle j'ai assisté par mégarde… juste en passant, vous voyez). Ma mère, surprise par cette présence masculine, invite aussitôt Nils à se joindre à nous. Puis elle va s'enfermer dans sa chambre, sans doute pour cacher sa pudeur et troquer son peignoir contre une tenue plus appropriée. Je guide mon garde du corps jusqu'à la terrasse ensoleillée. Hilda, la gouvernante, est déjà en train d'installer le troisième couvert, et je dois taper plusieurs fois sur les doigts du Viking pour l'empêcher de s'en prendre à l'énorme brioche encore chaude.

Le temps que je remercie Hilda, un pain au chocolat disparaît. Ah, le chausson aux pommes non plus n'a pas survécu. Je m'assieds en lui faisant les gros yeux, Nils m'imite, puis il retire son sweat en dégageant une odeur divine. Mélange de gel douche et de peau masculine, naturellement parfumée, fragrance « épicéa de Norvège ». Je tente de me focaliser sur autre chose. Je fixe l'horizon, joue avec un fil qui dépasse de mon débardeur, pianote sur la table, puis finis par enfourner une chouquette entière, histoire de faire taire tous mes autres sens. Échec. Le Viking est toujours aussi alléchant. Même la bouche pleine, j'ai encore envie d'en faire mon quatre-heures. À mes côtés, il s'étire longuement, trempe goulûment les lèvres dans son jus d'oranges pressées, puis plaque ses cheveux humides en arrière. Les muscles bandés de ses bras me provoquent. Sa bouche entrouverte m'appelle…

Deuxième chouquette. Toujours aucun résultat.

– On est dimanche, ce n'était peut-être pas la peine de te lever avant le soleil, lui fais-je remarquer en le voyant bâiller.

– J'ai une agence à faire tourner, princesse, me rembarre-t-il en croisant ses bras massifs contre son torse. Je ne me contente pas de veiller sur ta petite personne…

– Déléguer, tu connais ?

– Je suis responsable d'une dizaine de gars. Ce sera à cause de moi si demain ils ne peuvent plus nourrir leurs gosses…

– SAFE se porte très bien ! rétorqué-je en me souvenant l'avoir entendu en parler au téléphone.

– SAFE ? intervient soudain ma mère d'une voix pimpante.

Elle revient vêtue d'un pantalon blanc fluide et d'un pull fin couleur taupe qui lui permettent d'affronter le regard du géant blond, protégée derrière ses vêtements trop grands.

– *Search And Find Eriksen*, mon agence de détectives privés, lui répond poliment ce dernier. Encore désolé pour le dérangement, madame Laine-Cox. Je ne comptais pas m'inviter à votre table, juste faire mon boulot…

Il semble avoir perçu la gêne de ma mère, sa timidité. Et j'oublie toujours que ce Néandertal est aussi capable de subtilité…

– Le frigo de Valentine est toujours vide, vous avez bien fait de venir vous restaurer ! rit-elle en s'asseyant. Et c'est tout à votre honneur de penser à vos employés. Les bons patrons sont rares, de nos jours.

– Vous voulez peut-être que je vous laisse en tête-à-tête ? proposé-je, ravie de la voir de si bonne humeur.

– Quelle idée ?! minaude ma mère. Allez, servez-vous !

Inutile de lui répéter deux fois. Nils remplit et vide son assiette en un temps record. Deux fois. Ma mère découvre son appétit d'ogre, les yeux écarquillés.

– Vous voulez qu'Hilda vous prépare quelque chose d'autre ? Une omelette ? Du bacon ? Un sandwich ? propose-t-elle.

– Un troupeau de bœufs à la broche ? ironisé-je.

L'ogre aux yeux de brume ignore ma pique mais commande une omelette « complète ». J'observe leurs échanges, tandis que ma mère et lui discutent de tout et de rien. Lui qui n'est d'ordinaire ni commode ni loquace se montre très doux et prévenant, comme s'il devinait qu'une partie d'elle était brisée. Florence semble différente. Elle est à l'aise en la présence de Nils. Charmée par le personnage. Peut-être trop. Une petite alarme retentit en moi : connaissant sa faculté à tomber sur des hommes brutaux et peu fréquentables (Darren est un agneau, comparé à ses ex), je ne me méfie que davantage.

C'est idiot, mais Nils est encore un mystère pour moi. Même s'il s'est toujours montré protecteur et respectueux, je dois rester sur mes gardes. Certains hommes sont capables de vriller du jour au lendemain. La femme qui glousse à l'autre bout de la table en a fait l'expérience bien trop de fois.

Et moi aussi… par répercussion.

– Alors, comment se passe cette cohabitation ? demande Florence en me resservant du café au lait.

– Valentine est toujours vivante, résume mon *bodyguard*. Moi aussi. Donc tout va bien.

– Touche à ce croissant aux amandes et tu verras que tout peut changer très vite, le préviens-je en fixant mon *précieux*.

– Garce… chuchote-t-il en faisant semblant de tousser.

– Morfal… l'imité-je.

– Vous vous êtes bien trouvés, on dirait, commente ma mère, amusée par notre petit show.

– Je te rappelle que Nils est payé par Darren pour veiller sur moi, maman. Ça s'arrête là.

– D'ailleurs, le type des caméras de surveillance doit être arrivé, annonce-t-il en se levant soudain. Je dois vous laisser.

– Déjà ? murmure ma mère.

– Le devoir m'appelle, confirme-t-il en lui jetant un sourire appuyé qui la fait glousser.

Vraiment ? Il ne veut pas lui baiser la main, pendant qu'il y est ?

Juste avant de décamper, mon garde du corps me fixe un instant, de ses yeux gris perçants. Je comprends le message (je dois le prévenir *à la seconde* où je quitte cette terrasse) et lui fais signe qu'il peut disposer.

Son air insolent me fait sourire, lorsqu'il subtilise le dernier croissant aux amandes sous mon nez. Salopard. Sexy salopard.

– Ce Nils Eriksen, quand même… À ton âge, je n'aurais pas pu résister, soupire ma mère en le regardant s'éloigner. Cette carrure. Ces yeux. Cette force qui émane de lui. Cette animalité…

– Maman, je mange !

– Oups, j'ai pensé tout haut ! sourit-elle comme une gamine malicieuse.

Voilà des mois qu'elle n'avait pas souri comme ça.

Le Viking vient encore d'accomplir un miracle…

***

Je me traîne jusqu'à la tour Cox (ou plutôt Nils m'y traîne, dans son Hummer), en sachant pertinemment que la réunion du lundi (la plus interminable de toutes) m'attend. Pendant ce temps-là, Aïna mène la belle vie à l'autre bout des États-Unis, soi-disant pour assister à des conférences sur le réchauffement climatique. Il n'est pas encore huit heures à Los Angeles, presque onze heures à New York. Je me suis levée aux aurores et m'apprête à somnoler toute la matinée, elle sort à peine du lit et se paye apparemment une bonne gueule de bois.

C'est en tout cas ce que me laisse penser son SMS :

[Tu savais que mélanger rhum et vodka était mortel ?]

[Bien sûr. Tes lémuriens ne t'ont rien appris ?]

[Il faut croire que non. Par contre, le mec de cette nuit m'a enseigné l'art du tantrisme…]

[Et donc ? Tu as pris ton pied ?]

[Ouais. Mais j'aurais préféré qu'il se barre sans ma carte bleue…]

[C'est une blague ?!]

[Non. Apparemment, deux orgasmes en une seule nuit, ça coûte cher.]

[Tu as fait opposition ?!]

[Non. Le rhum et la vodka m'en ont empêché.]

[Vololoniaïna Rakotonalohotsy ! Tu appelles ta banque ILLICO !]

[Waouh ! Tu sais écrire mon nom ?!]

[ILLICO j'ai dit !]

[Tu me manques.]

[Idem. Appelle ta banque.]

Nils se tourne vers moi, l'air d'attendre quelque chose. Je n'avais pas réalisé que son Hummer de G.I. Joe était arrivé devant la tour Cox. Il est temps que je descende du carrosse.

– Un problème ? me demande-t-il d'une voix étonnamment douce.

Ses deux mains puissantes sont posées à plat sur le volant. Sa peau est pâle, ses doigts fins et longs. Il a des mains plutôt délicates, pour un Barbare.

Et il n'y a pas si longtemps, elles étaient partout sur moi…

– Deux problèmes en fait, souris-je légèrement en sentant le trouble me gagner. La réunion qui m'attend pourrait bien m'achever. Et ma meilleure amie aurait bien besoin d'un Nils Eriksen.

– Aïna ? Je peux lui envoyer l'un de mes hommes, propose le Viking, le plus sérieusement du monde.

Ses mains quittent soudain le volant en cuir et attrapent ses deux téléphones, du tac au tac. Cet homme dégaine à une vitesse folle.

Hum…

– Je plaisantais, Nils.

– Pas moi, insiste-t-il en composant un numéro. Quelqu'un peut être en bas de chez elle dans les dix minutes.

– Pas la peine, merci, ris-je en m'emparant de son téléphone.

Je raccroche et lui assure qu'il n'a pas besoin d'intervenir. Ses yeux défiants plongent dans les miens, il me tend sa main et ouvre sa paume. L'intensité qui se dégage de lui met fin à toute tentative de rébellion de ma part. J'admire sa beauté sauvage, déglutis difficilement et lui rends son téléphone sans broncher.

– Tu vas être en retard… murmure-t-il sans jamais me quitter du regard.

Déstabilisée, je mets un peu de temps à réaliser qu'il a raison. J'attrape enfin mon sac à main et ouvre ma portière en m'y reprenant à deux fois.

– Nils ? fais-je en m'extirpant de la voiture.
– Hmm ?
– Merci.

Un léger sourire s'esquisse sur ses lèvres, ses yeux font le tour de mon visage. Ça cogne un peu trop fort en moi. Je claque la porte en espérant remettre de l'ordre dans mes idées mais rien n'y fait. Me voilà sortie du tank. Je fais quelques pas, puis suis arrêtée par sa voix.

– Préviens-moi quinze minutes avant de quitter les locaux, me rappelle-t-il en baissant la vitre.
– Attends ! fais-je en revenant sur mes pas. Tu ne viens pas, aujourd'hui ?

Et je regrette aussitôt ma question bête.

– Je vais te manquer, c'est ça ? se marre-t-il.
– Je veux juste savoir pourquoi tu m'accompagnes certains jours et d'autres pas…

Je soutiens son regard et obtiens ma réponse.

– Parce que les bureaux sont protégés par le service de sécurité de la tour. Parce que tu ne le vois pas mais j'ai toujours un autre gars qui veille sur toi quand je ne suis pas là. Et parce que franchement vos réunions me donnent envie de me tirer une balle…

– Bonne réponse.

Je lui souris et l'observe un instant. Sa veste kaki lui va bien. Ses yeux sont particulièrement clairs à la lumière du petit jour. Un léger épi s'est formé à l'arrière de son crâne, à cause de l'appuie-tête, et j'ai envie de le toucher. Je divague à nouveau. La chaleur revient. Lui se tourne à nouveau vers moi, se demandant ce que je fais encore là. En voyant mon expression, il plisse un peu les yeux, son regard se pose sur ma bouche. Assez longtemps pour totalement affoler mon cœur. Puis le géant détourne ses iris brumeux, sans pour autant chercher à cacher son sourire espiègle.

– Bonne réunion, princesse…

Sur ces quelques mots prononcés de sa voix grave et chaude, il me fait signe de reculer et démarre sur les chapeaux de roue. Putain de Barbare dans son Hummer.

Putain de cœur qui cogne dans ma poitrine.

***

Midi. Le soleil brille maintenant très haut dans le ciel de Los Angeles Downtown et je me noie dans un océan de chiffres, de projections et de formules de politesse guindées et inutiles. La bulle hermétique qui nous sert de salle de réunion m'empêche de respirer, je déboutonne le col de ma chemise et me redresse sur mon fauteuil. La voix monocorde de Lewis accuse un peu le coup, sa présentation ayant débuté il y a environ un siècle et demi. De l'autre côté de la table, Darren gribouille énergiquement une liste (probablement les prochaines têtes du groupe qui vont sauter), tandis que Lana simule une nouvelle passion pour les diagrammes boursiers.

Quelque chose me dit qu'elle ne simule pas que ça…

Alerte : nausée.

J'ai à peine placé dix mots depuis le début de cette réunion. J'aime l'action, pas le blabla. Une entreprise comme la nôtre ne peut évidemment pas tourner sans une armée de têtes à penser et d'orateurs aussi brillants que soporifiques, mais ce que j'aime, c'est tester, créer, innover, aller là où les autres ne se sont pas encore risqués. Le reste, les réunions, les visioconférences, les courbettes et les Prezi : au secours.

D'ordinaire, je refuse de demander ce genre de tâches aux stagiaires, mais là je craque : je réclame discrètement un café au jeune garçon qui s'ennuie ferme. C'est ma troisième dose de caféine depuis que Nils m'a lâchement abandonnée au pied de cette maudite tour. Je me demande où il a bien pu aller. Ce qui le retient loin de moi. Lewis rejoint son siège et c'est au tour de Becca, chef du service commercial, de se lever. Elle m'adresse un sourire entendu, je lui fais signe de se lancer. Elle commence la présentation que nous avons mise au point ensemble. Pendant une vingtaine de minutes, elle expose le nouveau système de référencement des produits que j'ai imaginé un peu sur un coup de tête. Le concept reçoit une flopée de compliments, y compris de la part de mon géniteur… qui ne met pas trois minutes à redevenir méprisant.

– La prochaine fois, fais ta présentation toi-même, Valentine. Je ne vois pas pourquoi tu laisses une employée te piquer ton quart d'heure de gloire, me glisse-t-il sournoisement alors que la salle se vide.

– C'était mon idée de départ mais Becca l'a développée avec moi. Elle a quinze ans d'expérience et prend la parole chaque semaine, c'est la seule qui arrive à tenir à peu près tout le monde éveillé. Et pour ce qui est de la « gloire »… ajouté-je d'une voix ironique, on ne doit pas avoir les mêmes priorités.

– Ne joue pas à ça avec moi, gronde-t-il à voix basse. Souviens-toi de ce que je t'ai dit lors de ton premier jour ici : « Nos employés travaillent dans l'ombre pour que la lumière brille sur *nous*, les Cox. Tu es mon héritière, ta place est à mes côtés, tout en haut de la pyramide. »

J'ouvre la bouche pour riposter, il me fusille du regard et ajoute, entre ses dents serrées :

– La discussion est close, Valentine.
– Tant mieux. Maman m'attend.
– Comment ça ? Tu n'as pas rendez-vous avec Microclear ?
– Décommandé. Je suis tout en haut de la pyramide, tu te souviens ? Ça offre pas mal de libertés… souris-je insolemment en m'éloignant à grands pas.

Ou comment jouer à la gamine pourrie gâtée et capricieuse juste pour faire enrager un vieux con…

Florence trépigne en bas de la tour lorsque j'en sors. Belle comme tout dans son jean slim et sa petite veste cintrée, elle se jette sur moi en piaillant :

– Je l'ai vue, Valentine ! Je l'ai vue et je suis restée calme !
– Quoi ? Qui ?
– Lana ! Elle est presque partie en courant quand elle m'a reconnue ! Cette petite…
– Viens ! la coupé-je avant les injures, en la prenant par la main.
– Où ça ? On ne va pas déjeuner ?
– Non. On va te changer les idées !

Une voix virile résonne soudain, quelques mètres derrière moi.

– C'était quoi le deal, princesse ?

Je me retourne et tombe nez à nez avec Nils, qui n'a pas l'air content. Mais alors pas du tout. Il me contemple de toute sa hauteur, ses yeux plissés par l'agacement et ses bras fermement croisés sur son torse. Un vrai cliché. Mais un cliché diablement agréable à regarder.

– Arrête de m'appeler princesse, pour commencer.
– Qu'est-ce que tu as fait ? me chuchote ma mère.
– Rien du tout.
– Exactement, grogne le Viking. « Rien ». Pas d'appel, pas de message pour me prévenir de ta sortie imminente. Tu pensais aller où, sans moi ?
– Valentine ! s'offusque la traîtresse. Tu veux te faire kidnapper une troisième fois ?
– Bon, vous faites équipe, c'est ça ? soupiré-je en les voyant échanger un regard presque… complice.
– On tient à toi, ma douce.
– Hum… laisse échapper mon garde du corps. Je fais juste mon boulot.

Je prends sur moi pour ignorer cette dernière remarque (et mon petit pincement au cœur) et me rends de moi-même jusqu'au Hummer kaki. Le tank indestructible fait légèrement tache dans le paysage californien.

– C'est par ici ! annoncé-je à ma mère. Tu peux dire adieu à ta jolie petite décapotable…
– Ah oui, fait-elle en approchant du monstre. C'est… c'est impressionnant, comme véhicule.
– Ne vous fiez pas à son aspect brut, lui confie Nils en lui ouvrant la portière. Il est très confortable. Et étonnamment adapté à une conduite en ville.

– Ne jamais s'arrêter à l'apparence… lui sourit ma mère, sous le charme.

Leur complicité naissante m'exaspère autant qu'elle me fait chaud au cœur. Ma mère semble plus joyeuse depuis que mon pot de colle bourru est dans les parages. Sans doute parce qu'elle se sent plus sereine, aussi.

Quinze minutes plus tard, lorsque Nils réalise que nous nous rendons dans un énorme centre commercial, son sourire moqueur disparaît. Et le mien s'élargit.

– Du shopping… grommelle-t-il en se garant. Bordel. Je n'ai pas signé pour ça.
– C'est contraire aux règles de sécurité ? demandé-je.
– Pas si je reste avec vous en permanence, soupire le géant.
– Alors c'est parti !

J'annonce à ma mère que pendant les deux prochaines heures, elle peut n'en faire qu'à sa tête et essayer tout ce qui lui chante, que c'est aux frais de Darren. Et qu'un certain Nils Eriksen se fera une joie d'admirer et de commenter chaque tenue. Elle pouffe devant l'air blasé du colosse, qui fourrage sa main dans ses cheveux blonds, faute de mieux. Ah, et qui m'assassine du regard, aussi.

Quand la princesse met la pâtée au Viking…

Dans la première boutique de luxe, Florence est dans son élément, je ris en la voyant s'extasier à tout va et s'excuser de faire courir les vendeuses. Je regarde les rayons sans vraiment m'y intéresser, sentant la présence de Nils derrière moi. Cette présence qui m'est devenue familière. Et qui me dérange de moins en moins. Ma mère en est à sa huitième trouvaille lorsque j'essaie ma première tenue : une veste en cuir camel particulièrement bien coupée.

– Valentine, essaye cette robe ! me rejoint la *serial shoppeuse* devant la glace.

Elle m'oblige à retirer la veste tandis que j'observe le bout de tissu qu'elle ose appeler « robe ». Je fais la grimace. Trop court, trop moulant, trop plongeant, trop « pas pour moi ».

– Maman, franchement ?
– Ça ne te tuerait pas de la jouer sexy, parfois... souffle-t-elle.

Dans le miroir, je vois Nils plisser les yeux, quelques mètres derrière moi, réprimant un sourire. Nos regards se croisent alors et quelque chose se passe, comme un sursaut imperceptible, un court-jus, un mini-carambolage inattendu. Son intensité me trouble. Mon cœur accélère, une chaleur agréable se faufile entre mes reins, mes cellules les plus stupides s'entrechoquent. Et le temps défile, sans que mon *bodyguard* ne rompe le lien invisible qui nous retient l'un à l'autre.

– Tiens ! lance ma mère (qui me fait bondir) en me tendant une nouvelle robe sur un cintre. Bleu marine, courte mais pas trop décolletée. Chic et sophistiquée : celle-là, c'est la bonne !

Je me rends en direction des cabines d'un pas robotique, encore un peu perturbée. Nils me dépasse et me fait signe de rester derrière lui. Il inspecte le box avant de me laisser y entrer et referme lui-même la porte. Savoir qu'il est juste de l'autre côté de la fine paroi lorsque je me déshabille… les autos tamponneuses reviennent.

Saloperies ! Foutez le camp !

– Tu comptes y passer la nuit ? râle finalement le Viking.
– Je ne peux pas remonter ma fermeture éclair…
– Où est passée ta mère ? l'entends-je soupirer.
– Pas besoin. Viens !

La porte s'ouvre brutalement et je me retrouve face à Nils. Face à son immensité. Face à ce regard intense et farouche. Face à ce sourire qui se dessine peu à peu, malgré lui. Je me retourne pour lui présenter mon dos, ses mains sont particulièrement douces lorsqu'elles se posent sur moi pour fermer la robe.

– Tu aimes ? lui demandé-je sur un ton nonchalant tandis que nous observons tous les deux mon reflet.
– Il va falloir me payer double pour profiter de mon expertise…
– Juste un oui ou un non, Eriksen.

Ma voix se voulait sèche mais elle est montée dans les aigus. Ses iris gris acier se posent sur moi. Sur mon visage, ma bouche, puis descendent dans mon cou, sur mes seins, ma taille, mes jambes nues. Je déglutis difficilement, tandis qu'il murmure d'une voix rauque :

– Je ne déteste pas.

Un silence assourdissant emplit la cabine. Je le fixe dans le miroir : il est beau à crever. Notre proximité me monte à la tête. Ma peau se réveille. Jusqu'à ce que des voix familières se rapprochent. Celle de ma mère et celle de…

Oh. Pu. Tain. Pas lui.

– Nils ! Ma mère ! Vite !

Son expression change lorsqu'il étudie mon visage. Le garde du corps doit lire la peur dans mes yeux et décampe immédiatement. Je souffle enfin, me reprends. Mais lorsque je sors de la cabine, je reconnais parfaitement, derrière un portant plein de fringues, la raclure qui est en train de parler à ma mère.

Baraqué. Look motard. Catogan. Sourire fourbe. Pascal.

Mon cœur bat la chamade, mais pas pour les mêmes raisons qu'il y a quelques secondes.

– Qui est ce type ? me demande Nils alors que je le rejoins à l'écart, sans quitter Pascal des yeux.
– Un fantôme du passé.
– Il va me falloir plus d'informations que ça, gronde-t-il.

– L'ex de ma mère. Il y a huit ans, il l'a envoyée à l'hosto. Alors elle l'a envoyé en prison.
– Et toi ? Il t'a… ?
– Non, soufflé-je. Enfin, pas vraiment. Une seule fois. Pas si fort que ça.
– OK. J'en sais assez… siffle le géant en décroisant les bras.

Nils, dont tous les muscles sont tendus, fait mine d'intervenir mais je l'arrête en l'attrapant par la veste.

– Attends. Pas encore. Elle est peut-être assez forte pour l'affronter… Elle en a besoin.
– Je n'aime pas sa dégaine. Il n'est pas là pour une visite de courtoisie.
– Je sais, fais-je, la gorge serrée.

Soudain, les yeux de ma mère trouvent les miens et j'y découvre une volonté farouche. Florence tient à régler ses comptes. La fierté que je ressens pour elle à cet instant me fait monter les larmes aux yeux. Ça et le sentiment de panique qui grandit en moi.

– Je ne le laisserai pas lui faire quoi que ce soit, Valentine, murmure le Viking, les yeux rivés sur l'homme qui nous a martyrisées.

Pascal n'a jamais rien fait à moitié avec ma mère. Il l'adulait aussi fort qu'il la frappait. Ironique, pour un mec dont le boulot est d'assurer la sécurité lors de concerts de rock un peu partout dans le monde. J'avais 13 ans quand ça a commencé, 16 quand j'ai dû appeler les flics parce que le sang de ma mère avait giclé sur les murs. Pascal me terrorisait, mais la haine profonde que je nourrissais pour lui me permettait de lui tenir tête. J'ai pris quelques coups, mais rien comparé à ma mère qui en porte encore les cicatrices. Physiques et émotionnelles.

Le voir ici, face à elle, me rend malade. Je meurs d'envie d'aller à la rescousse, mais j'ai conscience qu'elle doit l'affronter seule. Qu'elle doit reprendre le pouvoir. Parler plus haut que lui. Lui dire « non », pour toutes ces fois où elle n'en a pas eu l'occasion.

– Elle a l'air si frêle comparée à lui… fais-je en les étudiant.
– Je comprends mieux.
– Tu comprends quoi ?
– Pourquoi tu te méfies autant de moi…
– Je n'ai pas peur de toi, Nils.

Je ne mens pas. Je réalise à cet instant qu'il m'inspire un milliard de choses, mais pas la peur. Malgré sa carrure titanesque, Nils Eriksen a gagné ma confiance.

Un peu plus loin, ma mère commence à s'agiter face au motard qui vient de poser sa main sur sa taille. La limite est franchie et je devine que le pire est à venir. Je serre les dents et me rapproche lentement, tout comme l'homme aux yeux de brume qui marche dans mon ombre.

– Ne me touche pas, le prévient ma mère en reculant.

– Florence, j'ai fait tous ces kilomètres pour toi… insiste Pascal.

– Les *Iron Rocks* jouent à Los Angeles toute la semaine. Tu n'es pas là pour moi. Par contre, tu m'as suivie jusqu'ici… Comme avant.

– Tu as toujours été un peu trop futée à mon goût, sourit l'enflure.

– Tu m'as vue, tu m'as entendue, tu peux repartir, siffle-t-elle, en colère. Et ne jamais revenir.

– Rentre en France avec moi.

– Je suis mariée !

– Je te pardonne…

– Pascal, il faut te soigner ! s'écrie soudain ma mère, à cours de patience. Tu es malade si tu crois que je vais aller où que ce soit avec toi ! Tu as failli me tuer !

Les narines de l'homme frémissent. Son visage change du tout au tout et je me souviens. C'est à ce moment qu'arrivaient les coups, avant.

– Tu m'avais poussé à bout ce jour-là, fait-il d'une voix effrayante. Et tu recommences…

Sa grande main, aussi imprévisible que ses poings, prend son élan et s'apprête à se poser sur le visage effrayé de ma mère, lorsqu'elle est interceptée par l'avant-bras du Viking. Vu le son qui m'éclate aux oreilles, la gifle était d'une violence rare. Et elle était censée s'abattre sur la personne que j'aime le plus au monde.

Je me précipite en avant, mais ma mère me retient pour laisser Nils s'occuper de la raclure. En quelques secondes, Pascal se retrouve violemment plaqué contre le mur, le nez en sang, le visage écrabouillé sous la main du Barbare. Mon garde du corps le maîtrise avec une facilité déconcertante, avant de demander au responsable de la boutique d'appeler les forces de l'ordre. Dans mes bras, ma mère tremble de tout son corps. Et je réalise que je pleure à chaudes larmes.

– Il ne te fera plus jamais de mal, maman… gémis-je dans son cou.

– Il ne *nous* fera plus jamais de mal, ma douce.

Quatre policiers arrivent en quelques minutes et nous interrogent, ainsi que quelques témoins. Nils se comporte de manière touchante avec ma mère, lui murmurant qu'elle a affronté ses peurs et fait preuve d'un grand courage. Pascal est menotté et escorté vers la sortie. Lorsqu'il passe devant son ex, cette dernière lui balance une gifle cinglante en lâchant :

– Plus jamais !

C'est la première fois que je vois ma mère se montrer violente. Je sais que c'est sans doute la dernière fois. Plus qu'une vengeance, ce coup était un message. Clair et sans bavure, qui n'appelait aucune réponse. Mon cœur se gonfle à nouveau de fierté. Et je repars dans cette robe que personne n'a pensé à me faire payer, en marchant si près de Nils que nos peaux viennent à se frôler.

15
ACCORD TACITE

Nils

– J'ai quarante minutes devant moi, pas une de plus.

J'ai lâché ça de ma voix la plus mauvaise. Mais ça n'a aucun effet sur lui ou sa foutue bonne humeur.

– C'est comme ça qu'on accueille son adorable petit frère qui débarque aux States ? se marre Samuel en sautant dans mon Hummer.

– Non, c'est comme ça qu'on accueille son emmerdeur de frère, qu'on croit en France et qui appelle dix minutes avant pour qu'on vienne le chercher à l'aéroport… de Los Angeles !

– Depuis quand tu n'aimes plus les surprises, toi ?

– Depuis que je te connais, Sam. Tu ne quittes l'Europe que quand tu viens de te foutre dans le pétrin. Et tu ne m'appelles que pour que je t'en sorte.

– Faux… proteste-t-il mollement. Je t'ai passé un coup de fil totalement désintéressé pour te souhaiter ton anniversaire hier !

– Raté, c'est aujourd'hui.

– Merde ! lâche-t-il. Joyeux anniversaire, frangin ! 35 ans, hein ?!

– 34. Mais merci quand même. Maintenant attache-toi et ferme-la.

Sur le siège passager, Samuel m'ouvre grand les bras en espérant peut-être que je m'y jette. Je me contente de lui envoyer une bonne bourrade dans l'épaule avant de démarrer. Crétin.

– Qu'est-ce que tu as encore trafiqué ? lui demandé-je en roulant, la mine toujours renfrognée.

– Rien de grave. Mais disons que ça ne me ferait pas de mal de me mettre un peu au vert et de me faire oublier. Juste quelques jours… Ou quelques mois.

– Qui est le pauvre type qui s'est fait escroquer, cette fois ? soupiré-je.

– Je te jure qu'il l'avait mérité, rit-il en levant les mains en l'air, genre « je suis innocent, Monsieur le juge ». On va boire une bière ?

– Non, Sam. Il me reste trente-sept minutes. J'ai un job, tu te rappelles ?

– Ça ne te réussit pas de bosser chez les bourges, mon vieux !

– Le bourge me paye mieux que bien. Pas sûr qu'il apprécie que je laisse la prunelle de ses yeux sans surveillance.

J'ai réussi à trouver un mec pour me remplacer une heure. Je te dépose et j'y retourne.

– Vu l'humeur dans laquelle ça te met, j'espère pour toi que tu fais plus que la surveiller !

Samuel ricane et je me demande bien ce qui me retient de coller sa tronche contre la vitre, pour lui faire passer son petit air « je suis content de moi ». Peut-être juste parce qu'il m'a manqué.

– On habite où au fait, chez le milliardaire ? me questionne-t-il avec les yeux qui brillent.

– *Moi*, j'ai une chambre là-bas. Toi, tu ne vas faire que squatter là où je te dirai. Comme d'hab'.

– OK, c'est mérité. Où ça ?

– La banquette arrière du Hummer, ça te va ?

– J'ai un autre choix, si je réponds non ? Par exemple avec un vrai lit, un vrai toit… ? tente Samuel, qui sait pertinemment que je me fous de lui.

– Je loue une petite baraque à L.A. le temps de ma mission pour Cox. C'est juste pour entreposer mes affaires, je n'y suis presque jamais.

– Cool ! Il y a une piscine ?!

– Tu auras de la chance si je te laisse déjà mettre un orteil dans la baignoire, le rembarré-je.

– OK, OK, compris, je vais me faire petit…

– Et tu vas surtout me rendre un service en échange du couvert et du logis.

– Je t'écoute ! Tout ce que tu veux…

– T'occuper de Willy quand je m'absente trop longtemps.

– Ta bête sauvage ?! Mais il m'aura bouffé bien avant que j'arrive à le dresser !

– Les wombats sont herbivores, Sam. Et si je continue à le laisser seul dans le jardin, il va finir par déraciner même les arbres du voisin.

– Et *je* suis censé l'empêcher de faire ça ? Je suis sûr qu'il pèse plus lourd que moi !

– Trouillard ! Tu l'empêcheras de faire ça, mais aussi de boulotter des trucs toxiques, comme le portail, et de terroriser le facteur chaque fois qu'il passe. Ah, et interdiction de monter sur le canapé !

– Pire qu'un gosse, ronchonne Samuel, pas déçu de son voyage.

– Gratte-lui le ventre en cas de problème, ça l'anesthésie à tous les coups. Et appelle James si tu as besoin d'un véto : son numéro est sur le frigo.

– C'est tout, tu m'abandonnes ? On est arrivés ? Tu me laisses avec ton fauve ? pleurniche-t-il en surjouant juste un peu. Je voulais te dire que je t'aimais, Nils. Et que je te lègue tout ce que j'ai…

– Tu n'as absolument rien d'autre que le merdier contenu dans ce sac, dis-je en ramassant son baluchon sur la banquette arrière.

Mon Hummer stationne dans Sycamore Avenue, face à la baraque sans prétention que je loue depuis peu. Elle n'a que deux chambres et une seule salle de bains pour un loyer exorbitant (merci les prix de L.A.), mais elle a un jardin suffisamment grand pour que Willy puisse rester seul plusieurs jours sans devenir fou. Et elle se situe à mi-chemin entre la villa de Santa Monica et la tour Cox où bosse Valentine : idéal pour moi. J'aurais pu louer plus grand, plus beau, plus luxueux mais je préfère louer utile. Autant dire que je m'en fous royalement. Cet endroit me sert surtout de dortoir. Et je préfère la jouer discret quand je m'occupe de la sécurité d'une fille de milliardaire. Ou, pour être plus précis, d'une foutue princesse, fille d'un milliardaire imbuvable.

Samuel ne sait pas que ma boîte a encore fait des petits. Dans l'agence que j'ai créée, j'embauche maintenant une douzaine de gars à plein-temps pour jouer aux détectives privés. Je n'aurais jamais pensé que ça me rapporterait autant de fric aussi vite. Entre ça et ce que me paye Darren Cox, j'ai eu largement de quoi investir dans le projet qui me tient à cœur depuis quelques mois : créer des pansements d'urgence hémostatiques pour les blessures non garrotables. Par balle ou par arme blanche, par exemple. Le genre qui te fait te vider de ton sang à un moment et à un endroit où tu n'as pas du tout envie de mourir. J'ai suivi le principe des éponges hémostatiques pour le nez et j'ai ajouté des actifs antalgiques, désinfectants et résorbables. En m'associant avec Roman (et son sens des affaires) et Malik (le génie de la biologie), j'ai réussi à développer mon idée, d'abord pour un usage militaire ou policier. Mais vu comme ça marche, je compte bien rendre mes pansements accessibles à tous, pour qu'ils deviennent des indispensables des kits de survie ou des pharmacies de secours.

Bref, mon frère n'a pas la moindre idée de l'argent que je gagne à la sueur de mon front, et c'est peut-être mieux comme ça. Mais Sam sait que Cox paye bien : ça va lui faire tout drôle de découvrir la maison avec seulement deux pauvres meubles et le frigo presque vide. Il sera content, il doit me rester une ou deux bières sur le comptoir. Chaudes.

Quand je repars pour la tour Cox, j'ai le sourire aux lèvres. Le faire chier me procure un certain plaisir. Et puis, malgré mon accueil glacial, je suis content de le savoir ici, avec moi, plutôt qu'en garde à vue quelque part. Ou pire, dans le coffre d'une bagnole de mecs pas très contents de s'être fait dépouiller. Ou encore pire mais tout à fait plausible, entre quatre planches de bois. Foutu escroc incapable de se ranger.

***

Deux jours plus tard, j'ai à peine eu le temps de croiser mon frère mais je dois le quitter à nouveau. Je lui ai laissé Willy en garde et je ne sais pas trop pour lequel des deux je dois m'inquiéter. Mais pas le choix : j'accompagne Valentine à San Francisco. Parfois, j'en viens à me demander si elle ne multiplie pas les voyages pro juste pour m'emmerder. Mais je suis le mouvement sans broncher, pas envie de lui faire le plaisir de grogner pour qu'elle puisse me traiter de barbare de telle ou telle période de l'histoire. Et puis, pour être honnête, je fais attention à ce que je dis depuis ma « rencontre » avec le motard aux cheveux longs et à la main lourde. Ou plutôt depuis que ce connard a rencontré mes poings. Et le mur. Ce taré a bien ébranlé Valentine, je ne vais pas en plus la fatiguer avec mes humeurs à la con.

Une fois arrivé, je m'assure que la princesse est bien enfermée dans une nouvelle prison dorée. C'est un building ultra-sécurisé, mais j'ai quand même filé un gros billet à un gars qui ne la quittera pas des yeux s'il ne veut pas que je lui arrache les siens. Puis je me casse vite fait. Je veux profiter d'être à San Francisco pour gérer en vitesse une affaire perso : payer une petite visite à ce bon vieux No-Name. Le type le plus surveillé de la prison d'État de San Quentin continue à me servir d'indic et à ne parler qu'à moi, alors même que je suis celui qui l'a envoyé là-bas. Normal.

Un petit passe-droit plus tard, un gardien m'accompagne au parloir du quartier haute sécurité. Le tueur à gages finit par se pointer et s'asseoir face à moi. J'ai l'impression qu'il a encore gagné en muscles depuis la dernière fois. Et que son crâne rasé a de nouveaux tatouages grisâtres qui s'emmêlent aux autres.

– Salut, No-Name.
– Qu'est-ce que t'as à me mater comme ça, Eriksen ? Si tu veux les mêmes, faudra me rejoindre à l'intérieur pour que je te présente mon tatoueur, s'amuse-t-il de sa voix grinçante.

Je regarde l'énorme cicatrice qui lui fait un collier boursouflé sur la gorge et je me demande si ses cordes vocales ont aussi été touchées quand on a essayé de lui trancher la tête. Son timbre de voix ne colle pas du tout avec son physique trapu et bodybuildé, ses grosses mains aux jointures amochées et son cou de taureau. Sans même parler du tableau de chasse de tous les gens qu'il a froidement exécutés.

– T'as pu te renseigner ? demandé-je dans un soupir, en ignorant sa réplique précédente.

– Ça dépend sur quoi.

– Tu le sais très bien.

– Sur la vraie raison qui t'amène, Eriksen… ? raille-t-il.

– Arrête de jouer à ça avec moi.

– Ça va, détends-toi, soldat. On peut bien faire un peu la conversation entre vieux copains, se marre No-Name.

– Ou alors je peux me tirer dans la seconde et te laisser là. C'est la différence entre toi et moi.

– Que tu crois…

– OK, à un de ces quatre ! dis-je en me levant pour mettre fin à cette foutue visite.

– Les deux mecs qui ont kidnappé la petite Cox sont inconnus dans le milieu, m'apprend-il enfin, pour me retenir.

Je reste debout, l'air blasé, mais je l'incite à continuer par un geste engageant du menton.

– Et ils ont disparu de la circulation. Arrivés de nulle part, repartis aussitôt. Avec un joli petit magot, apparemment.

– Qui a payé ?

– Je n'ai pas l'info.

– Fais marcher ton réseau, je veux savoir qui a commandité.

– Pourquoi, pour avoir le plaisir de revenir me voir ? Et pouvoir te regarder dans le miroir ? C'est tellement sympa, ces petits examens de conscience gratos… ironise-t-il. Mais t'inquiète pas, mon pote, pas la peine de trouver un prétexte, je continuerai à te recevoir dans mon cabinet chaque fois que tu me sonneras…

– Va te faire foutre, No-Name, lâché-je avant de m'éloigner à reculons.
– Bah quoi, Eriksen, tu pars déjà ? Pressé d'envoyer ton petit paquet à Tilly Gomez ?

Je marque un temps d'arrêt. Cet enfoiré sait exactement comment m'empêcher de partir. Et il sait surtout beaucoup trop de choses sur beaucoup trop de gens. Moi y compris. Je tourne les talons pour éviter de rentrer dans son jeu. En m'en allant, je l'entends juste grincer :

– Reviens quand tu veux, copain ! Je t'attendrai.

J'ai une furieuse envie de faire demi-tour pour lui péter les dents une par une et effacer le sourire qui doit déformer sa gueule de sociopathe à l'instant même. Mais je me contente de quitter la prison au plus vite. Je ne sais même plus ce que je suis venu foutre ici. Il ne m'a rien appris, juste confirmé ce que je savais déjà. Et son étrange voix qui déraille continue à résonner sous mon crâne comme un larsen.

Désormais, toutes mes visites à No-Name me laissent un goût amer et métallique dans la bouche. Peut-être bien le goût du sang. Celui qu'il a sur les mains, celui qu'il croit qu'on a en commun. Sa petite manie de jouer les psys et de me comparer à lui, ce sociopathe, ce tueur de la pire espèce, je supporte de moins en moins. Et mes passages à San Quentin sont un peu plus courts, un peu plus tendus à chaque fois. Il faudrait que je songe à arrêter.

***

De retour à L.A., le lendemain, je cherche Valentine qui s'amuse à essayer de me semer, entre deux réunions, dans le dédale des couloirs de la tour Cox. Je me fous pas mal de savoir ce qu'elle fait, avec qui, je veux juste que la petite maligne ne m'échappe pas. Physiquement, quoi. Enfin, je me comprends. Je la retrouve à l'accueil de son étage, un sourire en coin greffé sur ses traits fins et faussement innocents, planquée derrière Faith, son assistante qui doit frôler le mètre quatre-vingt.

– Trouvée, dis-je à voix basse.

– Je ne me cachais pas, rétorque-t-elle quand elle me voit. J'essaie juste de gérer les membres de ta famille qui font perdre un temps précieux à mes collaboratrices !

– Ma fam… ? Samuel ?! Qu'est-ce que tu fous là ?!

– Je discutais très cordialement avec cette jeune femme tout à fait charmante, quand…

– Arrête ton numéro, le coupé-je.

– Surtout qu'il vient de faire exactement la même chose avec Payton, la standardiste, qui est partie pleurer dans les toilettes dès qu'il s'est intéressé à Faith.

– Je m'en occupe, Valentine. T'es vraiment un cadeau, toi, marmonné-je à l'intention de mon frère.

Il me tend son sourire le plus puéril et recule à mesure que j'avance vers lui.

– Toujours pas d'humeur pour une bière, à ce que je vois ? constate-t-il en ricanant.

– Deuxième fois : qu'est-ce que tu fous là ?

– Passer voir son frère sur son lieu de travail, c'est interdit par la loi ?

– Répondre à des questions par des réponses, c'est possible ou pas ?

– Willy va mal, balance alors Sam.

– Qu'est-ce qui se passe encore ? demandé-je en mordant à l'hameçon comme un con.

– Il se laisse dépérir. Je lui file la fin de mes bières et il ne les boit même pas. Je crois que tu lui manques trop. J'hésite à appeler les services sociaux pour abandon de famille…

– Samuel Torres, ne me force pas à abîmer ta petite gueule d'ange.

– OK, c'est juste que je m'ennuyais, concède-t-il. On ne se voit jamais !

– Trouve-toi une femme et arrête de jouer les épouses délaissées avec moi, le menacé-je.

Derrière nous, j'entends le petit rire étouffé de Valentine. Je n'avais pas réalisé qu'elle était toujours là et nous écoutait sans même se cacher.

– Tu peux prendre une pause, Nils. Je ne bougerai pas de mon bureau. Tu sais que tu as droit à des jours de congé ? me sourit-elle, comme si cette discussion avec mon frère l'avait attendrie.

– Ça ira. Laisse-moi cinq minutes pour me débarrasser de lui.

J'enroule mon bras autour des épaules de Sam, comme un simple geste fraternel, sauf que je serre bien fort autour de son cou pour l'emmener un peu à l'écart.

– Il faut que tu t'en ailles…

– Au fait, enchaîne-t-il comme s'il ne m'avait pas entendu, en parlant de me trouver une femme, la petite Malgache aux tresses est toujours dans le coin ?

– Aïna ? Je crois qu'elle bouge pas mal. Mais toujours aux USA. Si tu veux partir à sa recherche, surtout n'hésite pas.

– Trop fatigant… Qu'est-ce que tu penses de Faith, alors ?

– Un peu coincée, pas ton style, dis-je pour le dissuader. Maintenant tu t'en vas.

– Coincée ? Je devrais pouvoir arranger ça.

– Quoi ?!

– Ça m'a pris une bonne demi-heure, elle m'a rembarrée deux fois, mais à la troisième, j'avais son numéro.

– Sûrement un faux…

– Alors, qui est en train de m'envoyer des textos ? se marre-t-il en brandissant son iPhone beaucoup trop près de mes yeux, l'air victorieux.

– Bon, je vois que tu as trouvé une nouvelle occupation, l'ascenseur est là !

À ce moment, les portes s'ouvrent et recrachent un autre énergumène sur le palier de la tour Cox : Milo De Clare, l'amoureux transi de Valentine. Mon frère se faufile avant que l'ascenseur ne se referme puis me fait un petit signe d'au revoir avec un clin d'œil débile. Content de le voir disparaître. Mais pas certain d'avoir gagné au change.

– M. Nilsen, c'est ça ? dit le jeune mec en costard en me tendant la main. Valentine est là ?

– Nils Eriksen. Et je suis son garde du corps, pas sa secrétaire, lui réponds-je avec un petit sourire qui veut dire « je ne rigole pas du tout ».

Puis je lui donne de quoi se souvenir de mon nom avec une poignée de main bien virile que ses os vont garder quelque temps en mémoire. La standardiste a regagné son poste et il lui demande (sans un bonjour) de prévenir « Miss Cox » que « Mister De Clare » l'attend « impatiemment » à l'accueil. Et surtout pas de merci. Tous ces chichis pour ne pas prononcer une seule formule de politesse. Connard fini.

Il y a peu, j'aurais pensé qu'il était exactement le genre de type qu'il fallait à Valentine. Ambitieux, friqué, bien propre sur lui, rien qui dépasse… Mais limite arrogant et assez tchatcheur pour la stimuler intellectuellement. Sauf qu'à force de les croiser ensemble, dans leurs soirées pour gosses de riches, ici à la tour ou carrément chez Cox, je n'ai pas l'impression qu'ils aient tant de choses que ça à se raconter.

Pourtant, j'ai cru comprendre que c'était acquis pour Darren : De Clare est le gendre idéal, donc sa progéniture va gentiment accepter d'unir sa fortune à la sienne, quand elle en aura marre de batifoler, et le petit couple parfait va créer à son tour un joli petit empire peuplé de bébés-gosses de riches aux petites cuillères argentées. Super, l'avenir ! Pas sûr que cet accord tacite tienne aussi pour la princesse rebelle. Mais après tout je m'en fous. C'est son problème à elle.

Ça me fait juste marrer de mettre des bâtons dans les roues du dandy sûr de lui. Il ne doute de rien, jamais. Sa petite vie ressemble à un film où tout est facile, prémâché, déjà écrit. Je pense qu'on lui a déroulé le tapis rouge à la seconde où il est sorti des cuisses de sa mère. Pauvre femme. Il faut bien que je rétablisse une petite justice. Du coup, à chaque fois qu'il pense se retrouver seul avec Valentine, je m'impose *discrétos*. J'accélère avant qu'il ait eu le temps d'ouvrir la portière de mon Hummer pour accueillir galamment « Miss Cox ». Juste pour l'énerver un coup, le voir trembler de la mèche et suer de la moustache. Parfois, je fais capoter leurs rendez-vous galants en prétextant des questions de sécurité. On est un pro ou on ne l'est pas. Il m'est même arrivé d'éternuer violemment à un moment où il tentait d'embrasser sa foutue « promise ».

Ben quoi ? Un Norvégien aussi peut prendre froid.

Je ne voudrais pas que Valentine croie que je la convoite aussi ou que je me suis lancé dans un pseudo-combat de coq avec lui. C'est juste que je n'aime pas les mecs « arrivés ». Il n'y a aucune raison que Milo De Clare n'ait pas un peu à galérer. Je ne vais pas m'écraser juste pour lui laisser la voie libre. S'il me trouve sur son chemin, il n'aura qu'à m'écarter. Rire étouffé.

– Mister De Clare… hésite la standardiste avec un petit sourire contrit, Miss Cox s'excuse mais elle a malheureusement un impératif professionnel et doit annuler votre dîner.

– Je peux l'attendre, lâche-t-il sur un ton agacé. Je vais reculer ma réservation.

– Son assistante me fait dire que Miss Cox ne sera disponible que tard dans la soirée. Elle en est sincèrement désolée.

Une seconde plus tard, le brun attrape son portable dans la poche intérieure de sa veste et lit le texto qu'il vient de recevoir en grommelant à toute vitesse :

– « Réunion qui s'éternise puis visioconférence jusqu'à vingt-deux heures au moins. *Sorry*. M'attends pas. T'appelle demain. »

Il se passe la langue sur ses dents parfaites, vérifie que personne n'a entendu cette humiliation puis regarde son énorme montre, comme s'il venait de se souvenir qu'il avait un autre truc à faire, là, tout de suite, et qu'il devait s'en aller sans dire au revoir. Manque de bol, l'ascenseur met trois plombes à arriver. Puis à repartir. La standardiste regarde ailleurs pour ne pas le gêner. Moi pas. Je le vois appuyer comme un malade sur le bouton du rez-de-chaussée, avec une main dans la poche pour garder l'air décontracté. Je lui balance un « Bonne soirée ! » et je me dis que parfois, la vie se fait justice elle-même.

Vu que je suis bloqué ici pour un moment, je m'autorise à aller m'asseoir dans une sorte de salon d'attente en *open space*. Le parfait poste d'observation. Dans ce gros fauteuil, carré mais confortable, j'ai une vue panoramique sur le bocal en verre qui sert de salle de réunion et les différents bureaux de l'étage. À travers les baies vitrées, je peux garder un œil sur Valentine, jambes croisées, air concentré. Elle est assez déroutante dans son costume masculin, cravate comprise. Étrangement hyper-féminine. Natalie Portman a une classe folle, ce soir, et je ne suis pas mécontent que De Clare ait raté ce spectacle.

Pas si concentrée que ça, vu le regard qu'elle vient de me lancer en sortant de sa bulle. Je lui réponds par un petit signe de tête, genre « je suis là, tout va bien », mais je ne suis pas certain que c'était la question que me posaient ses yeux. J'intime à mon érection de se calmer et me cale au fond du fauteuil. Pro. Mon corps a souvent envie d'elle mais mon esprit sait que c'est une mauvaise idée. Je ne peux pas faire correctement mon job si j'ai une liaison avec ma cliente. Et je ne suis pas du genre à mélanger boulot et perso. Mais ce serait quand même plus simple si je n'avais pas l'impression de la troubler. Sa belle bouche et ses yeux noirs ont parfois l'air de me vouloir.

Quand c'est juste une pulsion physique, je sais gérer. Je suis un gourmand, pour les femmes comme pour le reste. Et je fais avec. C'est avec mes élans de tendresse que j'ai plus de mal. Et depuis que j'ai compris que Valentine Laine n'était pas la petite fille gâtée, la princesse à son papa que je croyais, qu'elle avait vécu des trucs pas faciles avec sa mère dépressive, les pauvres types qui lui servaient de beaux-pères, la violence à la maison, les responsabilités à assumer très jeune… Je me sens un peu plus proche d'elle. Je connais tout ça par cœur. Et ça me donne de foutus réflexes, des gestes de protection, d'apaisement, d'affection, une main trop appuyée sur ses reins, mes doigts qui s'enroulent sur sa nuque…

Des trucs qu'un *bodyguard* ne fait pas, et qu'elle ne devrait pas me laisser faire.

Un brouhaha de portes et de chaises coupe brutalement mon analyse. La réunion prend fin, les intervenants quittent le bocal, certains se disent au revoir, à demain, les bureaux s'éteignent et l'étage se vide. Valentine passe devant moi sans un regard. Tant mieux. Je me lève, je la suis. Elle marche un peu plus vite, je n'ai qu'à allonger le pas pour la rattraper. Je sais qu'elle déteste sentir mon souffle sur sa nuque : je respire un peu plus fort, un peu plus chaud. En fait, je crois qu'elle adore ça. J'ai envie de la faire chier. Elle n'a pas l'air d'humeur. Alors je lui ouvre la porte de son bureau, galant. Elle me claque la porte au nez, chiante. Bandante.

Je m'adosse au mur d'en face et, sans percevoir les mots, j'entends ses échanges en plusieurs langues. Sans doute une visio à plusieurs. Le décalage horaire explique sans doute ce rendez-vous nocturne. Je crois qu'elle bosse trop. Je suis pareil. Foutus gosses construits tout seuls qui deviennent des adultes acharnés.

Une bonne heure se passe jusqu'à ce que le silence revienne. Il dure un peu. Un peu trop. Je suis crevé, je voudrais rentrer. La ramener. Je me rapproche silencieusement de sa porte, c'est le seul bureau encore éclairé. Je ne devrais pas entrer, mais je le fais. Et ce que je vois me coupe le souffle, comme un bon coup dans les côtes. Je la trouve renversée dans son fauteuil, les yeux fermés, les pieds nus croisés sur son bureau bien rangé. Foutrement belle. À la fois fragile, épuisée, charismatique, abandonnée. Mon corps et ma tête s'engueulent, à l'intérieur. Ma volonté a trouvé plus entêté qu'elle : mon désir. Je devrais me forcer à lutter, mais rien n'y fait : je la veux. Foutue princesse. J'attends juste qu'elle me dise qu'elle aussi. Pour l'instant, elle fait semblant de ne pas sentir ma présence. C'est presque déjà oui. J'avance, elle m'entend (je le sais à son sourire fugace qui disparaît aussitôt). Elle n'ouvre pas les yeux, ne bouge pas d'un cil. Son petit jeu me confirme qu'elle est partante. Sans me presser, je dépasse son bureau et me glisse derrière elle. J'approche mes mains de ses épaules frêles, les frôle, les effleure. Elle esquisse un sourire quand je la touche. Ronronne de plaisir quand je la masse. Soupire quand je me mets à la déshabiller. Je n'ai pas rêvé : ses lèvres viennent de souffler un « encore ». Putain, c'est oui.

Cette fille m'étonnera toujours. Et cette nuit n'a pas fini de m'étonner.

Placé derrière Valentine, je défais les boutons de sa chemise un à un, du bas vers le haut. Je la sens frémir chaque fois que mes doigts frôlent sa peau. Je dois me retenir de ne pas arracher les pans de cette chemise d'un seul geste. Mais je crois qu'elle aime ça, la lenteur, la douceur.

D'une pression sur le dossier, je fais pivoter le fauteuil, elle replie les jambes par réflexe. Et la foutue princesse se retrouve face à moi, assise, toujours habillée, si ce n'est la bande de peau nue et bronzée sur son ventre. La cravate qu'elle porte encore m'empêche d'en voir plus. Soutien-gorge ou pas ?

Valentine pose ses yeux noirs et mutins sur moi. Puis elle porte ses mains au nœud détendu de sa cravate, comme pour me faciliter la tâche.

– Garde-la.

Je voulais murmurer. Mais ma voix rauque porte toujours un peu trop fort. Elle m'obéit, replaçant doucement ses bras sur les accoudoirs. Mais elle n'a pas dit son dernier mot. Le contraire m'aurait étonné.

– Je pensais que l'affamé que tu es en voudrait un peu plus… s'étonne-t-elle.
– On peut être gourmand et patient.
– Fais voir, me dit-elle simplement.

Je n'aime pas tellement recevoir des ordres. Mais dans la bouche de cette fille, il y a toujours un soupçon de défi, de provocation. Si elle ne me croit pas capable de la faire languir, elle va être déçue. Ou tout le contraire.

Je tombe à genoux devant elle. Souplement, pour qu'elle n'ait pas envie de me traiter de bourrin. J'écarte doucement ses jambes pour m'approcher un peu plus. Et son petit corps se tend en voyant arriver le mien. J'ai une furieuse envie de la plaquer à même le sol, sur-le-champ, et de la déshabiller sauvagement. Mais je me maîtrise. Je prends sur moi. Avec des gestes les plus lents possible, je glisse mes mains sur ses épaules, juste entre le tissu de sa chemise et celui de sa veste. J'ai pris soin de frôler ses seins. Pas de soutif en vue. Ou alors il est foutrement discret. D'une main posée sur sa nuque, je la fais se pencher en avant. Puis je laisse glisser la veste le long de ses bras. Un seul de ses vêtements, et déjà mon jean se tend.

Avec sa chemise blanche, ouverte tout du long, Valentine se renfonce à nouveau dans son fauteuil, la tête renversée sur le dossier, son petit nez qui me toise, son regard planté dans le mien. Elle a l'air de me dire : « Pour l'instant, tu y arrives. Mais tu ne vas pas te retenir longtemps. »

Dommage pour elle : plus on est sûr que je vais échouer, plus je m'applique. Je suis le genre de mec assez borné pour répondre « Si » à n'importe quel « Pas cap ? » Mon index va effleurer son nombril puis descend. C'est presque trop facile. J'approche ma bouche et dégrafe son pantalon de tailleur avec les dents. Je fais pareil avec le zip. Je plongerais bien mon visage entier entre ses cuisses pour la dévorer. Mais je me contente de soupirer. Mon souffle chaud donne la chair de poule à sa peau mate. Réaction chimique : elle peut jouer l'indifférente autant qu'elle veut, le corps dit toujours la vérité.

Je soulève à peine ses fesses pour faire glisser le tissu soyeux. Et je prends le temps de dégager chacune de ses jambes, laissant courir mes doigts le long de ses cuisses, à l'intérieur de ses genoux, jusqu'à ses chevilles toutes fines. La suite se passe entre sa culotte et moi. Foutu tête-à-tête. Valentine se cambre et m'aguiche. La peste, elle sait y faire. Je me mords la joue pour m'empêcher de croquer dans ses cuisses nues ou de déchirer ce stupide bout de Lycra. À la place, je pose délicatement ma bouche contre son sexe encore vêtu : je le sens humide, brûlant, dégageant un discret parfum suave et sucré. C'est un calvaire de ne pas y goûter.

– Je reviendrai, marmonné-je au clitoris invisible, qui me nargue derrière son rideau noir.

Je relève les yeux vers sa propriétaire. Elle sourit, amusée. Ses lèvres redeviennent sérieuses quand je les fixe avec intensité. Mais elles restent entrouvertes, comme si l'air lui manquait. Ou qu'elle espérait que je vienne l'embrasser. Pas encore.

Je me redresse sur mes pieds, fais quelques pas en arrière et démarre un strip-tease, puisqu'il faut tout faire soi-même dans cette putain de tour. La princesse enfermée dans son donjon me regarde me désaper, comme si elle n'avait pas vu le corps d'un homme depuis une éternité. Ses yeux brillants la trahissent. Je balance mes chaussures dans un coin. Mon tee-shirt droit sur elle. Tant qu'à faire les choses bien. Je la vois entrouvrir la bouche quand je me débarrasse de tout le reste d'un seul coup : fute, boxer, chaussettes. Il n'y a que mon portefeuille que je sauve, pour le poser sur un coin du bureau. Ça pourrait me servir. Nous servir. Parce que j'en connais une qui n'a plus tellement envie de patienter.

– Tu triches… bredouille-t-elle, sa voix coincée au fond de la gorge.

– Mon jeu. Mes règles.

Je lui souris. Si elle savait à quel point j'ai envie d'elle. Mon érection commence à me faire mal. Mais je me fous de la douleur, vu comme le remède sera bon. Elle quitte son fauteuil, piquée dans son orgueil. Et j'ai beau ne pas être un esthète, je trouve l'image parfaite : Valentine Laine, debout, dans le seul bureau éclairé d'une tour froide et sans âme, la nuit au-dehors, chemise blanche entrouverte, culotte et cravate noires, regard sombre qui gueule en silence, son âme à elle qui bout d'impatience.

Là, il faut que je puise dans mes ressources pour ne pas la coller contre un mur. Si seulement elle pouvait arrêter de regarder… là. Je m'approche à pas de loup, remonte doucement son menton pour attirer ses yeux vers les miens, et me penche jusqu'à frôler sa bouche qui me rend dingue. Naturellement rouge, charnue, une bouche voluptueuse dans un visage aux traits ciselés. Une touche de sensualité ultime au milieu de cette beauté androgyne, presque froide, qui joue avec les codes. Cette fille est un mystère.

Au lieu de l'embrasser, je la déshabille encore. Je ne veux plus rien d'autre qu'elle, sa cravate et moi. Et résoudre l'énigme du soutif. Je fais glisser sa chemise le long de ses bras. Et ses seins se révèlent à moi, petits, fermes, terriblement excitants. Je crève d'envie de les empoigner ou de mordre dedans. Valentine affiche toujours cet air mutin, aguicheur, faussement sous contrôle. Mais j'ai la preuve parfaite de son désir : je vois ses tétons durcir et me narguer, juste sous mon nez. Je me rapproche encore, mon sexe bandé effleure son ventre plat.

Je descends progressivement, à quelques millimètres d'elle, passant devant son visage, entre ses seins, suivant sa cravate, découvrant son nombril. Je glisse finalement mes deux pouces sous les coutures de sa culotte et fais disparaître ce foutu Lycra loin d'elle, loin de moi.

– Il me manquait des informations dans mon dossier sur toi… souffle-t-elle tout à coup.

– Lesquelles ?

– Nils Eriksen, strip-teaseur à ses heures. Doué de patience. Capable de se mettre à mes pieds.

J'esquisse un demi-sourire, accroupi face à l'insolente, puis remonte la dominer de toute ma hauteur.

– C'est tout ? insisté-je à voix basse.

– Signe particulier : fétichiste des cravates pour femme.

Valentine sait des choses sur moi mais elle ignore tout ce qui, chez elle, pourrait devenir mon fétiche. Sa belle bouche. Ses petits seins sans soutif. Ses chevilles minuscules. Sa nuque dénudée par sa coupe à la garçonne. Son odeur. Et ce qu'elle ignore plus que tout, c'est tout ce que j'aimerais lui faire avec cette foutue cravate : lui bander les yeux, lui attacher les mains. Mais je sais qu'elle n'est pas encore prête à m'accorder toute sa confiance pour aller sur ce terrain. Pourtant, je sens qu'elle s'abandonne. Un peu plus à chaque fois. Qu'elle a envie de jouer avec moi.

Alors j'invente un nouveau jeu, rien que pour elle. Du bout de sa cravate en soie, j'effleure ses tétons durcis, l'un après l'autre. Je la dénoue et la fais doucement coulisser dans son cou. Puis je laisse le tissu descendre le long de son corps menu, frôler son ventre qui frissonne, glisser sur la peau fine de l'aine, caresser son sexe à ma place, à peine, juste comme une plume.

Valentine soupire, gémit, pendant que son désir monte et monte encore. Je la sens trempée, tremblante, frustrée. Je la veux mais j'attends encore, qu'elle me réclame, qu'elle perde à notre petit jeu de patience.

– Tes mains, tes mains à toi… susurre-t-elle, plaintive.
– Pas encore, souris-je en repassant la cravate glissante entre ses lèvres.
– Ta bouche… dit-elle en posant sa main sur ma joue, son pouce sur ma bouche.
– Bientôt, grogné-je entre ses doigts.
– Ton sexe… ordonne-t-elle cette fois.

Elle joint le geste à la parole en le prenant à pleine main. Toujours debout face à moi, elle me touche avec une certaine urgence qui ne me déplaît pas. Je lui suggère à voix basse de me caresser encore plus fort. Et elle suit les ordres, pour une fois. Je n'ai pas envie de la bousculer, mais j'adore la voir sortir de sa réserve. Elle accélère et me malmène, comme j'aime. Il n'y a que pétrie de désir qu'elle arrivera à se libérer. Cette fille qui veut tout contrôler cache une amante explosive, passionnée. Je l'ai senti dès notre première fois. Et je crève d'envie de la voir se lâcher. Elle qui semble fuir toute forme de violence, je veux lui montrer qu'elle peut être jouissive quand on la décide et qu'on sait la doser.

Elle mord dans mon téton sans prévenir. Et la douleur me fait sourire. Je rêve ou elle me brutalise ? Je lâche la cravate et soulève Valentine du sol pour l'asseoir brusquement sur son vaste bureau. La petite lampe en tombe et se fracasse par terre. Personne ne s'en soucie. La foutue princesse enfonce ses ongles dans mes fesses pour m'attirer à elle. J'ai juste le temps de sortir une capote de mon portefeuille qui chute à son tour. Cette fougue décuple mon désir. J'empoigne ses hanches, me penche pour l'embrasser, et nos sexes s'unissent en même temps que nos bouches, dans une explosion de sensations. Je grogne comme un sauvage. Le remède est encore meilleur que dans mes souvenirs.

Comme un fou, je me rattrape de tout ce que je ne m'étais pas autorisé à faire plus tôt. Je pétris ses seins, entoure sa petite taille de mes grandes mains, enfonce mes doigts dans la chair de ses cuisses, l'embrasse à pleine bouche, tout en coulissant en elle, d'abord doucement, jusqu'à ce qu'elle s'ouvre, jusqu'à ce que son rythme devienne le mien. Et nous trouvons notre cadence comme une évidence. Soutenue, bientôt effrénée. J'entends Valentine crier chaque fois que je fais claquer mon bassin contre le sien. Je la vois s'agripper aux rebords du bureau, puis se pendre à ma nuque. Je la sens trembler et perdre pied. J'ai envie d'exploser mais je l'attends, elle est juste au bord. Elle a juste à lâcher. Je me loge au plus profond d'elle dans un ultime coup de reins qui lui coupe le souffle. Elle me tire les cheveux puis se laisse partir, exulter. Son cri d'extase me fait jouir. Ça n'a jamais été si fort. Je la serre pendant qu'on vibre tous les deux, les yeux fermés, nos corps terrassés.

Son orgasme dure et Valentine finit par mordre violemment dans mon épaule, comme pour se venger.

– Qui est l'affamée, maintenant ? murmuré-je dans un sourire.

Le souffle court, les yeux brillants et les joues rougies, elle rit aussi. Je parie que la non-violente a envie de me gifler.

16
ET PUIS QUOI ENCORE ?

Valentine

– Désolé princesse, c'est une urgence…

Nils vient de garer son tank en faisant crisser les pneus, juste devant une petite maison à la façade blanche et aux volets à la peinture écaillée. Je n'ai jamais mis les pieds dans ce quartier et j'ignore ce que nous faisons là. Tout ce que j'ai compris, en chemin, c'est que mon garde du corps avait des envies de meurtre. Sa cible : Samuel Torres, son frère, *alias* « celui qui n'aura bientôt plus une seule dent ». Ce dernier était apparemment censé s'occuper d'un mystérieux « paquet » mais a préféré découcher deux nuits de suite.

– Putain d'irresponsable… grogne encore le Viking.
– Déjà dit. Insulte suivante ? souris-je en observant la rue déserte.

– Désolé de t'avoir traînée ici, murmure Nils.

Il ouvre sa portière et récupère tout son barda (téléphones, oreillettes, papiers qui traînent et autres objets non identifiables). Il fourre tout dans ses poches, tandis que je l'observe en douce. Depuis notre dernier « dérapage incontrôlé » incluant une certaine cravate, quelques jours plus tôt, il n'a pas changé de comportement. Pourtant, Nils qui s'excuse deux fois de suite, c'est anormal. Presque inquiétant. Il sort de la voiture, en fait très vite le tour et ajoute :

– Je n'en ai pas pour longtemps. Remonte ta vitre et actionne la fermeture centralisée.

– Sans façon !

Sans lui demander son avis, je saute à mon tour du Hummer et claque la portière derrière moi. Le colosse me dévisage, l'air d'hésiter entre deux options : me renvoyer *fissa* dans le véhicule (par la force) ou reprendre le volant pour me rouler dessus et régler mon cas une bonne fois pour toutes. Autant dire qu'il est passablement énervé.

– Je n'ai pas *du tout* envie de jouer, Valentine, gronde-t-il. Tu n'es pas censée être là. J'aurais déjà dû te ramener à Santa Monica, à l'heure qu'il est.

– Je n'ai pas 12 ans et demi, pas de couvre-feu, rien de prévu ce soir et je ne vois aucun *sniper* sur le point de m'abattre. Et j'ai très envie de le découvrir, ce « paquet ».

Sur ce, je me lance et passe le petit portail blanc en lui coupant la route. Je trottine en direction de la porte d'entrée quand soudain sa grande main s'enroule autour de ma taille et me stoppe net. Je me débats, Nils resserre son emprise et plante ses yeux gris dans les miens.

– Tu restes près de moi, m'ordonne-t-il de sa voix grave.
– Sinon quoi ?
– Sinon tu risques de pisser le sang.
– Hein ?!
– Je n'ai jamais dit que le « paquet » était civilisé… grommelle-t-il en faisant tourner la clé dans la serrure.

De plus en plus curieuse (et légèrement déroutée), je pénètre à l'intérieur de la maison et découvre un grand hall d'entrée vide, suivi d'un salon aux meubles rares et à l'odeur douteuse. Nils me fait signe de le suivre à la trace tandis qu'il ouvre les fenêtres pour aérer tout le rez-de-chaussée.

– Willy ! appelle-t-il en direction de l'étage. Où tu te caches, mon gros ?
– Le wombat ! m'écrié-je en comprenant enfin. C'est lui, le « paquet » ?
– Perspicace… murmure le géant. Il a encore dû s'endormir dans la baignoire. Je monte, tu restes là.

À ce stade, insister pour l'accompagner serait inutile.

– Ah, et Valentine ? fait-il en se retournant.
– Oui ?

– Souviens-toi de ce que je t'ai dit la première fois. Quand tu le verras, parle-lui poliment. *Très* poliment…

J'ignore s'il est sérieux ou non, je penche plutôt pour le « non », mais impossible d'avoir confirmation : le voilà qui gravit à nouveau les marches trois par trois.

– C'est une blague ? Nils ? Nils !

Aucune réponse.

Je m'adosse au mur du salon et examine la pièce pendant qu'il va chercher son animal sauvage. Et indompté. Comme lui. Tout à coup, je me marre en imaginant Nils Eriksen en train de dorloter un hamster ou un chihuahua.

Hors sujet, Valentine.

Mais quand même… Un chihuahua qui porterait un joli petit manteau…

Je reprends mon inspection. Un canapé en cuir élimé, un fauteuil (pas assorti) dont la mousse se fait la malle, une table basse métallique et cabossée, une vieille console en bois brut sur laquelle est posé un écran plat : voilà ce qui meuble le salon de cette maison. Tout semble avoir été récupéré dans un hangar ou une usine en faillite. Au moins, c'est propre et rangé. Mes yeux font rapidement le tour des murs à peu près blancs, du parquet mal vitrifié et de la grande porte-fenêtre qui mène sur un jardin à l'arrière. À l'étage, j'entends des portes s'ouvrir et se refermer et la voix de Nils qui semble s'impatienter.

C'est à ce moment que je réalise que je ne suis pas seule dans la pièce. Que deux yeux exorbités me regardent d'un air méfiant, depuis leur cachette derrière le canapé. Je sursaute et étouffe un cri strident dans mes mains. Le marsupial (qui doit bien peser la moitié de mon poids) sort de sa cachette en montrant les dents et en lâchant des grognements plutôt hostiles.

– Nils ! appelé-je (pas trop fort pour ne pas effrayer la bête). Nils, tu m'entends ? Je crois que je l'ai trouvé…

– Ne l'approche pas, m'ordonne calmement le Viking, déjà dans les escaliers. Reste dos au mur et ne le fixe pas droit dans les yeux.

– Il… Il avance ! couiné-je tandis que le gros ourson affamé se rapproche.

– Willy, mon petit pote, c'est moi ! lui rappelle Nils. C'est comme ça que tu m'accueilles ?

Le monstre poilu arrête de me contempler comme une proie et pose son gros postérieur au milieu de la pièce. Je respire enfin tandis que le Viking tente de l'amadouer. Il se penche et le caresse, mais l'animal jauge son maître d'un regard torve. Apparemment, il n'a pas beaucoup apprécié d'être abandonné.

– Désolé mon gros, mais c'est Sam que tu dois croquer, pas elle…

Quelques gratouilles plus tard, le fauve est sur le dos, les quatre pattes en l'air, ronronnant sous les caresses de son maître.

– Farouche… puis tactile. Ça me rappelle quelqu'un, souris-je insolemment.

Nils se mord l'intérieur des joues pour s'empêcher de sourire, puis va ouvrir la grande porte-fenêtre. La bestiole se rue à l'extérieur et je découvre un jardin ravagé, des arbustes couchés, une pelouse décimée et un banc en bois à moitié grignoté. Son maître ouvre le sachet de fruits qu'il a apporté et en balance un peu partout.

– Il s'ennuie un peu, ici… m'explique-t-il.
– Il faut lui trouver une copine, fais-je innocemment.
– Ou pas, bougonne Nils en allant le retrouver.

Pendant dix minutes, il tente de faire courir son wombat qui n'a qu'une envie : se prélasser au soleil en grignotant les fruits et les quelques brins d'herbe encore vaillants. Je ris aux éclats lorsque le colosse s'allonge à même le sol et que son « petit pote » lui roule allégrement dessus. Willy m'approche plusieurs fois, encore méfiant, avant de détaler comme un fou. Puis il finit par accepter le quartier de pomme que je lui tends et j'extériorise ma joie en piaillant. Ce qui me vaut de nouveaux grognements inamicaux.

Je le prends en photo au moment où sa petite langue passe sur sa grosse truffe et je ne résiste pas au plaisir de faire couiner Aïna, à distance. Je charge le cliché dans un MMS et lui envoie, en précisant :

[Indice : Je suis l'animal de compagnie d'un certain Néandertal. Qui suis-je et d'où viens-je ? D'Australie, du pays des Bisounours ou de Mars ?]

Mon téléphone vibre dans la minute.

[Qui ça ? Le gros machin poilu (que je veux câliner !) ou ton beau tatoué ?]
[Ce n'est pas MON tatoué…]
[Ouais, ouais… À d'autres…]
[T'as gagné. Punie de wombat. (Sur la photo suivante, il te souriait !)]
[Pardon ! Je retire ! Je veux voir !]

Je lui envoie rapidement le cliché de la bestiole trapue (qui ne sourit pas vraiment mais qui a un bout de pomme coincé dans les dents, ce qui lui fait retrousser une babine) et observe Nils revenir de son périple au fond du jardin. Il est souriant et légèrement décoiffé, bien plus détendu depuis son quart d'heure de folie avec sa marmotte dodue.

– Il s'est dépensé et il a largement assez bouffé, on peut y aller.
– On va le laisser seul ? m'inquiété-je.
– Sam vient de me jurer qu'il rentrait demain pour s'en occuper, soupire le blond. Pourquoi ? Tu veux un nouveau coloc' ?

– S'il le faut vraiment…

– Willy n'a pas besoin de vivre dans un château de princesse. C'est un animal solitaire, qui dort vingt heures sur vingt-quatre. C'est sa tanière, ici, il est chez lui. Allez, on se casse !

Lorsque nous quittons la petite maison de Sycamore Avenue, le wombat est déjà profondément endormi dans le fauteuil, sur le dos, son gros ventre menaçant d'exploser.

– Narcoleptique, avec ça ! ris-je en suivant Nils jusqu'au Hummer.

– Fais gaffe à ce que tu dis sur lui, me sourit mon garde du corps, faussement menaçant. Si tu t'en prends à Willy, tu t'en prends à moi…

– Comme c'est mignon, ironisé-je. Papa ours sort les griffes…

Monte, mets ta ceinture et ferme la, bougonne le Barbare.

– OK, là je te reconnais, conclus-je, satisfaite.

Toujours avoir le dernier mot, toujours !

***

Je ne sais plus sur quel pied danser. Mais alors vraiment plus.

Pas évident de comprendre ce qui se trame dans l'esprit de Nils Eriksen. Depuis notre première rencontre à Madagascar, j'ai couché à trois reprises avec le Viking. Seulement trois : bilan très raisonnable. Ce qui l'est moins, c'est tout le reste. J'ai fantasmé un bon milliard de fois en repensant à ses baisers torrides et à ses coups de reins. Rêvé de lui environ une nuit sur deux. Subi sa mauvaise humeur et ses manières de Cro-Magnon le reste du temps… Puis m'y suis habituée. Jusqu'à trouver certains de ses défauts charmants.

Danger !

C'est indescriptible. Son omniprésence (qu'il tente pourtant de faire discrète), son éternel souffle dans mon dos ou, plus rare, ses mains sur ma peau : j'essaie juste de ne pas me demander où tout ça va nous mener. Avec lui, pas de promesses, pas d'avenir, juste une somme infinie de frissons que je ne parviens pas à oublier. Milo a beau essayer, j'ai beau lui laisser encore sa chance parfois, en me raisonnant, il ne fait vraiment pas le poids. Sa belle gueule, ses bonnes manières et son grand avenir ne m'émoustillent plus. Faire semblant, coucher avec lui, je n'y arrive pas. Même l'embrasser est devenu compliqué. Il n'y a plus que mon *bodyguard* pour me mettre la fièvre au corps.

Nils est fougueux, libre et imprévisible. Nous avons ça en commun. Nos corps-à-corps sont d'une intensité inimaginable. En dehors de ça, on ne s'embrasse pas. On vit sous le même toit sans être ensemble. On cohabite en respectant le territoire de chacun. Parfois, un mot, un regard ou un geste me trahit. Mon désir pour lui et ma curiosité ressurgissent, jusqu'à ce que je les fasse taire. Pareil pour lui : une caresse sur la nuque, une main au creux de mes reins, un sourire sans arrière-pensée. Des petites attentions, des gestes tendres et spontanés que je ne sais pas comment interpréter.

Ou que je m'empêche d'interpréter...

Mon garde du corps peste contre le trafic à cette heure de la journée, je lui tends une pomme pour le calmer.

– Tu me prends pour un foutu wombat ? grommelle-t-il en la refusant.
– Non, c'était juste pour ne plus t'entendre... murmuré-je avant de croquer dans le fruit.

Il me pique la golden et mord à son tour dedans, la diminuant de moitié. Je suis tentée de lui mordre le bras pour me venger mais mon iPhone vibre dans la poche de mon slim noir. Je l'attrape et découvre un SMS non lu :

[Ne me dis pas que tu m'as encore oublié...]

– Merde ! m'écrié-je. Merde, merde, merde !
– Quoi ? freine précipitamment G.I. Joe.
– Milo ! Je suis censée dîner avec lui dans... quatre minutes.
– Annule, lâche Nils en haussant les épaules.

Son regard est fixe, calme, posé sur la route, mais ses mains se crispent légèrement sur le volant.

– Impossible, je lui ai déjà fait le coup la dernière fois, me rappelé-je. Quelle conne !

– Un signe, peut-être ? marmonne-t-il.
– Quoi ?
– Rien.
– Bon, je repousse de trente minutes mais oublie Santa Monica ! On va au *Summer* à Beverly Hills. Et accélère !

***

Milo est déjà installé à table, assis sur la banquette bleue du salon privé lorsque je le rejoins avec… quarante-neuf minutes de retard. Le dandy en costard griffé et mèche sur le côté n'apprécie ni mon sens de la ponctualité ni le Norvégien qui m'accompagne et qui se poste discrètement à l'autre bout de la petite pièce.

– Tu ne pouvais pas laisser ton chien de garde dehors ? me souffle-t-il en m'embrassant.
– Milo !
– Comme tout bon chien de garde, j'ai une audition parfaite, monsieur De Clare, lâche Nils d'une voix glaciale. Et je ne compte pas bouger d'un millimètre.
– Je suis censé le nourrir, aussi ? riposte le dandy, amer.
– Non, j'en ai déjà bouffé dix comme toi aujourd'hui, sourit froidement le géant blond.
– Et si on essayait de se comporter comme des adultes ? proposé-je en riant, atrocement mal à l'aise.
– Pour ça, il faut être doté d'un QI supérieur à douze… ricane Milo.
– Et d'une paire de couilles, rétorque Nils.
– Pitié ! Attendez cinq minutes pour le concours de zizis,

je voudrais commander quelques tempuras d'abord… soupiré-je en m'asseyant.

Une heure passe et toujours pas de drame (ni aucun concours douteux). Milo a demandé qu'on mette de la musique jazzy dans notre petit salon, pour que mon *bodyguard* n'entende pas nos conversations. Ce dernier me surveille tout en gérant les activités de SAFE, jonglant entre tablette et téléphones portables.

– Viens vivre chez moi pendant quelques jours, Valentine, insiste Milo. Je peux te protéger. Et ce type pourra retourner d'où il vient… Loin. Très loin.

– Ce *type* m'a sauvé la vie deux fois. Et Darren l'a embauché, pas moi. Je n'ai pas mon mot à dire.

– C'est une première, raille le dandy.

– Pardon ?

– Si tu voulais *vraiment* t'en débarrasser, tu le pourrais, et tu le sais.

– L'assassiner, tu veux dire ? J'y ai déjà pensé… blagué-je.

– Non. Juste le virer. Mais apparemment, tu ne peux plus te passer de lui.

– Qu'est-ce que tu insinues ? m'impatienté-je.

– Rien.

Le beau brun me lance un regard difficile à lire, puis tend sa coupe de champagne vers moi, pour m'inviter à trinquer.

– Allez, on oublie tout. Arrêtons de parler de lui… Parlons de nous.

– *Nous* ?

– J'y crois toujours, Valentine. Je suis encore là…

– Et je sais qu'elles sont nombreuses à te courir après, souris-je en sachant pertinemment où il veut en venir. Milo, je ne t'ai rien promis.

– Je sais. Mais je suis un homme persévérant. Et déterminé, me sourit-il.

Si j'avais joué avec ses sentiments, c'est à ce moment-là que j'aurais dû culpabiliser. Sauf que ce n'est pas le cas. J'ai toujours été parfaitement honnête avec tous mes ex, quitte à me montrer un peu trop franche : je m'attache et me détache aussi vite, quand bon me semble, et je ne cherche ni le grand amour, ni le mari parfait. Milo l'a toujours su. On est sortis ensemble, on a couché ensemble, rien de plus. Il espère que ça se reproduise et que j'aie le déclic ? Oui. Probabilités ? Proches de zéro. Il y a quelques mois encore, j'aurais pu dire que je l'aimais bien, me projeter plus loin. Mais ça m'est passé. Ce qui ne m'empêche pas de continuer à penser que Milo De Clare est un mec bien.

– L'avenir ne va pas plus loin que demain, pour moi, lui répété-je gentiment.

– Alors c'est déjà ça. Ça veut dire que tu m'accompagnes au *Black Gala* dans… vingt-deux heures ?

– J'avais oublié… fais-je, l'air contrit.

– Sympa.

– Je serai là ! Quelle heure, déjà ?

Je croque dans un tempura en écoutant distraitement les explications du « gendre idéal » (pour reprendre l'expression de ce cher Darren, qui place peut-être encore plus d'espoir en notre couple que Milo lui-même). Mon regard se déporte vers la droite, là où Nils est assis, jambes écartées, coudes posés sur les genoux, pour répondre aux coups de fil de ses gars. Et j'essaie de chasser toutes les idées farfelues et inavouables qui me passent par la tête.

Le Viking… En train de me croquer, moi…

***

Mon carton d'invitation à la main, je m'évente en espérant que mon maquillage n'est pas en train de couler. La climatisation fonctionne dans la berline, mais je viens de m'y installer et n'ai pas encore réussi à redescendre en température.

– Il fait chaud pour un premier mars, Miss Cox, me sourit Ted en soulevant sa casquette. Presque trente degrés !

Ses cheveux sont tout plaqués par la sueur sur son crâne. J'acquiesce en riant et soupire d'aise en sentant la climatisation faire son effet. Mon garde du corps nous rejoint dans la voiture et Ted peut démarrer.

– Je vais te laisser respirer un peu, ce soir, me prévient Nils après avoir donné l'adresse au chauffeur. Il y aura tellement de célébrités qu'un énorme service de sécurité sera déployé.
– Tu es devin ?
– Non. Je suis bon dans ce que je fais.
– Et humble, avec ça… souris-je en tirant sur ma robe noire.

– Et j'ai déjà contacté l'organisateur, ajoute-t-il, comme pour mieux ignorer ma dernière remarque.

Nils passe la majorité du trajet à pianoter sur ses deux téléphones, et lorsqu'il lève la tête c'est pour me dévisager avec méfiance :

– Un problème ?
– Aucun, réponds-je en souriant.
– Pourquoi est-ce que tu me regardes comme ça ?
– Parce que tu portes un costard noir.
– C'est le thème de ce gala. Et alors ?
– Et alors… Tu es… Hum… Ça te va… bien, fais-je en rougissant bêtement.
– Merci, fait-il en se retenant de sourire (sans succès).

Je tourne mes joues cramoisies vers la vitre et m'insulte intérieurement. « *Tu es… Hum… Ça te va… bien* » *?!* Idiote. Il suffisait de dire « Dans quatre heures, je te fais ta fête. Dans ton costard noir. Ou plutôt sans. » En attendant, je l'ai complimenté, pas lui. Mufle.

– Tu n'as rien d'autre à répondre ? demandé-je soudain en croisant mes jambes nues.
– Ta robe est trop courte, fait-il sans lever les yeux de son téléphone.
– Excuse-moi ?!
– Ta-robe-est-trop-courte, répète-t-il de sa voix d'outre-tombe.
– Et ça te regarde ?

– Ta sécurité est ma priorité. J'aurais préféré que tu n'attires pas tous les regards, ce soir. Dans cette robe, c'est loupé.
– Je vais me contenter de ça et me dire qu'il y avait un compliment bien caché, là-dedans… bougonné-je.

Un ange passe. La berline franchit un dos-d'âne. Nils resserre sa cravate.

– On fait difficilement plus belle que toi, Valentine, murmure-t-il soudain en fixant droit devant lui, comme pour éviter mon regard.

Mais son petit sourire en coin, lui, ne m'échappe pas.

OK… Respire… Respire, on a dit !

Besoin d'un extincteur !

***

Milo est sur les starting-blocks, faisant les cent pas sur le tapis rouge pour m'accueillir à la sortie de la berline… Tout comme Aïna, qui trépigne non loin de là. En voyant la cachottière se jeter sur moi dans sa robe de soirée, je me retourne vers Nils et flaire le coup monté :

– Bravo, l'indic' ! souris-je au beau Viking avant d'embrasser ma meilleure amie.

Celle-ci m'étouffe à moitié, sous les flashs des photographes.

– Je voulais te surprendre ! glousse Aïna. Merci *sexyguard* !

– J'ai un prénom, soupire le colosse en fuyant le *red carpet*.

– Et moi, j'ai rendez-vous avec la plus belle femme de la soirée, s'incruste Milo en me prenant par les hanches de manière ultra-possessive.

Aïna comprend le message et recule de quelques pas. Milo, lui, adresse son plus beau sourire et son plus parfait jeu de sourcils aux photographes. Il m'empêche presque de respirer tellement il me serre contre lui. Je tente de lui faire comprendre discrètement, il m'ignore.

– Doucement, De Clare ! gronde Nils, cinq mètres plus loin.

– Il va la fermer, le molosse ? grommelle mon cavalier en resserrant son emprise.

– Lâche-moi, Milo, tu me fais mal.

– Attends, encore quelques photos.

– Lâche-moi si tu veux conserver ta virilité intacte ! rétorqué-je à voix basse, en me débarrassant enfin de lui.

J'attrape la main d'Aïna et fais signe à Nils qu'il est temps pour moi de rentrer dans la grande salle tapissée de noir. Ce dernier n'objecte pas, ce changement de programme semblant lui convenir. Il acquiesce, puis marche quelques mètres devant moi, ne pouvant s'empêcher d'observer chaque personne que je m'apprête à croiser. Pourtant, des gardes du corps, ce n'est pas ce qui manque, dans le coin. Milo me rattrape dans le couloir et tente de s'excuser, je l'envoie balader et lui annonce qu'il va devoir se passer de moi, ce soir.

– Tu es ma cavalière ! s'insurge-t-il.

– Qu'est-ce que tu veux, elle a trouvé mieux ! sourit Aïna en parlant d'elle-même. Quelqu'un qui ne lui brise pas les côtes !

– J'ai quelque chose à te dire ! C'est important, insiste-t-il en ignorant mon amie.

– Milo, il faut que tu arrêtes d'être aussi possessif, dis-je calmement. Ça me fait fuir à tous les coups…

Dépité, le beau brun renonce et fait demi-tour. Nils s'éloigne lui aussi pour m'offrir un peu de liberté, après un dernier regard pour s'assurer que je maîtrise la situation. J'accepte une coupe de champagne, Aïna démarre la soirée à la vodka et nous partons à la découverte de tous ces gens beaux et importants qui se sont parés de noir pour venir en aide aux plus démunis. Je glisse un gros chèque au nom du groupe Cox dans la fente du coffre protégé. Puis je me mets à jouer à cache-cache avec Milo, puis avec Darren, faisant la causette à un certain Tim (présentateur télé d'une chaîne qui monte), puis à une Heather (déjà aperçue, il me semble, dans une vieille série télé). Aïna, elle, discute écologie à tout va (surtout avec ceux qui s'en fichent comme de leur première Ferrari) et fait des œillades à un serveur bodybuildé.

L'ambiance est légère, dans la grande salle éclairée par d'immenses lustres scintillants. Une douce musique enveloppe les centaines de voix qui se croisent et les coupes de champagne grand cru qui se vident. Je suis toujours étonnée du faste de ce genre de galas de charité, censés récolter des fonds plutôt qu'en dépenser.

Je cherche souvent Nils du regard et le trouve à chaque fois en grande discussion avec des gens étonnants. Des célébrités qui semblent le connaître et l'apprécier. Des gens de la haute. Des politiciens et des millionnaires. Charles d'Orléans, alias Charlie, par exemple, un diplomate de sang royal à la beauté étrange et angélique, que j'ai déjà aperçu en compagnie de mon père. Les deux hommes semblent être assez proches, à en croire les accolades que l'un tente d'offrir à l'autre.

Je vous laisse deviner lequel des deux est réfractaire au contact…

Quoique… Ça dépend avec qui…

– Viens, allons voir ton mec ! décrète Aïna après s'être fait semer par son serveur bien occupé.
– Aucune envie de parler à Milo, déclaré-je avant de vider ma coupe.
– Je parle de Nils, grosse maligne !
– Non plus, ris-je en sentant l'alcool me monter très légèrement à la tête.

Le Viking choisit cet instant pour nous interrompre en me fixant étrangement.

– Il faudrait peut-être avaler quelque chose, Valentine…
– C'est fait ! souris-je en levant ma coupe vide.
– Quelque chose qui se *mange*, souffle-t-il en faisant signe à un serveur.

Le plateau de petits-fours atterrit dans les mains de mon garde du corps, puis dans les miennes et je n'ai d'autres choix que me nourrir de blinis au caviar. Nils me regarde mastiquer en souriant.

– Tu as bien réagi avec De Clare… me chuchote-t-il. Même si, personnellement, je lui aurais retiré toute possibilité d'avoir une descendance un jour.

– Du caviar !

Je sursaute et reconnais le fameux Charlie, à quelques mètres de nous, qui nous rejoint en lorgnant sur mes blinis.

– Allez-y, lui souris-je en lui tendant le plateau. Je suis…

– Valentine Cox ! Je connais votre père.

– Valentine Laine-Cox, précisé-je en riant lorsqu'il me baise la main.

– J'ignorais que Nils avait des fréquentations aussi… délicieuses, continue l'aristo au sourire contagieux en passant ses yeux sur moi, puis sur Aïna.

– Tout le plaisir est pour nous, rigole ma meilleure amie en improvisant une courbette qui donne l'impression qu'elle trébuche.

– Tu n'as pas un trône à reconquérir, Charlie ? marmonne Nils en levant les yeux au ciel.

– Eriksen ! résonne une autre voix masculine. Qu'est-ce que tu fous là ?

Je me retourne à nouveau et découvre Roman Parker, que je connais de réputation. Si je me souviens bien, ça donnait :

« Jeune et mystérieux milliardaire, beau à couper le souffle, dont le passé est peuplé de zones d'ombre. » Autre définition : « perfection incarnée. » Ce sont les articles de presse qui le disent, pas moi.

Il faut vraiment que j'arrête les magazines people chez le dentiste…

Tandis qu'Aïna et Charlie partent à la recherche d'une énième coupe de champagne, Roman bouscule affectueusement le Viking par un coup d'épaule puis les deux hommes échangent une poignée de main virile.

– Valentine, je te présente Roman Parker, qui fait partie des organisateurs de la soirée. Roman, la princesse dont on m'a confié la garde…
– Valentine Laine-Cox, fais-je en serrant la main du milliardaire. Désolée pour mon garde du corps, il n'est pas habitué à sortir en société. Il lui manque encore quelques heures de formation en échanges humains…
– Quelques heures ? Vous êtes généreuse ! rigole Parker.
– Je vais chercher de quoi me désaltérer, grogne Nils en s'éloignant.

Je suis sa carrure des yeux, puis tombe au loin sur Aïna, toujours accompagnée d'un Charlie d'Orléans rassasié de caviar et désormais amoureux de ma meilleure amie. Malgré mon éternelle curiosité, mon regard se concentre à nouveau sur Nils.

Qui d'autre… ?

– Il n'est pas commode mais il est l'homme le plus loyal que je connaisse, me confie Roman en suivant lui aussi le colosse du regard.

– Il a des amis qui tiennent beaucoup à lui, apparemment. C'est bon signe, fais-je en l'observant moi aussi. Et j'apprends peu à peu à le connaître…

Nous nous considérons un instant, le milliardaire et moi, et partageons un sourire.

– Je suis étonné qu'il ait le temps de veiller sur vous en plus de tout le reste, ajoute-t-il.

– SAFE l'occupe pas mal, mais je crois qu'il s'en sort.

– Oui, c'est un acharné du travail. Il bosse aussi la nuit, pour notre business de pansements d'urgence. Mais ça paie déjà… La demande ne cesse d'affluer !

– Nils Eriksen, un businessman ? murmuré-je, comme pour m'en persuader.

– Notre ami est plein de surprises, miss Cox. Et à mon avis, vous n'avez pas fini d'être étonnée…

Un milliard de questions me brûlent les lèvres, mais une très jolie rousse nous accoste et embrasse soudainement Parker.

– Amy, ma ravissante femme qui marque son territoire, rit Roman en me la présentant (et en lui mettant la main aux fesses au passage).

– Enchantée, fais-je en lui serrant la main. Je suis…

– Ma petite protégée, intervient Nils, plein d'ironie, avant d'embrasser Amy sur la joue.

– Aaah… La fameuse, sourit la rousse.
– La fameuse quoi ?
– Ça rime en « euse », sourit le Viking (que je meurs d'envie de baffer).

Les trois amis discutent pendant quelques minutes sans que j'arrive à me sortir certaines pensées de la tête. Si Nils gagne très confortablement sa vie, pourquoi s'oblige-t-il à jouer les gardes du corps pour moi ? Pourquoi mettre en péril ses autres activités, bien plus lucratives (et sans aucun doute plus intéressantes) ? Pourquoi s'imposer de vivre sous le même toit que moi, en se coupant de son monde à lui ?

J'essaie de mettre mon cerveau sur *off*, impossible. Ça rumine, ça fume, ça cogite. Deux minutes plus tard, je suis à moitié persuadée que Nils est amoureux de moi mais qu'une maladie mortelle l'empêche de me l'avouer. Trop gros. Trop « ça n'arrive que dans les films ». Ce délire ne dure que trente secondes.

Je le regarde, dans ce costard noir, son sourire irrésistible vissé sur ses lèvres.

Si je continue, je vais prendre feu…

Le mystère Nils devra encore attendre un peu, pour l'instant, retrouver Aïna et boire un grand verre d'eau !

Je m'arrache à ma contemplation et finis par délaisser le groupe, m'excusant poliment pour partir à la recherche d'Aïna. Près de l'orchestre, je retrouve Charlie.

– Vous n'avez pas vu mon amie ? Vous savez…

– Elle m'a malheureusement filé entre les doigts, soupire le jeune homme. Elle a croisé des hommes d'affaires suisses, je crois. Ils étaient intéressés par une exploitation raisonnée du bois de rose, ou quelque chose comme ça. Je les ai entendus parler de chasse aux trafiquants…

– Je vois, merci. Face au bois de rose, pas facile de l'emporter ! souris-je en la cherchant toujours du regard.

Je la repère enfin après cinq bonnes minutes de recherche, au milieu d'un cercle d'une dizaine d'hommes et de femmes, qui boivent ses paroles. Je devine qu'elle raconte notre enlèvement en insistant sur les détails les plus crus… C'est tout Aïna : on adore ou on déteste.

– Valentine ?

Une main familière se pose sur mon épaule, je fais volte-face : Milo se tient face à moi, un sourire en coin sur les lèvres.

– On en parlera un autre jour, Milo.

– Ce n'est pas ce que tu penses, insiste-t-il en posant son verre vide sur un plateau qui passe. Un autre, *on the rocks* !

– Milo…

– Écoute-moi ! J'ai engagé un privé…

– Un détective ? Et puis quoi encore ? Tu vas me dire que tu as planqué des caméras de surveillance chez moi ? Tu commences à me faire peur…

– Ce n'était pas pour toi, mais pour ton Nilsen !

– Eriksen, soupiré-je. Et alors ?

– Il faut que tu le vires, Valentine. Tout de suite… C'est ce que j'ai essayé de te dire tout à l'heure ! Ce mec est dangereux.

Le dandy desserre sa fine cravate noire et me regarde en souriant. Il semble un peu éméché et très fier de lui. Peut-être un tout petit peu trop.

– Je n'ai pas toute la nuit, Milo…
– Je t'avais dit que je te protégerais.
– Qu'est-ce que tu as trouvé ?!
– Il aime beaucoup les femmes riches, apparemment, ton gorille. Tu n'es pas la première autour de laquelle il tourne…

Je serre les poings. Pendant tout ce temps, Nils m'aurait utilisée ?!

– Tu es sûr de ce que tu avances ?
– Mon privé est un pro, Valentine. Si je t'en parle maintenant, c'est parce qu'il a des preuves.

J'ai une furieuse envie de pleurer. J'aurais dû savoir qu'il n'était pas pour moi : les sauvetages brutaux, ma mère qui l'adore, le poing dans la tête de Pascal… Comment ai-je pu imaginer ne serait-ce qu'une seconde qu'un homme comme lui ait pu être désintéressé ?

– Sauf que la dernière fois, ça s'est mal terminé, continue Milo. *Très* mal.

– Comment ça ? répété-je en tremblant.

Le serveur est de retour et tend son verre à Milo. Un frisson me parcourt, je fixe mon interlocuteur tandis qu'il trempe ses lèvres dans le liquide ambré. Ma tête fait le vide autour de moi. Le brouhaha disparaît, la foule s'efface.

– Un problème ?

Je tressaille en reconnaissant la voix rauque du Viking. Et immédiatement, je sens la chaleur de sa main sur ma nuque.

– Dégage, le psychopathe ! rétorque le dandy en s'interposant entre nous, pour me protéger.

Absolument pas impressionné, Nils ricane en voyant Milo bomber le torse.

– De Clare, arrête de boire et rentre chez toi.
– Elle mérite de savoir la vérité !
– Quelle vérité ? dis-je enfin d'une voix fébrile.

Roman Parker se rapproche à son tour, probablement alerté par nos cris étouffés.

– Les héritières, c'est ton truc Eriksen, non ?
– Tu ne sais pas de quoi tu parles… gronde Nils, l'air menaçant. Retourne jouer avec tes jolies voitures.

Ses mots sont aiguisés comme des couteaux. Je l'ai déjà vu en colère, mais rarement à ce point. J'étudie son visage, son regard, son langage corporel et quelque chose me dérange. Mes yeux se posent sur Roman Parker et je ressens aussitôt son malaise.

– Bizarre que la dernière soit morte… reprend mon ex. Assassinée. Une sombre histoire d'argent, c'est ça ?
– Quoi ? frissonné-je.

J'inspire, expire. Et tente de ne pas paniquer. Milo est quelqu'un d'honnête, il ne m'a jamais menti jusque-là, mais… Nils, un meurtrier ?

– Qu'est-ce qui est arrivé à cette femme ? demandé-je soudain à mon garde du corps, tremblante.
– La baraque a pris feu, me répond Nils sans l'ombre d'une émotion.
– Et ? insisté-je.
– Et tu n'as pas besoin de connaître la suite de l'histoire… lâche-t-il froidement.

Le Viking lance un dernier regard furibond à Milo, puis décide qu'il est temps pour lui de décamper. Suivi de Roman, il tourne les talons et prend la direction de la sortie.

– Valentine, ouvre les yeux, putain ! Il ne cherche même pas à nier ! Tu as ouvert ta porte à ce mec, tu lui as confié toute ta vie, sans rien savoir de lui !

Mes yeux suivent Nils tandis qu'il s'éloigne. Si intense et charismatique. L'homme en qui je pensais avoir aveuglément confiance. À cet instant, je ne sais plus. Je ne suis plus sûre de rien.

IV

À RUDE ÉPREUVE

17
SAGE DÉCISION

Valentine

Nils... Un meurtrier?

Le Black Gala est censé récolter des fonds en réunissant des stars habillées de noir. C'est en tout cas ce que raconteront, dès demain matin, les pages des magazines people et les sites Internet qui n'auront rien de mieux à se mettre sous la dent. Mais il ne sera écrit nulle part que ce gala de charité a envoyé valser sur le parquet mes plus profondes certitudes. Et pourtant, j'ai bien l'impression d'assister à un de ces moments clés, quand on ne sait pas encore quelle direction va prendre notre vie, mais qu'on pressent déjà que c'est un tournant.

Là, au milieu de la nuit et de la salle de réception bondée, Milo vient d'accuser Nils du meurtre d'une riche héritière… et donc des pires intentions à mon égard. Le premier est légèrement éméché, en tout cas assez pour avoir trouvé le courage d'affronter son rival. Le second n'a pas tremblé une seule seconde : il a choisi de fuir plutôt que de se défendre. Pendant que je le regarde s'éloigner, le cœur en miettes et l'estomac piétiné par des milliers de points d'interrogation, Milo persifle à côté de moi, la voix trop forte, les gestes incontrôlés :

– Valentine, ouvre les yeux, putain ! Il ne cherche même pas à nier ! Tu as ouvert ta porte à ce mec, tu lui as confié toute ta vie, sans rien savoir de lui !

Ses mots s'insinuent dans mon cerveau, lentement, comme un sérum de vérité brûlant. Puis le Viking fait volte-face, à vingt mètres de là. Son regard gris acier me fusille. Il lui suffit de quelques pas, immenses et agiles, pour venir se planter devant moi. Près, très près. Sa carrure d'iceberg me domine, ses yeux glacés me pétrifient sur place, son souffle frais s'infiltre entre mes lèvres ouvertes, et sa voix rocailleuse s'abat sur moi comme une vague puissante, assommante.

– Je ne me justifierai pas devant ce connard. Si tu veux la vérité, suis-moi.

Deux phrases, quinze mots. C'est tout ce qu'il a suffi pour que la vague m'entraîne avec lui. Nils m'a déjà sauvé la vie à deux reprises, je me dois de lui laisser une chance. Une seule. Je plante là Milo, Aïna, Roman, Charlie et leurs yeux ronds, inquiets, furieux. Je prends la sortie, foule le tapis rouge désert, traverse la rue sans regarder, suis mon *bodyguard* en costard noir, qui marche devant moi, sans jamais se retourner, avec l'assurance de celui qui me sait derrière lui.

Nils s'arrête devant la berline noire qui nous a amenés jusqu'ici et frappe du plat de la main sur la vitre avant. Deux fois. Ted, le chauffeur, sort précipitamment en ajustant sa casquette sur sa tête. Le temps que je les rejoigne, je vois le colosse blond lui coller un billet de cent dollars sur le torse avant de lui murmurer, doucement mais fermement :

– Prends un taxi. Maintenant.

Puis Ted déguerpit et Nils s'assied derrière le volant. Il claque la portière d'un geste brusque qui m'a semblé dire : « Toi, la foutue princesse, assise ! Ici ! Et vite ! » Je ne laisserais jamais un homme me parler sur ce ton, me donner des ordres comme à un gentil chien-chien, mais je m'exécute quand même. Comme aimantée. Je prends place à l'avant, côté passager, en me demandant si je fais la pire connerie de ma vie, si ce mec au charisme fou mais aux manières de brute va me laisser pour morte dans le coffre de cette voiture, ou me faire signer une assurance-vie pour pouvoir toucher le pactole quand il m'aura zigouillée. Et je me prends à espérer qu'on fasse une dernière fois l'amour avant.

Cette fois c'est sûr, je déraille pour de bon.

Nils verrouille la fermeture centralisée de la berline mais ne démarre pas. Il défait sa cravate en regardant droit devant lui et entoure le tissu satiné comme un bandage de boxeur autour de sa main. Je frémis. Mais bizarrement, je n'ai pas peur. J'ai froid, chaud, mal au cœur, mais pas peur. Je tire sur ma robe (définitivement trop courte) et sa voix grave résonne dans l'habitacle comme un éboulement de cailloux.

– De Clare ne connaît pas le quart de cette histoire. C'est l'un des nombreux coups foireux de mon frère, que j'ai rattrapé en faisant jouer mes relations dans la police. Samuel venait juste de sortir de taule. Il a eu la bonne idée de se faire entretenir par une femme aussi vieille que riche. Il l'a séduite. Il l'a persuadée de modifier son testament en sa faveur. Et il pensait s'assurer un avenir bien tranquille. Sauf que la mamie est morte dans un accident suspect très peu de temps après. Mon frère n'y était pour rien. Mais des enquêteurs un peu trop zélés et beaucoup trop cons ont conclu au meurtre sans chercher plus loin. Sam n'avait pas d'alibi, le mobile semblait évident et, avec son passé d'escroc, tout l'accusait. J'étais flic, j'ai juste fait en sorte de rétablir la vérité pour lui éviter la prison à perpète. De mon côté, je n'ai été accusé de rien. J'ai trempé dans cette affaire pour sauver le cul de mon frère. Comme d'habitude. C'est tout ce qu'il y a à savoir.

– D'accord… bredouillé-je d'une voix presque inaudible.

– Autre chose : la prochaine fois que Milo De Clare s'amuse à me faire pister par un privé, rappelle-lui que je les connais tous, ici.

– OK… acquiescé-je en frissonnant.

Je sens le regard de Nils balayer la chair de poule sur mes bras, mes cuisses nues. Ça me trouble mais ça ne suffit pas à me réchauffer. Je ne sais pas quoi penser, quoi ressentir, ni même pourquoi j'ai froid. Je voudrais juste qu'il arrête de me regarder, pour pouvoir réfléchir.

– Et dernière chose, marmonne le géant froid à côté de moi, cette robe est définitivement trop courte.

Il se penche en avant, appuie ses mâchoires sur le volant, retire sa veste de costume d'un geste souple, puis l'étale sur moi comme une couverture. Elle est si large, si longue, qu'elle parvient à me couvrir des épaules aux genoux. Je me recroqueville dessous et me laisse aller contre l'appui-tête. Mon cerveau en ébullition s'apaise enfin. Je crois Nils. Je crois que je le crois. Disons, à 99,9 %. Le minuscule doute qui subsiste au fond de moi me permet juste de rester vigilante, de ne pas céder totalement à sa voix envoûtante, à son regard fascinant, à ses gestes protecteurs, à son aplomb infaillible (et tellement agaçant). Je suis soulagée qu'il m'ait offert cette explication sans détour, sans que j'aie besoin de la lui réclamer, sans laisser d'ombres planer. J'ai les idées claires. Pendant quelques secondes, j'ai failli croire que le costume de Viking irrésistible cachait un espion, un manipulateur, ou pire un meurtrier. Je ne sais toujours pas ce qu'il y a sous l'armure, mais ça ne m'inquiète pas. Ou plus.

Ou presque.

– Tu as quelque chose à dire ? me demande-t-il en ouvrant les boutons de ses poignets, avant de rouler méthodiquement les manches de sa chemise.

– Oui, dis-je en retrouvant enfin mes esprits. Merci de ne pas avoir écrabouillé Milo.

– Ni ses os ni son ego ne l'auraient supporté, se marre Nils en ouvrant et serrant les poings, comme s'ils l'avaient démangé. Autre chose ?

– Oui. Laisse ma robe tranquille, annoncé-je très sérieusement, en soutenant son regard.

Les yeux de brume quittent les miens pour aller effleurer sa veste noire, là où mes cuisses dénudées se tapissent (et frémissent, mais ça, Nils n'a pas besoin de le savoir).

– Si tu veux retourner à ce gala, je t'attends ici, déclare-t-il en regardant ailleurs, un sourire au bord des lèvres.

– Non, ramène-moi à la maison, décidé-je en faisant démarrer moi-même la voiture.

– Sage décision, conclut-il, apparemment satisfait.

Mon *bodyguard* conduit en silence jusqu'à la villa Cox. Je me laisse bercer par le doux ronronnement de la confortable berline. Je me laisse envahir par ma propre chaleur sous la veste de Nils et par un sentiment étrange, mélange de sérénité, de tension, de sécurité et de vulnérabilité. À mesure que l'on quitte l'animation nocturne de L.A. pour la quiétude de Santa Monica, je me remets doucement de mes émotions, réponds aux textos affolés d'Aïna pour la rassurer, repense à Milo et son empressement à écarter le colosse de son chemin (sans doute avec de bonnes intentions). À cet instant, ma vie a peut-être pris un tournant. Mais pas celui que je craignais. Et je fais confiance à mon chauffeur pour négocier les virages : je m'endors contre la vitre.

Nils m'a portée de la voiture à ma chambre, sans me réveiller, toujours emmitouflée sous son costard. Il me dépose délicatement sur mes pieds, juste devant la porte, sans s'inviter dans mon monde. Je souffle un merci et lui rends sa veste. Il me sourit. Une pointe de badinage dans sa voix grave, il murmure :

– Tu peux me donner ta robe aussi, si tu veux.

– Pour que tu en fasses des confettis ? Non merci.

– Non… Finalement, je crois qu'on pourrait s'entendre, elle et moi… me provoque-t-il en me bouffant des yeux, de haut en bas.

– N'essaye même pas, susurré-je en me sentant flancher.

– Bonne nuit, foutue princesse.

Le Viking se marre en silence et part à reculons, dans l'obscurité. Il aurait quand même pu essayer un peu plus fort.

Peut-être qu'il va faire demi-tour, comme au Black Gala ?

Peut-être qu'il attend que je le rattrape, cette fois ?

Mais Nils se retourne et s'éloigne, la veste suspendue à un doigt au-dessus de son épaule.

Et merde, j'ai à nouveau froid.

***

Le lendemain, je suis de retour à la tour Cox et à la vie normale. Mon garde du corps et moi n'avons pas reparlé de l'incident de la veille. Je passe la matinée enfermée dans mon bureau, à ignorer les appels de Milo sur mon portable et à glousser aux textos hystériques d'Aïna qui voudrait bien le fin mot de l'histoire.

À une heure de l'après-midi, je me rends à l'accueil de l'étage pour récupérer ma livraison de sushis : j'ai bien trop de boulot pour m'octroyer une vraie pause-déjeuner aujourd'hui. Samuel Torres sort de l'ascenseur en même temps que le livreur.

– Salut Valentine ! me lance gaiement le brun. Si tu veux une charmante compagnie plutôt que de passer une heure en tête-à-tête avec ton ordinateur, je veux bien me dévouer !

– Je vais faire comme si je n'avais rien entendu, lui dis-je en le menaçant faussement du regard. Faith arrive.

Ces deux-là déjeunent régulièrement ensemble, et mon petit doigt me dit qu'ils ne font pas que déjeuner (si j'en crois les longues minutes que mon assistante passe à se pomponner devant le miroir des toilettes pour femmes avant de retrouver Samuel… quand ce n'est pas lui qui la rejoint directement aux toilettes).

– De toute façon, mon adorable frère risque de me jeter en pâture à son non moins adorable wombat s'il me voit m'approcher de toi, ricane-t-il, l'air entendu.

Un warning clignotant me vrille la tête : est-ce que le géant, qui est plutôt du genre taiseux, s'est confié à Samuel ou s'est montré possessif ?

– Tu as de la chance, Nils vient juste de descendre pour aller s'acheter à manger, réponds-je, faussement décontractée.

– Je sais, je l'ai vu piquer une colère parce que le type du camion de hot-dogs ne voulait pas lui en vendre dix d'un coup.

– Aïe, ça va mal se finir pour lui ! plaisanté-je à mon tour. Il avait l'air contrarié par une histoire de riche héritière morte, je crois…

Je balance ça l'air de rien, à voix basse, histoire d'aiguiller Samuel sur le sujet. Vu comme il est bavard et comme il aime fanfaronner, je me dis qu'il pourrait très bien me raconter sa mésaventure lui-même. Et m'en apprendre un peu plus sur ce minuscule 0,1 % qui titille mon esprit perfectionniste. Juste histoire d'en avoir le cœur net.

– Ah, ça ! démarre-t-il au quart de tour. Rien de grave, t'inquiète pas. Enfin sauf pour elle, la pauvre… On vivait une belle histoire d'amour jusqu'à ce que… Bref, encore une fois où mon frangin a joué les super-héros pour me sauver la peau. Tout le monde a cru que c'était moi qui avais fait flamber Jacqueline avec toute la maison ! C'est quand même fou d'avoir autant de fric et de ne jamais faire ramoner sa cheminée… Enfin, Nils a juste tiré quelques ficelles pour m'éviter la case prison. Pour une fois que je n'avais rien fait… Pas de quoi en faire un plat, en tout cas ! Ou alors un barbecue, quoi…

Si je passe outre son humour douteux, le récit de Samuel colle parfaitement avec la version de Nils. Et dissipe toute trace de doute au fond de ma tête dure. J'en profite de tenir le frère le plus loquace des deux (et ce n'est pas peu dire) pour fouiner davantage. Et je remercie le ciel que Faith prenne tout son temps pour le raccord maquillage et haleine fraîche.

– Au fait, tu connais une certaine Tilly ? demandé-je sur le ton le plus neutre qui soit. Tilly Gomez, je crois…
– Ça ne me dit rien, pourquoi ?
– Aucune importance.

Un beau mensonge, quand on sait que les enveloppes remplies d'argent que Nils envoie régulièrement à cette femme viennent me hanter jusque dans mes insomnies, et ont réveillé chez moi le sentiment que je déteste et réfrène le plus : la jalousie.

– Je m'excuse d'avance, Valentine, reprend un Samuel contrit. Si c'est une amie à toi et que je lui ai promis des choses, je suis sûr que je les pensais au moment où je les ai prononcées. L'horizontalité a tendance à me faire dire des choses qui…
– Ne te fatigue pas, Don Juan. Et ne t'avise pas de faire de fausses promesses à Faith ! dis-je en fronçant les sourcils, l'air faussement mauvais. C'est une perle.
– Je serais bien d'accord avec toi… si seulement elle ne perdait pas autant de temps à mettre un rouge à lèvres que je ne remarquerai même pas.

– Contente-toi de lui dire qu'elle est belle quand elle arrivera !

– Noté ! acquiesce-t-il avec un sourire. Tu me tiens compagnie en attendant ? Je sais que je t'arrache à la délicieuse compagnie de tes sushis, mais bon…

– Je reste si tu me racontes un truc embarrassant sur Nils ! négocié-je.

– OK, attends… J'effectue un rapide tri dans mon cerveau surdéveloppé, m'explique-t-il les yeux fermés très fort, l'air concentré. Non, ça, ce sont les dossiers bagarres… Là, les gardes à vue… Attends un peu… Rayon des fugues… Courses-poursuites avec les flics… Liste des familles d'accueil qu'on a rendu dingues et qui ont préféré nous rendre… Classeur des filles qu'on s'est disputées… Tiens, c'est marrant, mon classeur de victoires est vide, le sien déborde…

– Arrête de jouer les modestes ! dis-je dans un éclat de rire.

– Ah, ça y est, les dossiers top secrets ! lâche-t-il en rouvrant les yeux.

– Samuel Torres, est-ce qu'il faut que je te coupe la langue ? gronde Nils qui surgit des escaliers, à peine essoufflé.

– Merde ! Tu arrives à monter à pied après t'être enfilé dix hot-dogs ?

– Toi et ta fausse admiration, je peux vous faire redescendre par la fenêtre, si vous voulez !

Les deux frères s'envoient des piques comme si rien ni personne n'existait à part eux, mais je devine dans ces rapports conflictuels une vraie complicité, un attachement qui saute aux yeux. Ils n'ont peut-être pas une goutte de sang en commun, et ont sans doute pris des chemins différents une fois devenus adultes, mais j'imagine que faire les quatre cents coups ensemble à l'adolescence et partager une enfance aussi chaotique doivent créer des liens indéfectibles. Ça me touche de savoir Nils Eriksen attaché à quelqu'un, aussi différent de lui soit-il, et capable d'entretenir des rapports profonds, sincères et durables avec un autre être humain.

Tous ces mystères sur le passé, les blessures et les sentiments enfouis du Viking me fascinent, m'émeuvent, m'intriguent. Je le regarde à la dérobée, pendant qu'il poursuit sa joute verbale avec Samuel. Et je cherche le cœur qui bat sous les muscles, le sourire qui pointe sous son air renfrogné, l'empathie derrière cette éternelle envie de tout contrôler. Je sais que Nils est capable de tendresse, de dévouement, de bonté : il me l'a déjà prouvé. Mais d'amour ? Rien n'est moins sûr.

Quant à savoir pourquoi ça m'intéresse… Question suivante !

Faith arrive enfin, coupant court au combat de coqs entre le blond et le brun (et à mes questions existentielles par la même occasion).

– Aïe, mes yeux ! Beaucoup trop jolie ! s'amuse Samuel en faisant semblant d'être ébloui, une main en visière sur le front.

Ça réussit à faire glousser mon assistante, qui n'a apparemment aucun problème avec l'humour lourdingue. Je me félicite aussitôt qu'elle ne rie jamais à mes blagues à moi. Le séducteur m'envoie un clin d'œil encore plus lourd, puis Nils lui susurre « T'es un homme mort ! » avant qu'ils montent dans l'ascenseur. Un autre jeune homme en sort, un casque de scooter sur la tête et un énorme bouquet de roses jaunes dans les bras.

– Valentine Cox ? demande-t-il à la cantonade.
– C'est moi.

Le coursier pose les fleurs sur le comptoir de l'accueil, me fait signer sur un petit appareil à écran tactile et disparaît aussitôt. Je m'empare de la carte posée au sommet et reconnais aussitôt l'épais papier irisé, décoré d'un liseré doré et marqué des initiales de la famille De Clare.

« Si tu veux bien pardonner mon comportement lamentable d'hier soir, je pourrai t'expliquer. Malentendu avec mon détective privé. Je l'ai viré. Tu me manques déjà. On se voit ? Milo »

J'offre les fleurs à Payton, la standardiste qui en voit de toutes les couleurs à l'accueil, puis regagne mon bureau tout en envoyant un texto à Milo :

[Tu as en effet été lamentable sur toute la ligne. C'est déjà bien de le reconnaître. Mais il me semble que c'est à Nils que tu dois des excuses. V]

Froid, peut-être, mais ça a le mérite d'être clair. Je continue mon chemin, fière de moi, mais j'oublie que mon garde du corps a la capacité de marcher très silencieusement, malgré la centaine de kilos de muscles à déplacer. Je sursaute quand sa voix grave percute ma nuque :

– J'espère que De Clare ne pense pas se racheter avec des fleurs couleur pisse.

– Tu ne sais pas de qui elles viennent. J'ai plus d'admirateurs secrets que tu le penses, improvisé-je devant la porte de mon bureau.

Aucune raison que je sois la seule à ressentir cette invention débile qu'on appelle jalousie…

– Peut-être, réplique le Viking sans trembler. Mais les roses jaunes sont les fleurs du pardon, quand on n'a pas d'imagination. Et ton anniversaire, c'est demain. J'ai déjà demandé à intercepter tous les bouquets de la journée. Tu ne peux rien me cacher, Valentine.

Gna gna gna, Valentine !

– Pfff, ta vie doit être d'un ennui… soupiré-je, vexée. Tu n'en as pas marre de tout savoir ? Est-ce qu'il t'arrive de te laisser surprendre, parfois ?

– Pour quoi faire ?

– Pour changer !

– Mon job, c'est de tout contrôler, annonce le *bodyguard* de sa voix la plus grave et de son regard gris le plus noir.

– À ce stade-là, ce n'est plus un boulot, c'est un trouble de la personnalité ! rétorqué-je avant de lui claquer la porte de mon bureau sur le nez.

Je rumine pendant plus d'une heure en tentant de me plonger dans mes dossiers. J'ai l'impression de relire quatre fois les mêmes phrases et de voir le mot « jalouse » danser partout entre les lignes.

– C'est quoi, ça ? demande le colosse blond en entrant brusquement dans mon bureau, un pot de fleurs à la main.
– Tu es censé frapper, tu te rappelles ?

Ça m'évite d'avoir le cœur qui cogne anarchiquement, comme là maintenant, chaque fois qu'il s'invite sans prévenir.

– Pourquoi ton mec me fait livrer des fleurs ? râle-t-il encore.
– Parce que je lui ai demandé, dis-je avant d'éclater de rire.
– C'est quoi ? répète-t-il sur un ton calme, mais le visage contrarié.
– Des chrysanthèmes, les fleurs des cimetières… pouffé-je derrière ma main.
– Je vais lui faire bouffer, marmonne Nils dans sa barbe.

Puis il brandit un petit carton blanc juste devant mes yeux, trop près, je repousse son poignet pour l'éloigner un peu (et j'essaie de ne pas prêter attention à la douceur de sa peau qui me rappelle tant de choses). Il s'agit de la carte de visite professionnelle de Milo sur laquelle est griffonné, en minuscule, à peine lisible :

« *Mes excuses.* »

Il ne s'est pas foulé.

Mais rien que pour voir la tête du Viking, à cet instant, ça vaut le coup. Je ris de plus belle, sans pouvoir m'arrêter, et les larmes me montent aux yeux. Mon fou rire finit par contaminer le géant, qui jette les chrysanthèmes dans ma corbeille, s'écroule dans le fauteuil face à mon bureau et sort son iPhone. Un immense sourire greffé sur son beau visage scandinave, il recopie le numéro de portable de Milo depuis la carte de visite. Et me lit à voix haute le texto qu'il est en train de rédiger :

[Bien reçu tes fleurs. Adorable. Mais n'insiste pas, je ne t'épouserai pas.]

Je rêve ou il parle pour moi ?

18
« OTANJOBI OMEDETO GOZAIMASU ! »

Valentine

Je ne m'attendais pas à un gâteau géant surplombé de vingt-cinq bougies, à une flopée de ballons en forme de cœurs, ni même à un cadeau acheté à la va-vite par l'un de ses assistants. Non, je m'attendais simplement à un « Joyeux anniversaire, ma future héritière. »

Et franchement, est-ce que ça aurait été trop demander à mon père ?

Il n'est pas encore sept heures du matin, c'est mon anniversaire, je devrais être en train de paresser sous ma couette moelleuse, mais je me trouve assise bien droite sur un fauteuil trop dur dans le bureau froid et sans âme de mon géniteur. Voilà vingt minutes que Darren m'assomme à coups de « challenge », « pari sur l'avenir », « entente durable », « indices boursiers japonais » pendant que je ne rêve que d'une chose : fuguer. Tout laisser en plan. Sauter dans ma Comet et pendant une semaine ne plus penser à rien. Ou plutôt à tout, sauf à ce maudit boulot.

– Tu devrais être à la hauteur. Tu as douze heures d'avion devant toi pour réviser ton speech et peaufiner tes présentations, insiste mon père en lissant sa cravate rouge vif.

– Ou pour dormir, même si mon état de fatigue n'a pas l'air de te préoccuper plus que ça… fais-je dans ma barbe.

– Pardon ?

– Audition sélective… grogné-je.

– Pardon ?

– Pourquoi m'envoyer à Tokyo à ta place alors qu'il y a un tel enjeu ? soupiré-je en quittant mon fauteuil pour aller admirer la vue. Je pourrais nous faire perdre une somme colossale.

Le soleil qui se lève sur Los Angeles Downtown. Presque de quoi vous faire oublier vos quatre misérables heures de sommeil.

– Il est temps que tu asseyes ta position en tant que future tête du groupe, Valentine. Et il est plus que temps que tu prennes tout ça au sérieux… L'échec n'est pas une possibilité.

Tous mes muscles se crispent instantanément. J'inspire, expire, tente de contrôler le volume de la voix furibonde qui s'échappe de ma gorge.

– Prendre tout ça au sérieux ?! Parce que ce n'est pas ce que je fais depuis que j'ai mis les pieds dans cette tour pour la première fois ? Ça fait quasiment cinq ans que ma vie ressemble à ça, Darren ! Cinq ans passés à bosser soixante-dix heures par semaine. Mais ce n'est jamais assez…

– Tes jérémiades n'intéressent personne, rétorque mon géniteur. La réussite, la fortune, le respect des plus grands, ça se mérite. Le monde des affaires n'est pas fait pour les chouineurs. Écoute-toi un peu moins et tu réussiras, ma fille.

Toujours tournée vers la baie vitrée, je plisse très fort les yeux et serre les poings en pensant à ma mère. C'est pour elle que je suis là. Pour elle que je subis tout ça. Tout envoyer valser n'est pas envisageable.

– J'ai un jet à prendre… murmuré-je soudain en faisant volte-face pour aller récupérer mon sac à main posé au pied du fauteuil.

– Où est Eriksen ?

– Juste à côté, dans ta salle d'attente.

– Il fait bien son boulot ?

– Je suis toujours là, non ?

– Qu'il fasse attention, là-bas. Les mafias japonaises sont redoutables.

– …

Il ne m'a même pas regardée dans les yeux pendant cette ultime mise en garde. Il faut croire que le dossier qu'il avait entre les mains était bien plus intéressant que l'éventualité que je me fasse massacrer. Alors je quitte son bureau sans rien ajouter.

Joyeux anniversaire, Valentine Laine-Cox !

***

[Il y a vingt-cinq ans naissait l'amour de ma vie… Reviens vite que je te serre contre mon cœur. Maman]

Généralement, ce genre de message me touche, mais pas au point de me faire chialer. Sauf que je manque de sommeil, je suis toujours en colère, j'ai l'estomac vide, les trous d'air me donnent la nausée et je suis assise en face du plus beau mâle jamais répertorié… et coincée avec lui dans une carlingue volante pour les dix prochaines heures.

Bref, c'est trop pour un seul cerveau. Beaucoup trop. Et en plus, il sent diablement bon.

– Un problème ? me demande Nils en voyant mes yeux s'embuer.

– Non.

Un ange passe.

– Quand tu auras envie d'en parler, je serai là, fait-il en s'étirant de tout son large sur le siège en cuir noir.

– Tu es toujours là.

– C'est mon job, sourit-il insolemment.

– Tu le fais à merveille. On devrait créer un super-héros à ton effigie.

– Je sais.

– Tu sais toujours tout.

– Je ne sais pas pourquoi tu es à deux doigts de pleurer.

– J'ai faim, fais-je pour changer de sujet.

Le colosse blond lève la main en direction de Kate, notre hôtesse de l'air. La jeune femme en robe courte et cintrée revient quelques secondes plus tard, les bras chargés d'une dizaine de snacks. Nils la remercie et la regarde s'éloigner.

– Elle te plaît ? demandé-je soudain.

Je regrette immédiatement ma question. Si je devais être jalouse (et ce n'est pas encore prouvé), ça ne regarderait que moi. Sauf que ses iris gris à lui se posent sur mon visage et l'inspectent longuement. Nils Eriksen sait lire en moi comme peu de gens peuvent le faire. Sans esquisser le moindre sourire, le Viking me détaille en prenant son temps. J'ai chaud, tout à coup. Et je voudrais qu'il me réponde. Au lieu de ça, il mord dans un sachet (sensualité maximale), le déchire (je fonds) et se penche en avant pour me tendre un muffin. Un maudit muffin !

– Myrtille ou chocolat ? résonne sa voix rauque.
– Ça ne répond pas à ma question, insisté-je.
– Tu n'as pas répondu à la mienne, plus tôt, réplique-t-il en s'enfonçant à nouveau dans son siège.

C'est à celui qui soutiendra le regard de l'autre le plus longtemps. Et à celui qui parviendra le mieux à nier cette attirance réciproque qui nous dépasse. Face à elle, Nils est aussi impuissant que moi.

– J'avais les larmes aux yeux parce que je suis épuisée, expliqué-je à voix basse. Et parce que ma mère et ses mots doux ont le don de me transformer en pleurnicheuse.

– Rien de grave, alors, conclut-il en me fixant toujours aussi intensément, comme s'il savait que ce n'est pas la vraie raison.

– Non.

– Tant mieux.

– À ton tour de répondre, Nils.

– Tu peux répéter la question ? sourit-il soudain, comme un sale gosse.

– Ça t'amuse, hein ? grommelé-je.

– Un peu…

– Alors laisse tomber. Il faut que je dorme.

Je me retourne face au hublot et incline mon siège jusqu'à la position allongée. Tout près de moi, mon garde du corps n'émet pas d'objection. Je suis sur le point de sombrer lorsque sa voix grave et douce vient me caresser :

– Joyeux anniversaire, princesse.

Bien sûr, il n'a aucune idée de ce que cette simple phrase signifie pour moi. Je ne sais pas comment réagir, comment lui exprimer ma reconnaissance, mon émotion, alors je prétends être déjà endormie. Un millier de petits pincements au cœur plus tard, je sombre enfin, malgré cette question qui me taraude.

Je ne vois plus que lui… Je ne veux plus que lui… Mais est-ce que c'est réciproque ?

***

J'ai quitté une ville de trois millions d'habitants pour atterrir dans une autre de huit millions. Je suis habituée aux gens pressés, stressés, préoccupés, prêts à tout pour réussir… mais pas à *ça*. Ici, tout se passe en accéléré. Les rues sont bondées, mouvantes, grouillantes. Les travailleurs ne comptent pas leurs heures ni l'énergie dépensée pour atteindre leurs objectifs. Le surmenage est un détail du quotidien et la pression que chacun s'impose une simple règle de vie. Au fil des meetings, je croise des visages souriants, presque sereins en surface, mais j'ai parfaitement conscience d'être en présence de vrais requins. Je tiens bon, je suis le programme que je me suis fixé, mon discours est précis, efficace, bien rodé. Il fait effet. Ils s'attendaient à une fille à papa impressionnée et influençable ? Ils pensaient me manipuler et obtenir un deal en or ? Ils avaient tort. Quand je le veux bien, je suis la digne fille de mon père.

Et ça me fait mal de l'admettre.

Une seule journée au compteur depuis mon arrivée à Tokyo, et je suis déjà sur les rotules. Nils, lui, ne me laisse pas faire un seul pas sans me suivre comme mon ombre. Je vois souvent les yeux de mes interlocuteurs se poser sur lui, avant de descendre sur moi. Il faut dire qu'il est difficile à louper, dans le paysage. Les Japonais semblent subjugués par sa carrure, sa blondeur, la clarté de ses yeux. Et je réalise une fois encore à quel point il est beau. Et unique en son genre. Pour la dixième fois de la journée, un groupe de jeunes Japonaises hilares se jette sur lui lorsque nous passons les portes de l'hôtel. Je me tords de rire tandis que le Viking soupire en se laissant prendre en photo.

Lorsqu'une jolie brune s'amuse à l'embrasser sur la joue, je ne rigole plus du tout.

– Allons manger, bourreau des cœurs… grogné-je en le tirant par la manche.

Il ricane derrière moi, je presse le pas et entre dans le restaurant étoilé du *Kohaku*.

– Tu sais comment parler à un homme, princesse.
– À un morfal, tu veux dire… souris-je en prenant place près de la baie vitrée qui donne sur la ville éclairée.

Le spectacle est à couper le souffle et pendant l'heure qui suit j'ai du mal à détourner le regard de toutes ces lumières colorées qui scintillent. C'est ça, ou bouffer du regard mon *bodyguard* aux yeux de brume. Si je ne me surveille pas, il va finir par se faire des idées.

– Demain matin, la voiture nous attend à neuf heures, m'annonce-t-il en finissant ses gambas rôties au foie gras. Tu pourras dormir un peu…
– Qu'est-ce que tu racontes ? Ma première réunion est à sept heures, à Shinjuku.
– Le *burn-out* te guette, m'explique-t-il en s'attaquant à la fin de mon assiette, un carpaccio de bœuf aux oursins. Demain, c'est *day off* pour toi.

– Tu veux que mon père me botte le cul en rentrant, c'est ça ?
– Il n'en saura rien, j'ai déplacé tous tes rendez-vous aux jours suivants.
– Nils ! Je ne me mêle pas de ton boulot, laisse-moi faire le mien ! m'emporté-je soudain.

Sa grande main vient se plaquer sur ma bouche et me stoppe net dans ma rébellion. Ses yeux transpercent les miens et je devine déjà qu'il aura le dernier mot. Salopard.

– On va où ? soupiré-je alors qu'il retire sa paume brûlante de mes lèvres.
– Il va falloir me torturer pour obtenir des indices… sourit-il.
– Ce n'est pas ce que je fais déjà, au quotidien ? ironisé-je en l'observant.
– J'ai connu bien pire que toi, Valentine.

Et mon stupide cœur de s'emballer pour ce micro-compliment (qui, à bien réfléchir, n'en est pas forcément un…). Mon regard parcourt ses bras musclés, puis se détourne avec grande difficulté. Je me concentre sur la vue, sur la nappe immaculée, puis sur nos assiettes, vidées jusqu'à la dernière miette.

– Comment tu fais pour engloutir autant ?
– C'est tout un art…
– Ta mère t'a affamé, petit ?
– Laisse ma mère où elle est et allons nous coucher.

J'ignore si j'ai touché un point sensible, mais pour une fois le géant blond ne joue pas à me rendre folle en m'escortant jusqu'à ma suite. Il est étonnamment silencieux, renfermé.

– J'imagine que je ne t'invite pas pour un dernier verre ? blagué-je (à moitié) une fois à la porte.

Le saké, la fatigue, ses beaux yeux... DANGER !

– J'ai une mission à accomplir, Valentine. Et venir te border n'en fait pas partie.
– Dommage...
– Va te coucher. Dépêche-toi. Avant que je change d'avis...

Ses pupilles noires tombent sur mes lèvres et s'y attardent une seconde de trop. Je frémis de toutes parts, puis tente un sourire dans sa direction. Le sien s'élargit légèrement, avant de totalement disparaître. Nils Eriksen est doté d'un self-control bien supérieur au mien. Je m'imagine déjà passer ma main dans ses cheveux soyeux, puis les tirer un peu. L'embrasser en passant ma langue sur sa lèvre inférieure. Sentir sa peau se réchauffer contre la mienne et ses mains me déshabiller...

Une porte claque. Je réalise que mon fantasme vivant vient de s'enfermer dans la chambre d'à côté.

***

Un vrai décor de carte postale. Le soleil au zénith éclaire le mont Fuji sous mes yeux émerveillés. La vue ne pourrait pas être plus parfaite. Nils m'a amenée jusqu'ici dans le plus grand secret et dans un 4x4 décapotable, dénichant le meilleur endroit pour admirer ce trésor de la nature. Je me tiens face au point culminant du Japon, dont les cimes sont encore enneigées. Tout autour de nous, des cerisiers en fleurs et le lac Kawaguchi où se reflète, comme dans un miroir inversé, le mont qui m'a toujours fascinée.

– J'ai vu les estampes qui l'immortalisaient, dans ton salon, m'explique le colosse blond sans quitter le dôme volcanique des yeux. Alors je me suis dit que tu apprécierais le spectacle…

– Oh, Nils…

– Et que ce serait une sorte de cadeau d'anniversaire, légèrement en retard. *Otanjobi omedeto gozaimasu!* comme ils disent ici. Bon, l'accent est sérieusement à revoir, mais…

Sans réfléchir, sans chercher à me retenir, je me jette dans ses bras et l'embrasse dans le cou, le plus spontanément et le plus innocemment du monde. Comme le ferait une petite fille à qui on vient d'offrir le plus beau et le plus touchant des cadeaux.

– Waouh! rigole mon garde du corps en m'entourant de ses bras. Qu'est-ce que ça aurait été si je t'avais offert un poney!

– C'est magnifique, Nils. Merci… Je n'ai pas de mots… fais-je d'une voix émue.

– Si tu pouvais arrêter de couiner comme un chiot excité, me balance-t-il, avant de me sourire de cette manière qui me trouble.

En douceur, il rompt notre étreinte et fait quelques pas en arrière, pour me laisser seule face au mont Fuji. Pendant de longues minutes, je l'observe, recouvert de sa couronne blanche. Je sens une sérénité bienfaisante s'engouffrer en moi. J'inspire, expire, me relâche, me détends. J'avais besoin de ça, de cette communion avec la nature pour retrouver ma paix intérieure. Et Nils l'avait compris. Bien avant moi.

– C'est moi qui fixe le programme, désormais… chuchote le colosse, planté derrière moi. Sinon, ce putain de boulot aura ta peau. On a plein de choses à voir…

– Nils, laisse-moi tranquille, je médite, souris-je en savourant la chaleur du soleil sur ma peau.

– Quoi ?

– Je parle aux nuages et aux fleurs, tais-toi…

– « Ah ! L'humaine me marche dessus ! J'ai mal ! », couine-t-il d'une voix suraiguë en imitant une fleur (ou peut-être bien un chiot).

J'explose de rire, me retourne et lui claque le bras. Il me maîtrise en s'emparant de mes poignets et m'attire à lui. Tout contre son torse bombé. Sa bouche n'est plus qu'à quelques centimètres…

– J'ai faim, femme. On ne provoque pas un homme qui a faim !

– Tu as *toujours* faim…

– Pas faim de *ça*, princesse. Faim d'autre chose…

Soudain, ses lèvres fraîches et charnues effleurent les miennes, juste une demi-seconde. Qui suffit à me faire perdre pied. Puis le Cro-Magnon me libère et s'en va d'un pas souple en empruntant le petit chemin qui mène au 4x4.

– Morfal ! ris-je, en le suivant.

– Tu n'as qu'à être moins appétissante ! Putain, j'ai un job à garder, moi !

– Je rêve ou c'est de ma faute ? gloussé-je de plus belle.

– Nouvelle règle : un mètre entre nous, à tout moment !

– Dans la voiture, ça va être compliqué… fais-je remarquer.

Le géant s'arrête net à quelques mètres du véhicule, puis trouve la solution :

– Tu montes à l'arrière !

– Quoi ?

– À l'arrière, Valentine, répète sa voix rauque. C'est ça ou tu rentres à pied.

– Barbare… grommelé-je en m'installant à l'arrière.

Dans le rétroviseur, l'enfoiré sourit.

***

Quand le pire des *business trip* se transforme en incroyable aventure, c'est que Nils Eriksen a réussi son coup.

Les jours suivants passent à une vitesse effrénée, entre réunions d'affaires et excursions impromptues organisées par mon garde du corps. Entre deux meetings, je découvre le pays des mangas, des robots et des jeux vidéo. Le Japon authentique, traditionnel et raffiné, aussi. Ses temples et ses sanctuaires. Nils m'emmène dans des endroits secrets, peu fréquentés, insolites. Il est curieux, cultivé, parfaitement à l'aise et va tout naturellement à la rencontre des Japonais (à l'exception des groupies hystériques qui veulent toucher ses muscles). Il a d'ailleurs un succès fou, où qu'on aille. Moi, je me contente de trottiner tout près de lui, secrètement fière d'être vue à ses côtés. Nous testons la cuisine locale, arpentons les marchés immenses et grouillants où un certain morfal n'hésite pas à tout goûter (et je crains plus d'une fois de me retrouver avec un Viking intoxiqué sur les bras). Je me délecte de bœuf de Kobe, d'anguille grillée, de *ramen*, d'algues et de fruits japonais. Et je rejoins peu à peu le cercle très fermé des « morfals et fiers de l'être » (mais je lui laisse quand même les sauterelles croustillantes). Le soir, on marche sous les averses de mars, sans même penser à courir s'abriter. Nils m'offre sans cesse son pull ou sa veste, que je m'échine à refuser. Il finit par m'emmitoufler de force dans l'un de ses sweats à capuche, qui me fait comme une bure de moine ridicule (et recouvre la jolie robe d'été que j'avais mise pour l'aguicher). On ne s'embrasse jamais, mais on est souvent à deux lèvres de le faire. On ne s'invite pas dans le lit l'un de l'autre, mais je reste longtemps éveillée dans le mien à rêver qu'il me rejoigne au milieu de la nuit, ou à espérer qu'il ait le même genre d'insomnies.

Et pas une seconde ne passe sans que j'aie conscience de ma chance. D'être avec lui. Qu'il me protège. Me fasse rire. Me surprenne. Me désire. Me fasse languir…

Merde…

Cette fois, ce n'est pas le saké.

Les nuits sont courtes mais je profite des trajets en voiture pour rattraper ici et là quelques heures de précieux sommeil. Je prends parfois le volant, même si Nils a du mal à le lâcher, pour lui donner l'occasion de se reposer. Il se moque de ma conduite, je fais en sorte de freiner encore plus brutalement. Une complicité s'instaure entre nous. Mon garde du corps est bien plus doux et attentif, bien plus subtil que tout ce que j'imaginais. La brute est finalement dotée de mille facettes. À force de regards, de gestes attentionnés, de discussions nocturnes, notre relation grandit, s'épanouit. Sa proximité ne me dérange plus, bien au contraire.

Mon attirance n'est plus seulement physique. Je suis sur une pente glissante, je le sais.

– Il y a un truc qui m'intrigue, lâche Nils en garant la berline de location au pied d'une énième tour dans le quartier des affaires.

– Hmm ?

– Pourquoi t'infliger ça ? Ce boulot ? Ces horaires de malade ? Tu n'as pas l'air d'apprécier… C'est pour le fric ?

– Non. Pour ma mère.

– Je m'en doutais, sourit-il tristement. Son mariage avec Darren… C'est en échange de tes bons et loyaux services ?

– Disons que je suis une princesse prisonnière dans une tour d'ivoire. Darren avait besoin de moi… et ma mère avait besoin de Darren.

– Je vois, soupire le blond en coupant le contact. Tu dois sacrément l'aimer, ta mère.

– Plus que ça. Mais tout le monde aime sa mère à sa façon, non ?

– Ouais, j'imagine… murmure-t-il avant de se pencher pour m'ouvrir la portière. Après vous, prisonnière.

– J'aimais mieux princesse, je crois.

– Il faudrait savoir, putain, grogne-t-il juste pour la forme.

– Nils ?

– Ouais.

– Un jour, tu me parleras de ta mère à toi ?

Il hésite. Se mord la lèvre. Jette un coup d'œil dans le rétroviseur. Puis me regarde enfin dans les yeux :

– Ouais. Mais ça aussi, ça risque de te faire pleurer.

19
PAS EN ÉTAT

Valentine

Une parenthèse enchantée au Japon se paie apparemment au prix fort : une crève carabinée m'attendait dès la descente du jet. Le lendemain matin, c'est pire encore.

– Je de sabais bas qu'on abait une réudion de fabille… marmonné-je comme je peux, le nez complètement bouché.

Je déteste me retrouver dans cet état, mais ma mère le supporte encore moins : les rares fois où je suis assez malade pour manquer le travail, elle me traite comme si j'avais 8 ans (et que j'allais probablement mourir d'un rhume fulgurant). Elle m'a préparé une tisane, une bouillotte et un nid douillet sur le canapé du salon, composé de ma couette et de la sienne, en plus d'une dizaine de coussins de toutes tailles et toutes formes. Je crève de chaud dans cette grotte de coton, mais ça me fait un bien fou de voir Florence se démener : elle a repris un peu de poids, des couleurs et même de l'assurance face à son cher mari. Ça fait longtemps que je ne l'avais pas vue comme ça.

– Valentine, est-ce que tu pourras assurer tes réunions de l'après-midi ? s'enquiert mon père avec son légendaire sens des priorités.

– Ma fille ne quittera pas son lit aujourd'hui, s'interpose ma mère en douceur.

– Je vais les repousser, soupire-t-il. Demain matin, ça ira ?

– Après-demain, tente de négocier Florence, avec un nouveau sourire charmant en direction de Darren.

– À la première heure, alors. Bonne journée à toutes les deux, conclut-il d'un air pincé.

Je crois rêver : il a beau faire la gueule, pour le principe, Darren Cox vient quand même de céder après dix secondes de négociations, sans aucun cri ni aucune phrase assassine. Il a pensé à quitter la pièce avec une formule de politesse (aussi banale soit-elle). Et il n'a même pas tiqué quand ma mère lui a posé une main sur l'avant-bras en lui susurrant un merci.

– Il flotte un barfum de changebent, don ? dis-je en souriant.

– Je ne comprends rien à ce que tu dis, ma chérie… me répond Florence avec les joues rosies et les yeux brillants, remplis de sourires (et de cachotteries).

– La grande malade accepte-t-elle les visites ?

Nils surgit sur le seuil du salon, en jean marron et tee-shirt blanc (rentré d'un seul côté dans son pantalon, comme si son grand corps refusait de lui-même ce genre de carcan). Même après plusieurs semaines de cohabitation, je suis toujours surprise de la place qu'il prend dans le cadre d'une porte ouverte, en hauteur comme en largeur. C'est d'ailleurs très agaçant quand on a envie de s'enfuir et qu'il bloque tout le passage sans avoir à faire le moindre effort.

Agaçant, mais terriblement sexy aussi.

– Bonjour, Nils. Entrez, l'accueille chaleureusement ma mère. Peut-être que vous arriverez mieux que moi à lui faire boire ça…

Elle lui tend un mug de thé fumant, par l'anse. Il le prend à pleine main et répond de sa voix grave et blasée :

– Elle serait bien capable de m'ébouillanter en me le balançant à la tronche…

– *Elle* entend tout ce que bous dites ! Elle d'a bas encore les oreilles bouchées ! ronchonné-je depuis mon canapé.

Le Viking et ma traîtresse de mère ricanent, puis il s'avance vers moi, pose la tasse sur la table basse et le revers de ses doigts contre mon front. Je réprime un frisson (on va dire que c'est la fièvre et non pas ce contact beaucoup trop doux et tendre pour être professionnel).

– Voilà ce qui arrive quand on préfère l'hypothermie au pull trop grand de son garde du corps, me nargue-t-il en s'amusant.

– J'ai fini par le porter, ton bieux sweat pourri ! me défends-je.

– Oui, par-dessus une moitié de robe trempée par la pluie. Foutue princesse butée !

– Ah, ça change de brincesse rebelle !

– La prochaine fois que tu veux être sexy pour moi, murmure à peine sa voix grave alors qu'il se penche au-dessus de ma tête, pas la peine de frôler la pneumonie pour m'attirer dans ton lit.

– D'imborte quoi ! grommelé-je, à court de repartie.

Et j'ai une furieuse envie de sortir ma main de dessous les couches de couettes pour attraper son tee-shirt et l'attirer contre moi. Mais le colosse blond se redresse, fier de lui, et s'adresse à ma mère, un putain de sourire greffé sur le visage :

– J'ai toujours trouvé que votre fille avait des airs de Natalie Portman. Mais avec le nez rouge et les yeux larmoyants, je vois mieux la ressemblance avec Rudolphe maintenant !

– Qui ? demande Florence, déjà presque hilare.

– Rudolphe, le renne ! Avec son nez clignotant, il permet au père Noël de faire sa tournée en pleine nuit ! Même mon Hummer a des phares moins puissants !

– Ah, ah, borte de rire ! balancé-je avant qu'une quinte de toux me fasse taire.

– Quand elle était petite, Valentine s'amusait à tendre des pièges au père Noël pour le faire tomber, se met à raconter Florence, ravie d'avoir un public. Comme ça, elle pensait que le bruit de sa chute la réveillerait et qu'elle pourrait le rencontrer avant qu'il reparte.

– Maligne… mais sadique ! commente Nils.

– Et sa toute première lettre au père Noël commençait par « J'ai deux mots à te dire ! », confesse encore ma mère avant d'éclater de rire.

– Bon, vous abez gagné, je rentre chez boi ! m'agacé-je en me relevant un peu trop vite.

Un vertige me fait perdre l'équilibre et un voile blanc m'aveugle pendant quelques secondes. Deux bras gigantesques se glissent sous mon dos et mes genoux et me soulèvent pendant que la pièce tourne autour de moi.

– Tout doux, princesse. On se contentera de la crève. Pas besoin d'abîmer ce petit minois contre un coin de la table basse en marbre de papa…

Je sais que le géant est en train de se foutre de moi, mais je n'ai pas besoin de me concentrer sur les mots qui sortent de sa bouche. Sa couleur pâle, sa texture veloutée, ses lignes sensuelles et parfaitement dessinées suffisent à mon bonheur. S'il pouvait juste se rapprocher un tout petit peu plus…

– Valentine, tu te sens bien ? s'inquiète ma mère.

– Hmm, hmm…

– C'était juste un petit vertige, je crois, diagnostique le colosse qui me porte.

– Tant mieux… Nils, je vous laisse vous occuper d'elle quelques heures ? J'ai une course urgente à faire ! prononce une voix lointaine.

– Bordel… Depuis quand il y a écrit « garde-malade » dans mon contrat ? marmonne-t-il à voix basse avant d'accepter poliment la proposition de ma mère.

– Faux-cul… lui chuchoté-je alors qu'il me porte toujours.

– Laisse mon cul là où il est si tu ne veux pas ramper jusque chez toi.

Je me tais et m'installe confortablement dans ses bras, chevilles croisées, mains nouées autour de son cou puissant, sourire de peste sur les lèvres. Nils me ramène dans mes appartements, sans jamais s'arrêter de grogner, puis ouvre la porte de ma chambre d'un léger coup de pied vers l'arrière, jusqu'à ce que je change d'avis.

– Je préfère le canapé du salon. Je vais être toute seule ici, dis-je avec une moue chagrine.

– Tu seras toute seule dans tous les cas, je ne vais pas passer la journée à te border !

– Je vais le dire à mon père ! continué-je pour le provoquer, vivante caricature de la princesse à son papa que je ne serai jamais.

– Je crois que je préfère encore quand tu tousses que quand tu parles, gronde-t-il en faisant demi-tour.

– Tu as vu ? Mon nez s'est débouché depuis que tu me portes ! Je crois que tu vas être obligé de…

– Ferme-la, Rudolphe ! Et ne t'avise pas de me refiler ta crève !

Nils me largue sur le canapé (avec plus de délicatesse qu'il l'aurait bien voulu, je crois) et me balance un plaid joliment plié sur le dossier d'un fauteuil. J'abuserais bien encore un peu de sa patience mais quelqu'un sonne à la porte et ses yeux gris me fusillent, magnifiques même remplis d'un nuage d'exaspération.

– Valentine Laine, je ne suis ni ton infirmier ni ta secrétaire particulière ! bougonne-t-il en allant quand même ouvrir.

– C'est qui ? demandé-je en jubilant un tout petit peu.

– Pas pour toi, soupire-t-il en revenant accompagné d'une femme.

– Agent spécial Frances Devon, FBI, se présente-t-elle elle-même, avant de se tourner vers Nils. J'ai croisé une certaine Madame Laine-Cox qui m'a dit que je te trouverai ici. Pourquoi tu ne prends pas mes appels, Eriksen ?

– On peut se parler ailleurs ? souffle-t-il avec un regard gêné vers moi.

Je fixe aussitôt le vide, la bouche entrouverte, pour prendre l'air d'une pauvre fille terrassée par la grippe et shootée aux médocs, qui ne va pas capter un seul mot de la conversation qui va suivre, apparemment sérieuse. Cette femme à la silhouette svelte et aux traits fins affiche pourtant un air pas commode. Elle pourrait porter un Post-it sur le front qui dirait « Ne venez pas m'emmerder », ce serait pareil.

– Pas de temps à perdre, décide-t-elle en s'éloignant de quelques pas. Ton cher ami No-Name s'est évadé de la prison d'État de San Quentin cette nuit. On ne sort pas du quartier de haute sécurité sans un complice surentraîné, comme par exemple un ancien de la Légion étrangère qui lui rend régulièrement visite sans demander l'autorisation à personne.

– Et ? lui demande froidement Nils, bras croisés sur la poitrine, jambes écartées et pieds plantés dans le sol comme un roc imperturbable, capable d'encaisser les vagues les plus violentes.

– Et si ce sociopathe et meurtrier multirécidiviste est dans la nature grâce à ton coup de pouce invisible, tu as environ une seconde pour me le dire.

– On n'a rien à se dire du tout, Devon… gronde le Viking en séparant chaque mot.

Pourquoi il approche son visage si près du sien… ?

– Bizarre, j'avais prévu cette réponse. Développe un peu, tu veux ?

Et pourquoi elle ne recule pas d'un millimètre ?

– Je n'ai rien à voir avec cette évasion. Fin de l'histoire.

– Si tu veux travailler avec le FBI, il va falloir être un peu plus bavard que ça, Eriksen.

Tiens, elle aussi, elle le trouve un peu trop taiseux à son goût…

– Bosser ponctuellement avec toi ne fait pas de moi ton indic, Devon. Notre deal est passé. Rien ne te donne le droit de débarquer ici et de me demander de faire le boulot de tes gars. Si tu cherches No-Name, ce n'est pas ici que tu le trouveras. Et dis à tes foutus supérieurs que personne ne me tient par les couilles, ni eux ni toi.

Et si j'allais me cacher sous le canapé, moi ?

Sa voix était étrangement calme, basse, mais d'une gravité à faire trembler les murs de la villa. Ses mots parfaitement pesés et choisis ont apparemment l'effet escompté sur Madame Qu'on-n'emmerde-pas. Elle quitte mon salon sans que personne ne la raccompagne et se contente de lancer, de dos : « On se reverra ! »

– Tu fais très mal la morte, me balance le Viking, contrarié, une fois la porte refermée.

– C'est parce que j'étais seulement en train d'agoniser.

Il se plante face à moi, me domine de toute sa hauteur et décroise les bras. Par en dessous, je peux voir la peau nue de son ventre à l'endroit où son tee-shirt sort de son jean. Le fin duvet de poils blonds que j'aperçois me demande un immense effort de concentration.

– Qu'est-ce que tu as entendu ? m'interroge le colosse chafouin. Et ne réponds pas « rien ».

– OK… Tout.

– Tu n'es pas censée avoir les oreilles bouchées, toi ?!

– Tu as la voix qui porte même quand tu chuchotes.

– Je sais, concède-t-il dans un soupir. Efface cette conversation de ta mémoire, OK ?

– No-Name, tu parles d'un nom pourri pour un tueur en série !

– Valentine…
– C'est qui ?
– Vieille connaissance. Vieille affaire. Et c'était ta dernière question.
– Vous avez eu une liaison, non ? La fille du FBI et toi ?
– Qu'est-ce qui te fait dire ça ? me demande-t-il malgré lui, sourcils froncés.
– Ça saute aux yeux. Elle a une force de caractère, une intelligence et une repartie qui ont tout pour te plaire. Et personne ne se parle d'aussi près, à part les amants. Et personne ne s'insupporte autant, à part les anciens amants.
– Tu as raison sur un point : j'aime les femmes fortes, vives et malignes. Mais je déteste les fouineuses et les jalouses.

Attends ? Il parle d'elle ou de moi, là ?!

J'inspire pour trouver une pique bien acérée à lui balancer, à la hauteur de la sienne, mais tout ce que j'arrive à sortir est une nouvelle quinte de toux qui me déchire les poumons et me fait pleurer les yeux. Nils m'aide à me redresser sur le canapé et, le temps que je reprenne mon souffle, il est déjà en train d'appeler le médecin.

– Il sera là dans cinq minutes. Interdiction de parler jusqu'à son arrivée. Sinon je te laisse t'étouffer à ta prochaine crise.

Le géant s'éclipse quand le médecin de la famille Cox vient m'ausculter, me tâter, m'écouter et m'examiner sous tous les angles. Je me laisse faire comme une poupée de chiffon courbaturée, puis je le bénis de me faire respirer son remède magique contre la toux et le nez bouché. Pendant qu'il me rédige une ordonnance qui ressemble à ses mémoires, je ne peux pas m'empêcher de penser à mon *bodyguard* et à ses fréquentations. Quel genre d'homme peut côtoyer sans frémir un meurtrier qui n'a même pas de nom, et dont l'évasion fait déplacer le FBI en personne ? Et les parts d'ombre de Nils devraient-elles me faire peur, alors que je commence tout juste à lui faire pleinement confiance ?

– Ça va mieux, princesse rebelle ?

Le colosse réapparaît avec un demi-sourire, puis vient s'asseoir sur le canapé, soulevant mes pieds pour les poser sur ses cuisses.

– Toutes tes conquêtes ont le droit à un surnom aussi répétitif ? Ou je suis une privilégiée ?

– Avec ton tempérament et tes rhumes carabinés, te surveiller est un boulot à plein-temps, Valentine. Ça ne me laisse pas vraiment le loisir ou l'énergie pour des… « conquêtes ».

– Désolée de te monopoliser, m'excusé-je pour de faux.

– Je n'ai pas dit que ça me dérangeait, me provoque-t-il en me fixant de ses yeux de brume.

– Donc ça ne devrait pas te déranger de faire un test HIV, lancé-je sur un ton de défi. Puisqu'on a un médecin sous la main. Et que ma sécurité est ta priorité…

Face à moi, le beau Viking au regard perçant semble décontenancé. Un instant. Juste un instant.

– Si tu le fais aussi, je n'y vois pas d'objection, lâche-t-il dans un demi-sourire.

Nos regards se toisent, se jaugent, s'affrontent en silence. J'ai le cœur qui tente une échappée en solitaire dans ma gorge, façon sprint final. Jamais je ne pensais qu'il prendrait cette proposition au sérieux et qu'il l'accepterait. Chaque fois que je crois le connaître, Nils Eriksen me surprend (le plus souvent en bien). J'ai quand même appris quelque chose de lui : le défier reste la méthode la plus infaillible pour obtenir quelque chose de sa tête dure (c'est-à-dire plus dure que la mienne).

Le médecin nous propose un test de dépistage rapide en prélevant une goutte de sang au bout du doigt. Le résultat arrive après quelques minutes d'un silence gêné, rempli de tensions sexuelles et de regards brûlants.

Ça y est, je crois que la fièvre me reprend…

– Négatif… et négatif ! déclare le médecin qui remballe ses affaires, apparemment pressé de s'en aller.

Je soupire, soulagée. Nils, lui, reste parfaitement impassible, si ce n'est la manière presque imperceptible dont il serre l'une de mes chevilles dans sa large paume. Son téléphone sonne, il répond sans quitter le canapé, tandis que je continue à le contempler. De biais, pour ne pas me faire griller.

Je vais enfin pouvoir le savourer en entier… Enfin, si ce test veut bien signifier la même chose pour lui que pour moi.

Note pour plus tard : penser à faire prolonger mon ordonnance pour la pilule. « Plus tard » signifiant en fait « immédiatement » !

Je glisse discrètement le nom de ma pilule à l'oreille du médecin, il ressort son carnet d'ordonnances et la rédige pendant que Nils raccroche.

– Vous me confirmez que le secret médical tient toujours ? demande tout à coup le Viking, les yeux plissés.

– Affirmatif ! lui répond le petit homme.

– Merci, doc ! lâche le géant souriant avant de lui serrer la main.

Notre visiteur a la discrétion de laisser l'ordonnance sur la table basse, puis prend la sortie à petits pas pressés, sans demander à être raccompagné.

– C'est fou le nombre de gens qu'on fait fuir… m'amusé-je depuis le canapé.

– Bon, je suppose que tu ne m'as pas fait trouer la peau juste pour voir si j'ai peur des piqûres ? lance le *bodyguard*, toujours assis dans le canapé, mes pieds posés sur ses cuisses en acier.

Il glisse sa main agile d'abord sous le plaid puis sous mon pantalon de coton ample, il tend son immense bras et atteint enfin ma cuisse, qu'il se met à caresser lentement. J'ai beau être totalement décongestionnée, j'en ai malgré tout le souffle coupé.

– Si je comprends bien, ça veut dire que tu envisages qu'on couche encore ensemble ?

– C'est moi qui pose les questions, normalement… tenté-je de l'interrompre.

– Qu'on couche ensemble une fois ? Plusieurs fois ? Souvent ? Longtemps ? Exclusivement ? Passionnément… ?

Son air confiant et son sourire en coin me donnent envie de l'étrangler. Ça faisait longtemps que ça ne m'était pas arrivé (au moins deux heures !). Mais ses propositions, la chaleur de sa voix rauque et la douceur de sa main droite me donnent d'autres envies. Que je pourrais éventuellement exprimer si je ne me sentais pas si bête, prise au dépourvu, envahie de frissons qui me paralysent, depuis les orteils jusqu'à la racine des cheveux.

– C'est un peu l'idée, oui… bafouillé-je sans filtrer les mots qui sortent de ma bouche. Enfin, ce n'est pas une demande en mariage, hein ? Mais ce serait plus pratique, quoi. Si jamais… tu vois… Tout ça, tout ça…

– Tout ça quoi ? me demande-t-il en faisant voler le plaid.

Puis, d'un mouvement vif et incompréhensible, Nils me soulève, me fait faire une vrille gracieuse entre ses bras et m'assied à califourchon sur lui. Son regard gris ténébreux m'envoûte, sa main agile remonte le long de mon dos fiévreux, décoiffe ma coupe garçonne et se fixe sur ma nuque. Je ne sais pas laquelle de nos peaux est la plus brûlante. Je ne sais plus lequel de nous deux bouffe l'autre du regard.

– Tu n'as pas envie d'attraper ma crève… le défié-je à voix basse.
– Tu n'as pas la moindre idée de mes envies, Valentine, réplique le Viking.

Et il se tait pour lier ses lèvres aux miennes, dans le baiser le plus torride et le plus affamé que l'on puisse imaginer.

– Merci pour l'abonnement illimité, susurre-t-il enfin, tout près de ma bouche. J'en ferai bon usage…
– Je n'en doute pas.
– … quand tu seras en état.

Le salopard me retourne et me dépose délicatement sur le canapé, se lève et passe une main sous son tee-shirt blanc, au niveau du ventre, me balance un de ses regards triomphants puis s'éloigne vers la cuisine en grognant :

– J'ai faim, moi !

Moi pas du tout, merci bien…

20
TESTE-MOI

Valentine

– Viens je te dis ! me répète ma mère, en riant de mon air suspicieux.

– Si tu m'emmènes dans un studio de relooking extrême ou une de ces conneries, autant faire demi-tour tout de suite !

– Je n'y avais pas pensé, rigole-t-elle de plus belle. Mais l'idée n'est pas…

– Oublie ça tout de suite, grommelé-je en la suivant à travers une énième porte. Je ne porterai jamais de créoles, je n'aime pas les matières qui grattent et mes cheveux resteront éternellement courts !

Florence lève les yeux au ciel et serre un peu plus fermement ma main dans la sienne. Elle a repris du poil de la bête, ces derniers temps. Et même si voir son sourire me fait chaud au cœur, je n'en reste pas moins méfiante quant à ses intentions. Quand on a la merveilleuse idée de me réveiller aux aurores un samedi matin pour me traîner dans un hangar miteux, je ne suis pas des plus confiantes. Ni des plus aimables (il faut bien l'avouer).

– Où est Nils quand j'ai vraiment besoin de lui ? soupiré-je.

– Je suis là. Pas d'inquiétude, Miss Cox.

Je me retourne et dévisage Bob, mon nouveau pot de colle. Grand. Black. Baraqué. Tellement poli et courtois qu'il en devient agaçant. Je l'ai trouvé dans mon entrée ce matin, droit comme un I et les yeux rivés sur la porte. Sans jamais cesser de surveiller le périmètre, comme si on était en zone de guerre, il m'a expliqué qu'il remplaçait son boss, « Mister Eriksen », pour quelques heures. Et je suis allée boire mon café en rouspétant sur ma mère.

Cette même personne (soi-disant fragile) qui me broie le poignet pour que j'accélère et qui me fait trébucher dans le couloir mal éclairé.

– Valentine, ça va ?! s'inquiète soudain ma tortionnaire en me rattrapant *in extremis*.

– Un problème, Miss Cox ? Vous avez besoin que je vous transporte ?

– C'est Laine-Cox, ruminé-je contre le pauvre *bodyguard*. Et me *transporter*, c'est-à-dire avec une grue ?!

– Hum, hésite-t-il de peur de mal répondre. Vous… porter jusqu'à destination ?

Nils, reviens!

Le seul crime de ce pauvre Bob? Ne pas être mon beau Norvégien aux cheveux d'or. Aux yeux renversants. Et aux reparties flingueuses.

Cette course folle s'achève enfin lorsque ma mère ouvre une dernière porte et que je découvre une immense pièce éclairée par de grandes baies vitrées, dont le sol est jonché de fins matelas multicolores comme ceux qu'on utilise dans une salle de gym. Au centre de tout ce cirque : mon Viking, les bras croisés sur son torse, habillé en noir des pieds à la tête (bas de survêtement ample et tee-shirt plutôt moulant). Il m'adresse un rapide sourire en coin, puis se tourne vers son remplaçant :

– L'intérieur du building est sécurisé, tu peux aller garder l'entrée, Bob.

– OK, boss.

J'ai beau ne pas avoir été des plus chaleureuses avec mon nouvel ami, je lui fais un petit signe de la main pour le remercier et le regarde s'éloigner (toujours aussi droit et à l'affût, prêt à dégainer).

– Maman, qu'est-ce qu'on fait là?

– C'est la troisième fois que je viens ici cette semaine, avec Nils. Jusque-là, on s'est arrangés pour que ce soit pendant tes réunions, sourit-elle en enlevant ses sandales à talons.

– Ça ne m'explique pas grand-chose…

– Self-défense, résonne soudain la voix grave de mon garde du corps.

Je me retourne vers lui et le dévisage, incrédule. Il a des airs de voyou, habillé comme ça, mais sa voix et son assurance sont plutôt celles du type qui arrête les méchants et réussit à sauver le monde.

– Florence voulait apprendre. J'ai jugé que c'était justifié, ajoute-t-il.

Mes yeux se perdent sur les muscles de ses bras, remontent un instant pour se plonger dans son regard gris (intense, déterminé, brillant), puis reviennent sur ma mère.

– Je me suis dit que ça pourrait t'être utile, à toi aussi… fait-elle en enfilant ses baskets.
– Pourquoi ici ? Et pourquoi tous ces secrets ?
– Parce que c'est à moins de deux kilomètres de la tour Cox, répond Nils du tac au tac. S'il fallait que j'intervienne en urgence, j'aurais pu. Ta sécurité reste ma priorité.

Saloperie de cœur qui s'emballe dès qu'il prononce trois mots.

– Et j'ai gardé le secret pour te faire la surprise ! piaille ma mère en retirant sa veste qui cache un tee-shirt rouge vif sur lequel est inscrit « Never Again ».

« Plus Jamais. »

– Plus aucun homme ne posera la main sur moi. Ni sur ma fille, affirme-t-elle en commençant à sautiller sur ses pieds.

Dans cette tenue, habitée par cette vitalité et cette hargne, ma mère fait facilement dix ans de moins. Et je me laisse séduire par cette Florence qui me balance une paire de tennis plates (à l'imprimé cerises) de manière autoritaire, comme si elle ne me laissait pas le choix de les porter ou non. Tandis que Nils lui montre les premiers échauffements, j'enfile les fameuses chaussures (plus girly, tu meurs) et me mets un peu à l'écart pour les observer. Leur petite danse dure une dizaine de minutes, puis ils démarrent les mouvements que ma mère semble déjà maîtriser. Enfin, disons à moitié.

– Votre objectif ? l'interroge le Viking en esquivant un coup de pied mal placé.

– Développer mes réflexes ! répond *Million Dollar Mummy* en jouant des poings.

– Et ? sourit la brute face à elle.

– Et maîtriser des enchaînements de gestes pour les reproduire en cas d'agression.

– Parfait. Alors allons-y…

Sous mes yeux ébahis, ma mère apprend à esquiver l'attaque d'un assaillant, à le tenir à distance, à se dégager d'une prise, à ne plus subir. Elle enchaîne les techniques de clés de bras, de dégagements, de coups de coude et coups de genou, et elle parvient souvent à ses fins, malgré la carrure et l'expérience de son adversaire. Peut-être qu'elle est douée, peut-être qu'il la laisse un peu gagner. C'est idiot, mais assister à cette scène m'émeut. Nils est d'une patience incroyable avec elle, il est précis, rapide, toujours parfaitement maître de lui. Son corps immense bouge tout en souplesse autour de la frêle silhouette de Florence. Sans pour autant l'épargner, il fait preuve de beaucoup de douceur. Et après un nouvel enchaînement réussi, ma mère saute dans tous les sens en serrant les poings, comme une sauterelle féministe sous acide.

Je ris aux éclats, puis ils passent à la technique suivante et l'altercation avec Pascal me revient en mémoire. Si Nils n'avait pas été là, ma mère aurait eu droit à un nouveau coquard. Et moi à de nouvelles nuits sans sommeil. Il nous a évité ça à toutes les deux, sans jamais perdre le contrôle de lui-même. Je suis notre ange gardien du regard. Je scrute son corps en mouvement, comme hypnotisée par ses courbes, ses lignes. Il n'est jamais violent, il est fort. Ses interventions ne sont jamais gratuites, sournoises, brutales. Ses muscles ne servent qu'à protéger. Et ce constat me rend encore un peu plus dingue de lui…

– Alors, princesse ? me fait sursauter sa voix qui porte. On se la coule douce pendant que les autres bossent ?

Lui semble frais et fringant, tandis que ma mère est essoufflée, écarlate, pliée en deux, les mains posées sur les cuisses à la recherche d'un peu d'air.

– Besoin de boire… Point de côté… Plus vingt ans… crachote-t-elle en allant s'asseoir lourdement près de son sac.
– À nous deux, Miss Cox… sourit le géant.

– Laine-Cox, le corrigé-je.
– Trop facile…

J'ignore ses moqueries et m'étire en quelques secondes, juste histoire de. Prête à jouer des coudes, je m'approche enfin de Musclor.

– Encore, lâche-t-il, le visage impassible.
– Encore quoi ?
– Échauffe-toi plus.
– Non, je suis prête.
– Les claquages ne sont pas au programme du jour, insiste-t-il à voix basse. À moins qu'il s'agisse de claquer autre chose de plus rebondi… Pour ça, je suis partant. Quand tu veux.

Son sourire s'étend, ses yeux gourmands se posent sur mon fessier (moulé dans un legging noir), et aussitôt mes cuisses se réveillent. Je jette un coup d'œil à ma mère, qui vide sa bouteille d'eau sans prêter attention à quoi que ce soit et, rassurée, je tire la langue à mon *bodyguard*. Je m'échauffe un peu plus sous ses yeux, en commençant par la nuque pour descendre jusqu'aux genoux (en ondulant un peu exagérément).

– Chevilles, lâche Nils lorsque je pense avoir terminé.
– Tu as perdu ta capacité à faire des phrases entières ?
– Chevilles.

Je soupire mais capitule. Je tournicote mes chevilles dans un sens, puis dans l'autre, jusqu'à ce que deux immenses mains s'emparent brusquement de ma taille et me renversent. Je n'ai même pas le temps de crier. En moins d'une seconde, je me retrouve allongée sur le sol, sous la carcasse du titan.

– Ouch… J'ai compris le message, je crois.
– Une attaque ne prévient jamais, Valentine, murmure-t-il. C'est ta réactivité qui fera toute la différence…

Mon dos me brûle. Ou alors ce n'est que du désir. Ses lèvres sont à un minuscule centimètre des miennes et son parfum me monte déjà à la tête. La tension entre nous est… écrasante.

– Apprends-moi, lui demandé-je soudain.

Il lève un sourcil, puis grogne tout bas :

– Tu seras capable de m'écouter ?
– Oui.
– De te plier à mes règles ?
– Oui.
– De ne pas renoncer ?
– Oui.
– De donner de ta personne ?
– Oui.
– Tu ne m'as jamais autant dit « oui », princesse, sourit le colosse, fier de lui.
– On parle toujours de self-défense ? chuchoté-je à son oreille.

Un frisson le parcourt, je peux voir son fin duvet blond se dresser le long de son cou. Puis son regard me traverse. Nos yeux se retrouvent imbriqués et je suis incapable de sortir de cette fusion soudaine, inattendue. Son gris m'hypnotise. Ma bouche est sèche. Je voudrais qu'il m'embrasse…

– Hum… me fait sursauter ma mère. Désolée de déranger mais l'heure tourne et je suis attendue pour le déjeuner…

Son regard stupéfait passe du corps de Nils au mien (situé juste en dessous), puis m'interroge. Tandis que je me décompose, le Viking se relève avec une aisance déconcertante.

– On décampe dans cinq minutes, déclare-t-il calmement après avoir fait craquer son cou.

Puis il s'éloigne pour aller rassembler ses affaires. Je crois que la séance d'entraînement vient de se terminer un peu plus tôt que prévu.

– Rassure-toi, tes petits secrets t'appartiennent, sourit ma mère en me tendant la main pour m'aider à me relever. Mais je serai là quand tu voudras en parler…

Je l'embrasse sur la joue et retire ses tennis bariolées.

– Garde-les, ma chérie. Je crois que tu vas en avoir encore besoin…

***

En seulement quatre jours, Nils et moi avons remis ça trois fois. Et si la tension sexuelle est grimpée un peu plus à chaque entraînement, mes muscles, eux, n'ont pas l'air d'apprécier ce *crescendo*. À chaque pas, mes mollets en carton me font souffrir. En tendant un dossier à mon voisin de droite, j'ai la nette sensation de me déboîter quelque chose. Quant à mes fesses, il suffit de visualiser deux fruits dans un mixeur pour imaginer leur état.

– Ces fauteuils étaient si durs, avant ? réfléchis-je à voix haute, tandis que Darren s'apprête à donner la parole à Lana.

– On peut démarrer cette réunion ou tu veux qu'on t'apporte un rocking-chair ? me rembarre sèchement le PDG. Un siège massant, sinon ?

– Bon, je peux commencer ? s'impatiente sa poule de luxe.

Darren nous fusille toutes les deux du regard avant d'acquiescer. Je garde pour moi tous les noms d'oiseaux qui me viennent à l'esprit, puis glisse mon gilet sous mes fesses. Une demi-heure plus tard, je ne les sens plus, mes muscles se sont engourdis et le sommeil me guette dangereusement. Une vibration me secoue, je sors mon téléphone et retrouve le sourire. L'avantage d'avoir une meilleure amie accro aux SMS, c'est que la vie devient bien plus palpitante, même au milieu d'une réunion des plus soporifiques.

[Quand est-ce que tu viens me voir à NY ?]

[Quand je n'aurai plus de courbatures. Disons dans huit mois.]

[OK, tu as titillé ma curiosité. Je suis tout ouïe.]

[Ça inclut un certain Viking…]

[Des détails !]

[Il adore poser ses mains sur moi… Partout… Surtout là où ça fait mal…]

[Ça tourne au SM votre histoire ? Pas sûre de vouloir connaître la suite…]

Je ricane en l'imaginant grimacer et rédige ma réponse sous la table, le plus discrètement possible :

[Sainte-nitouche…]

[Valentine, c'est grave. Je ne te reconnais plus.]

Je me retiens de glousser et tape sans attendre :

[Rien à voir avec le SM. Cours de self-défense ! J'ai mal partout !]

[Ma jauge d'intérêt vient de descendre d'un coup. Elle frôle dangereusement le zéro.]

[Deux mots : promiscuité et sueur.]

[OK. Elle vient de remonter !]

[Il est grand temps que tu aies à nouveau une vie sexuelle, ma Nana.]

[Non, ça coûte trop cher. Je tiens à ma nouvelle carte bleue.]

[Trouve-toi un banquier.]

[Ouais. J'imagine que tous les *bodyguards* sont déjà pris… Soupir.]

[Qu'une horde de nymphos essaie d'approcher du mien pour voir… Je maîtrise la technique du coup frappé !]

[Du « tien » ?]

[Oui, bon, tu vois ce que je veux dire…]

[Pas vraiment. Dis-m'en plus pour voir…]

[Je passe sous un tunnel ! Adieu !]

Je range mon iPhone dans mon sac à main et parviens à rester éveillée pendant tout le reste de la réunion. Pour ce qui est de me concentrer, c'est une tout autre histoire. Lana est une bosseuse, sa présentation sans doute irréprochable, mais je suis ailleurs. Avec un autre. Des images de ses mains sur ma peau me reviennent. Son souffle chaud dans mon cou. Son regard d'ange sous son bonnet de *bad boy*. Ses lèvres charnues qui prononcent des mots que je n'entends plus. Je n'ai plus mal nulle part. Juste l'envie furieuse de remettre ça. Voire plus que ça.

Quand sonne l'heure du déjeuner, le bocal se vide de tous ses poissons, excepté du grand requin blanc et de sa progéniture.

– Ton téléphone a eu l'air de t'intéresser bien plus que les nouveaux budgets, Valentine.

– « Toujours être capable de faire plusieurs choses à la fois » : c'est toi qui me l'as appris, Darren.

Je hausse les épaules, il me fixe, à la fois irrité et indifférent. Comme toujours, nos échanges sont remplis d'une sorte d'agressivité retenue, masquée, silencieuse. Malgré tous mes efforts, j'ai bien peur de ne jamais parvenir à aimer cet homme. Et je crois que la réciproque est vraie.

– Ta mère est là pour toi, j'imagine ? fait-il soudain en regardant par la vitre, derrière moi.

Petite robe à fleurs, lunettes de soleil et jambes interminables : c'est bien elle. Elle me fait des signes de l'autre côté. À deux pas d'elle, Nils. En jean brut et tee-shirt beige col en V. Mes yeux ne s'en lassent pas, mon cœur s'affole. Je leur fais signe que j'arrive, Darren soupire et se lève de son siège.

– Fais attention à tes fréquentations, ma fille… murmure-t-il en passant à côté de moi.

– Pardon ? lâché-je, estomaquée par son arrogance. Tu peux répéter ?

– Eriksen se sent un peu trop à l'aise dans cette famille, il me semble qu'il garde ton corps d'un peu trop près. N'oublie pas qui il est. Ton employé. Ton chien de garde. Tout ce qu'on lui demande, c'est de prendre les coups à ta place. Une balle s'il le faut. Point barre.

– *Tu* l'as embauché, je te rappelle. *Tu* l'as impliqué dans nos vies. Dans la mienne.

– Pour ta sécurité. Pas pour qu'il profite de ton inexpérience et de ta naïveté.

Envie. De. Hurler.

– « Valentine Eriksen », ça sonne bien, pourtant, souris-je faussement. Tu ne trouves pas ?

– Ne joue pas à ça, gronde mon géniteur.

– Un : tu te fais des films. Deux : tu contrôles ma vie professionnelle mais ça s'arrête là, sifflé-je en le défiant du regard. Ne t'avise pas de te mêler de ma vie privée, Darren.

– Qu'Eriksen reste à sa place, insiste-t-il en ouvrant sèchement la porte. Je ne le répéterai pas.

Une petite démonstration de Krav-Maga, là, maintenant ?

Pas le temps de le ratatiner sur la moquette immaculée de la salle de réunions. Il met à peine un pied en dehors du bocal que ma mère se jette sur lui et lui colle un baiser digne des plus grands studios hollywoodiens. Et à ma plus grande surprise, Darren n'a pas l'air de s'en plaindre. Leur étreinte dure de longues secondes, pendant lesquelles Nils et moi échangeons des regards… gênés. Finalement, le baiser prend fin et Florence lâche, en scrutant les environs :

– Lana n'est pas dans les parages ? Dommage ! Ma chérie, on va déjeuner ?

Son rire franc et communicatif me contamine et je la suis en passant devant mon père, passablement sonné par cette petite mutinerie féminine.

– Je le savais, me chuchote ma mère. La passion est encore là…

Hum. Légère nausée.

Dans l'ascenseur, alors que Florence se refait une beauté face au miroir (il faut dire que son rouge à lèvres a beaucoup donné…), Nils et moi nous lançons dans un jeu de regards qui en dit long.

Le mien : *Ce tee-shirt moulant est un attentat à la pudeur…*

Le sien : *Laisse mon tee-shirt. Tu te souviens de cette partie rebondie dont je t'ai parlé ?*

Le mien : *Oui… ?*

Le sien : *J'ai de plus en plus envie de la claquer…*

***

J'ignore si elle se doute de quelque chose, mais Florence ne s'offusque pas lorsque je reporte ce déjeuner (un mal de ventre impromptu et d'origine inconnue…). Je lui souris timidement tandis qu'elle remonte dans l'ascenseur pour aller retrouver Darren dans son bureau. Nils s'apprête à me ramener à la maison. Sauf qu'une fois dans le tank, je lui donne une destination tout autre :

– Direction le hangar, coach !

Le Viking sourit de toutes ses dents blanches et met le pied au plancher jusqu'à se garer devant notre salle d'entraînement. Presque au pas de course, nous traversons les longs couloirs mal éclairés et pénétrons enfin dans notre pièce secrète. À part nos respirations saccadées, le silence est total. Pas une âme aux alentours. Juste lui et moi. Et ce tee-shirt bien trop près du corps…

– Problème, murmuré-je en bouffant mon entraîneur du regard. On n'a pas nos tenues…

– Tu avais bien prévu ton coup, lâche-t-il en plissant les yeux.

Cette voix rauque. Ce regard transparent. Ce corps magistral. Tout est vif, intense, viril, chez lui. Et tout m'appelle.

– Ce tee-shirt doit disparaître, lâché-je nerveusement.

– Je ne suis pas sûr que tu aies bien compris, se rapproche-t-il, menaçant. *Je* suis ton coach. Tu me dois obéissance et soumission…

Finalement, Aïna avait raison : le SM n'est peut-être pas si loin.

– Alors teste-moi, le défié-je dans un sourire.

– Pas la peine de me le dire deux fois, grogne-t-il en me plaquant subitement contre lui.

Ses lèvres s'écrasent contre les miennes, je gémis, il grogne. Ce baiser est d'une telle puissance qu'il me donne le tournis. Puis ses mains me soulèvent et ses jambes nous mènent jusqu'au mur le plus proche. Nils m'écrase brusquement contre la surface froide en m'arrachant un cri et je l'embrasse de plus belle. Cette étreinte, sauvage, animale, j'en rêve depuis une éternité.

Je tremble de tout mon corps lorsque l'une de ses mains remonte le long de ma cuisse. Sursaute lorsqu'elle défait sèchement mon bouton. Et soupire lorsqu'elle disparaît sous mon pantalon.

– C'est comme ça que tu m'apprends à me défendre ? frémis-je alors que sa paume douce et baladeuse se pose sur mon intimité.
– Putain… souffle-t-il contre mon oreille. Tu ne portes pas de culotte, princesse ? Tu veux m'achever ?
– Ça a plutôt l'air de te plaire, non ?

Mon sourire facétieux s'efface aussi vite qu'il est venu. Je tremble de plus belle lorsque son pouce effleure mon clitoris. Tout en me touchant, Nils m'embrasse à nouveau, caressant sensuellement ma langue de la sienne. Ses baisers ont souvent quelque chose d'urgent, mais pas cette fois. Une main dans mon pantalon, l'autre dans mes cheveux, le Viking prend son temps. Il me goûte. Me savoure. Ma peau est tellement réceptive à cette langueur qu'elle s'enflamme instantanément. Je gémis entre ses lèvres, il s'enhardit et enfonce un doigt en moi.

– Hmm… J'adore le self-défense, murmuré-je d'une voix rauque.
– Ce n'est pas que de la technique, c'est aussi du *feeling*, me rappelle mon coach en se mordant la lèvre.

Son doigt… toujours en moi… Il veut me rendre folle.

– Montre-moi, gémis-je. Je crois que j'ai encore des lacunes.
– Tu t'en sors plutôt pas mal, sourit insolemment le colosse en pinçant mon clitoris.

Une décharge me parcourt, de la tête aux escarpins. Je lâche un cri, fonds sur son visage et lui mords la bouche.

– Ce n'était pas fair-play ! grogné-je tandis qu'il me force à reculer.
– Qui a dit que je l'étais ? Tu m'as pris pour un enfant de chœur ?

La main toujours fichée entre mes cuisses, il passe la langue là où je l'ai mordu et je crève d'envie de récidiver.

– J'oubliais que tu n'es qu'un Barbare, le provoqué-je.

Nils plisse les yeux puis penche la tête vers moi. Son odeur virile et boisée m'envahit et les frissons remettent ça.

– Pendant les soixante prochaines minutes, plus rien n'est défendu, susurre-t-il à mon oreille en me pénétrant d'un deuxième doigt. Maintenant, tais-toi si tu ne veux pas qu'il t'arrive des bricoles…

Plus un mot intelligible ne sort de ma bouche. Plaquée contre le mur froid du hangar qui nous servait jusque-là de salle d'entraînement, je me cambre pour aller à la rencontre de ses caresses. Mes râles résonnent dans toute la pièce, Nils réveille toutes les cellules de mon corps, l'une après l'autre. Son insolence, sa brusquerie, sa douceur, la bosse que je sens grandir entre ses cuisses : tout chez lui m'excite. Je sens le plaisir monter *crescendo*, j'enfonce mes ongles dans ses épaules baraquées pour ne pas perdre l'équilibre. Je tente d'arracher son tee-shirt, de le remonter sur son torse mais rien n'y fait, le Viking ne coopère pas.

Alors je me contente de glisser mes mains sous le tissu et de frôler ses abdominaux de la pulpe de mes doigts. Sa peau est douce, contrairement à ses caresses qui se font plus pressantes. Je halète, le sexe en feu, il lâche quelques mots grossiers en commentant à quel point je suis mouillée.

C'est ta faute, Viking.

Nos bouches pourraient se toucher tant elles sont proches, nos souffles se mélangent, mais Nils ne m'embrasse pas. Je ne tente rien, trop obnubilée par la chaleur entêtante qui se répand en moi. La scène défile comme au ralenti dans mon esprit tellement c'est bon, mais mon cœur bat à mille à l'heure. Je m'agrippe de plus belle à sa carcasse et me frotte contre lui.

– Le plaisir te rend… animale, souffle mon amant. Je ne m'attendais pas à ça.

– Tu n'as encore rien vu de moi, Nils… réponds-je en me perdant dans son regard étincelant.

Un instant, son assurance vacille. Je paierais cher pour apercevoir les images qui lui traversent l'esprit, deviner les sentiments qui l'étreignent. Mais un guerrier viking ne se laisse pas déchiffrer comme ça. Lorsque ses doigts trouvent à nouveau leur chemin et qu'un long gémissement s'échappe de ma gorge, sa fougue renaît. Brusquement, sa main libre enveloppe mon cou, ses doigts effleurent la ligne de ma mâchoire, puis caressent ma bouche.

Plus sensuel, tu meurs.

– Peu de gens m'intriguent, Valentine, lâche sa voix rauque, presque comme un aveu. Mais toi…

– Moi ?

– Ton corps… C'est comme s'il avait été façonné pour moi. Pour que je le touche. Que je le possède.

– Personne ne sait me rendre dingue comme toi, gémis-je quand sa main ressort de mon pantalon.

Ses gestes sont vifs, précis, presque militaires. Son tee-shirt passe par-dessus ses épaules. Son pantalon, son boxer et ses pompes suivent le mouvement inverse pour disparaître, sous mes yeux fascinés. Je dévore du regard son sexe dressé, l'imaginant déjà en moi. Puis ses grandes mains s'attaquent à mon chemisier, à mon soutien-gorge couleur chair, avec une dextérité qui me trouble.

– Parfois, je me demande combien de femmes tu as déshabillées pour être si efficace, ironisé-je.

– Un don inné, gronde le Néandertal en empoignant mes seins.

– Et mon pantalon ? Tu comptes en faire quoi ?
– Je m'y suis attaché…

Nils pose ses mains sur mes reins, puis les fait glisser sous le tissu noir. Tandis que je l'embrasse à pleine bouche, il malaxe mes fesses en produisant toutes sortes de sons bestiaux.

– Putain de petit cul rebondi… grogne-t-il en continuant à me peloter.

Cette fois, c'est moi qui le repousse contre le mur. Je m'arrange pour me débarrasser de mon pantalon et de mes talons le plus vite possible. Nils sourit en me regardant faire. Il passe la main dans ses cheveux en bataille, détaillant mon corps avec insistance.

Cet homme ferait rougir la plus impudique d'entre toutes…

Je m'approche lentement de lui, souhaitant imprimer dans ma mémoire cette image somptueuse. Les lignes, les courbes de son corps. Son torse musclé, tourné vers moi, qui se gonfle un peu plus à chaque respiration. Ce regard tendu, concentré, sur le qui-vive. La couleur transparente de ses iris, tellement fascinants. Et ce sexe fièrement dressé, prêt à l'emploi.

Sans réfléchir, je tombe à genoux. Sans lui laisser le temps de m'échapper, je le prends en bouche. Sans prononcer un seul mot, il exhale, se crispe. Son visage à la beauté brute me semble étourdi, presque sonné, il ne s'attendait pas à ça de ma part. Je suce lentement l'extrémité engorgée de son gland, il frémit. J'enveloppe ma main autour de son érection et imprime un léger va-et-vient. Un cri sourd s'échappe de sa gorge.

– Valentine… murmure-t-il. Ta bouche… Ta langue… C'est…

Tout en le gardant entre mes lèvres, je lève les yeux sur lui et plonge dans son regard. Il est beau à crever. De lui émane cet incroyable mélange d'acier glacial et de lave brûlante. La force, l'animalité qui se dégagent de tout son être me font gémir à mon tour. Je m'enhardis, vais plus loin, plus fort, malgré sa taille imposante. Je l'avale jusqu'au fond de ma gorge, il glisse ses doigts dans mes cheveux et les tire doucement. Il grogne, j'accélère. Son plaisir m'excite tellement que je sens mon propre sexe palpiter.

Ma tête va et vient au rythme de son désir, ma main s'agite le long de son sexe. Nils opère quelques mouvements sensuels du bassin, mais je devine qu'il n'ose pas se lâcher totalement, prendre les commandes, comme il le ferait peut-être avec une autre. J'apprécie ça chez lui : qu'il ne se croie pas toujours en terrain conquis. Et que m'apprivoiser lui importe plus que me posséder.

Je passe ma langue partout, incline ma tête pour mieux le découvrir. Sa virilité durcit encore, enfle, s'allonge. Mes genoux me brûlent mais je n'y prête pas longtemps attention : je me cramponne à ses cuisses en béton et m'échine à lui donner tout le plaisir dont je suis capable. Il me regarde à nouveau, ses iris bleu ciel ont soudain noirci de désir. Sans jamais cesser de le caresser et de le titiller du bout de la langue, je le provoque du regard. Juste parce que c'est trop tentant.

– Tu prends ton pied, hein ? siffle-t-il entre deux respirations chaotiques.

– Tu n'as pas idée. La vue est tellement belle, d'en bas…

– Elle ne sera pas mal non plus, de derrière, gronde-t-il soudain en me soulevant de terre.

Je n'ai pas le loisir de voir ses muscles rouler sous sa peau. Nils me redresse sur mes pieds et me retourne en moins de temps qu'il n'en faut pour le dire. Collé à moi, dans mon dos, je sens son sexe impatient buter contre mon entrecuisse. Ses mains se promènent sur ma peau, pour tester la température. Je frémis lorsqu'il empoigne mes seins. Gémis lorsqu'il touche mon clitoris. Jure lorsqu'il plante un doigt en moi pour vérifier que je suis… prête.

Et je le suis. Comme jamais.

Lorsqu'il me pénètre, placé derrière moi, le Viking se montre brusque et impatient. Exactement comme je le souhaite. Il ne met pas de préservatif. Exactement comme je le désire. Comme on l'a choisi. La brûlure de son sexe m'arrache un cri étouffé, il ne s'arrête pas. Ses gestes sont directs, dépouillés de toute délicatesse. Et ça me plaît infiniment. Je me cambre, écarte un peu plus les cuisses pour le recevoir profondément, il entoure mon ventre de son bras, puis descend sur mon clitoris pour l'attiser de la main droite.

Là. Je. Deviens. Dingue.

– Oui, Nils ! Baise-moi ! m'écrié-je, entendant l'écho de ma voix dans le hangar.

Je ne sens plus rien, si ce n'est sa virilité qui me comble. Je pose les mains à plat contre le mur, pour garder l'équilibre. Ses coups de boutoir s'enchaînent avec une détermination farouche. Derrière moi, le Barbare me besogne. Il grogne, soupire, me mordille l'épaule, me tire les cheveux, me claque la fesse. Il est partout, sur ma peau, dans ma peau, incrusté au plus profond. Je gémis, j'en redemande, habitée par une envie de lui comme je n'en ai jamais ressenti.

– Princesse rebelle… répète-t-il plusieurs fois à mon oreille.

Le claquement rythmé de sa peau contre la mienne et sa litanie entêtante attisent encore mon excitation. Ma féminité se contracte, se resserre autour de lui. Soudain, je m'empare de ses mains et les pose sur mes seins. Il me pénètre un peu plus fort en pinçant mes tétons, je décolle. J'ondule contre lui, je m'agite, j'imprime mon propre rythme en roulant des hanches, il plaque ses mains sur mes fesses et me force à patienter.

C'est le Viking qui commande.

Quelques soupirs plus tard, le moment est venu. Pantelante, je glisse ma main entre mes cuisses alors qu'il m'emplit encore et encore. Les sensations m'envahissent de toutes parts, me submergent, sans jamais me laisser reprendre mon souffle ni mes esprits. Mes muscles se crispent, ses râles virils me propulsent dans l'abîme. La vague me frappe de plein fouet, l'orgasme m'emporte. Il est d'une intensité presque irréelle, j'ai du mal à rester debout. Je m'agrippe au mur et ne cherche pas à retenir mes cris. Nils m'empoigne les hanches avec douceur, cette fois, et m'assène un dernier coup de reins. Je le sens trembler dans mon dos, puis ses lèvres se perdent dans ma nuque, ses mains m'entourent, me serrent, me couvrent de frissons. Je réalise que pendant cette étreinte nous étions libres.

Et que tout est à nouveau défendu…

21
DEHORS !

Nils

Qui a eu l'idée géniale de construire cette connerie de salle de réunions avec des baies vitrées ? À l'intérieur, ils ont tous l'air de poissons qui remuent les lèvres sans réussir à faire une seule putain de bulle. Ou de Playmobil tout neufs encore enfermés dans leur boîte en plastique, sagement assis là où on leur a dit. Et quand t'es à l'extérieur, t'as forcément l'air d'un voyeur. Pire, j'ai l'impression d'être ce connard qui va au zoo pour voir des chimpanzés se reproduire ou amuser la galerie en montrant leur cul, et qui a envie de taper sur la vitre quand il ne se passe rien parce qu'il veut en avoir pour ses cinquante dollars.

Ouais, je suis de mauvaise humeur. On ne devrait pas pouvoir regarder les gens bosser, discuter, bâiller, se faire chier. C'est privé. Et je ne devrais pas mater cette foutue princesse qui croise et décroise les jambes comme si elle avait envie de pisser… ou d'autre chose. Peut-être la même chose que moi.

Être son garde du corps, ça passait encore. Son plan cul régulier, exclusif, je l'ai choisi aussi. Mais l'avoir en permanence sous les yeux, à la villa Cox, ici à la tour, là-bas dans mon pieu, dans tous ses déplacements, assise dans mon hummer, sur son fauteuil de bureau, le siège d'un avion ou à califourchon sur moi, ça commence à me monter à la tête. Faudrait que j'arrive à regarder ailleurs. À me concentrer sur autre chose. À avoir d'autres putains de pensées que ses petits seins dans mes mains, sa nuque entre mes mains, son cul sur mes mains, sa… Bon. OK. Compris.

Les poissons s'agitent en silence dans le bocal hermétique. Je ne comprends ce qui se passe que quand je regarde autour de moi : il fait sombre, soudain, malgré le soleil de la fin mars derrière les fenêtres. Les bureaux de la tour Cox sont toujours suréclairés pour que les employés oublient qu'on est tôt le matin, tard le soir et qu'ils font bien trop d'heures. Les plombs ont dû sauter. Rien de grave.

Pourtant, je vois les chimpanzés se mettre à paniquer derrière leur vitre. Et ça cogne un peu sous mon torse. Je cherche Valentine des yeux, par réflexe : son regard noir s'assombrit encore et sa belle bouche gueule des trucs qui n'ont pas l'air de mots d'amour. Ça me rend fou de ne pas les entendre. Il me faut sept pas pour entrer dans la boîte en plastique et entendre les premiers cris. Une seconde de plus pour remarquer le début d'incendie dans l'angle mort de la salle de réunions. Face à des flammes déjà hautes de plus d'un mètre, la foutue princesse joue les soldats du feu avec un extincteur de poche. Par terre, un enchevêtrement de câbles poussiéreux et de prises multiples surchargées, le terrain favori des incidents électriques. Quelque chose claque, comme un court-circuit. Je n'aime pas ce bruit. Après quelques nouveaux cris affolés, une explosion se produit : le souffle attise le feu qui grossit et lèche désormais le mur à hauteur du visage de Valentine. Trois enjambées et deux chaises renversées plus tard, je la tire de là de toutes mes forces. Je me brûle méchamment les mains mais je préfère ça que ses sourcils.

– Dehors, tous ! braillé-je en emmenant Valentine à l'abri.

Un mouvement de panique les fait sortir du bocal en courant, hurlant, mais je vois bien que personne n'est blessé. Une fois Valentine hors de danger, je chope un agent de sécurité qui a l'air d'un gamin à peine pubère mais déjà bien trop grassouillet, avec la vivacité d'un éléphanteau qui vient juste d'apprendre à marcher :

– Appelle du renfort. Et trouve un extincteur digne de ce nom. Bouge !

Mon esprit analyse rapidement la situation : le feu est intense mais plutôt contenu et ne présente pas de danger immédiat. J'entends déjà une sirène de pompiers en bas. Et j'ai la peau des mains qui commence à cloquer, donc une brûlure au deuxième degré.

– Nils, tes mains… bredouille Valentine en devenant blême.
– T'en fais pas pour ça, réponds-je d'une voix ferme.

Son visage inquiet réveille ma douleur et me rappelle aussitôt la règle des quinze : « 15 minutes sous l'eau à 15 degrés et à 15 centimètres du robinet ». C'est la seule chose à faire. Et le plus vite possible. Sans quitter la princesse des yeux, j'enfonce du pied la porte des toilettes les plus proches et me passe les mains sous l'eau fraîche.

– Lana, il faut aussi appeler la police, ordonné-je calmement à la blonde qui m'observe depuis le couloir. On doit savoir si c'est un accident ou s'il y avait une intention criminelle. Vous pouvez faire ça ?

Vu son air hagard, j'en doute. La quadra au brushing impeccable compose le numéro sur son portable mais ses doigts et ses lèvres pâles tremblent tellement que je crains le malaise. Mais je n'ai pas envie de demander ça à Valentine, qui a l'air bien ébranlée. Pourtant, elle se met à secouer la maîtresse de son père pendant que trois agents de sécurité arrivés en renfort maîtrisent l'incendie dans la salle de réunions.

– Lana, reprends-toi ! Tu étais à l'autre bout de la pièce, tu n'as jamais risqué quoi que ce soit !
– Pas la peine de me parler comme ça, couine-t-elle, le téléphone à l'oreille. Oui, bonjour monsieur, je suis… Nous avons eu très peur… Je vous appelle pour… C'est le groupe Cox… Je m'appelle Lana Wright et… bafouille-t-elle dans tous les sens.

– On se fout de ton nom et de tes petites émotions, bon sang ! s'agace la brune incendiaire en lui arrachant le portable des mains.

Valentine se charge de donner les informations essentielles avec un sang-froid qui m'épate.

– Est-ce que vous pouvez aussi envoyer une ambulance ? On a un brûlé. Merci !

– Je suis encore capable de marcher jusqu'à l'hosto, râlé-je quand elle raccroche.

– Laisse les professionnels faire leur travail, me balance-t-elle avec un petit sourire cynique, comme si j'avais déjà prononcé cette phrase un jour.

Bon, peut-être bien que oui. Mais c'était juste pour l'énerver.

***

Malgré mes protestations, je n'ai pas pu éviter le trajet en ambulance, ni même Valentine assise sur le strapontin près du médecin secouriste, ses yeux brillants de larmes posés sur ma peau à vif. Après une bonne heure de soins et deux énormes bandages aux mains, je regagne la chambre d'hôpital où elle m'attend avec le même regard bouleversé, qui me fait bien plus mal que le reste.

– Je t'interdis de t'inquiéter pour moi.

– Je ne suis pas inquiète, se défend-elle. Mais en colère.

– Le contraire m'aurait étonné, dis-je dans un soupir.

– Tu n'as pas besoin de jouer au sauveur avec moi, Nils Eriksen. Je me débrouillais très bien avec cet extincteur avant que tu arrives.

– La preuve : tes fringues sentent le roussi jusque-là, me moqué-je doucement.

– Je croyais que tu aimais les barbecues…

– Ouais. Mais toi, je préfère te bouffer toute crue.

Je lui souris. Ses yeux noirs, humides et attendrissants changent de nuance quand elle soutient mon regard, à la fois énervée après moi, encore sous le choc de l'incident et peut-être un peu rassurée qu'on puisse toujours s'envoyer des piques à la gueule.

– N'empêche, je culpabilise, ronchonne-t-elle en fixant mes pansements.

– Ça aussi, je te l'interdis. J'ai fait mon job, rien de plus. Tu étais en danger, je t'ai protégée. C'est à ça que je suis payé.

– C'est bon, pas la peine de me lire ton contrat en entier, réplique-t-elle avec son air un peu peste. Je sais qu'il n'y a que le fric qui t'intéresse.

– Le fric, le sexe, la bouffe, confirmé-je en jouant les Cro-Magnon. Dans le désordre.

– Je vais te laisser…

– Reste, la coupé-je avant qu'elle trouve une excuse débile.

Nos regards se parlent à nouveau, en silence, et je sens l'émotion qui la gagne, les nerfs qui lâchent, la pression qui redescend enfin. Les princesses rebelles craquent parfois, elles aussi.

– J'ai eu une de ces trouilles, frémit-elle, son beau visage tourné vers la fenêtre. Comment ça a pu arriver ?

– Sans doute un méga court-circuit, grommelé-je. Vous et vos foutus accessoires high-tech… Mais tu as fait ce qu'il fallait, Valentine. C'est juste une brûlure. Je m'en remettrai.

J'ai bien envie de tendre la main pour lui attraper le bras, la taille, la nuque, quelque chose. Pour la tirer par là et la laisser pleurer contre moi sans que personne ne la voie, mais je ne suis pas vraiment en état. Ces bandages me gonflent déjà. Et pour être tout à fait honnête, mes mains me font un mal de chien.

Sa mère et sa meilleure amie surgissent dans la chambre d'hôpital et les effusions commencent, comme si je n'étais pas là. Ça dégouline sur les visages, ça déborde de sentiments et d'affection, et ça me donne furieusement envie de me tirer d'ici.

– Nils, on m'a raconté votre geste héroïque, merci pour ma fille, larmoie Florence avant de m'embrasser sur la joue.

– Pas de souci.

– Ouais, merci *sexyguard*, s'amuse Aïna. Les cheveux courts, ça passe, mais Valentine chauve, pas sûre du résultat…

– Les sourcils, ajouté-je… C'est ses sourcils que j'ai sauvés en premier. Je n'aurais plus jamais pu la regarder en face sans me marrer.

Tout le monde rigole un coup et l'atmosphère se détend un peu. Jusqu'à ce que ce putain de prénom soit lâché :

– Milo est là aussi, Valentine, lui chuchote sa mère. Il fait les cent pas derrière la porte, il s'inquiète beaucoup pour toi…

– J'irai le voir plus tard, soupire-t-elle. Il n'est pas vraiment question de lui, là. Ni de moi.

– Tu devrais te reposer, ma douce.

– Et toi, aussi, *Edward aux mains d'argent* ! enchérit Aïna avec un clin d'œil vers moi. Enfin, aux mains de coton qui puent la pommade, quoi. Allez, on vous laisse, les tour…

Elle s'interrompt en réalisant que « tourtereaux » va peut-être un peu loin.

– Son énorme pansement fourré dans ta bouche pourrait te faire taire à tout moment, plaisante Valentine en direction de sa copine.

– Les tourniquets, je voulais dire ! Ou les tournevis, parce que vous êtes pleins de ressources ! Et que Nils a une tête un peu cruciforme, avec ses mâchoires, ses pommettes saillantes et ses arcades sourcilières… continue-t-elle à ramer. Salut mes petits tourteaux !

Florence l'entraîne de force vers la sortie en se retenant de rire pendant que Valentine fusille Aïna du regard. Les deux filles sont remplacées par un Samuel surexcité, qui rend la pièce minuscule, tout à coup, en marchant autour du lit et en tentant de faire le plus de blagues possible pour masquer son coup de flippe.

– Merde, Nils, regarde-moi ce travail ! Faith m'a prévenu ! Je t'ai déjà dit de ne pas mettre tes mains dans les prises, putain ! Qui est-ce qui va gratter le ventre poilu de Willy, maintenant ?

– À mon tour de vous laisser tranquilles… décide Valentine en prenant la tangente.

Sam se décale en tournant exagérément sur lui-même pour laisser la princesse sortir, et j'aperçois De Clare par l'entrebâillement de la porte.

– Psst, laisse la porte ouverte et ferme-la ! chuchoté-je à mon frère.

– Quoi ?!

– Chut !

– Ah OK, y a un micro sous ton lit, c'est ça ?

Je l'attrape par le cou en le coinçant sous mon coude et lui plaque la tête contre mon oreiller pour qu'il la boucle. Dehors, je peux entendre des bribes de la conversation entre Valentine et le connard fini :

– Je vais bien, Milo. Si ce n'est pas pour rendre visite à Nils, tu n'as pas besoin d'être ici.

– Je me suis fait un sang d'encre, insiste-t-il. Et j'ai réalisé quelque chose d'important. Je me suis planté, OK ?! Mais je suis prêt à ravaler ma fierté et à enterrer la hache de guerre.

– Avec lui, aussi ?

– Qui, Nilsen ? Ne m'en demande pas trop, ma belle…

Qu'il arrête de l'appeler « ma quelque chose » ou je lui fais bouffer mes moufles…

– Commence par arrêter de m'appeler comme ça, s'il te plaît, soupire-t-elle, apparemment agacée.

– Valentine, ça m'attriste énormément qu'on se soit tant éloignés après tous les moments de bonheur qu'on a partagés.

Mais qui s'exprime comme ça dans la vraie vie ?!

– Milo, je n'ai rien d'autre à t'offrir que mon amitié…

– Et je suis prêt à l'accepter, lâche-t-il sur un ton dépité.

Dommage, j'aurais bien aimé entendre ce fils à papa ramper !

– Bon, on peut avoir une discussion ou il n'y a qu'elle qui t'intéresse ? s'impatiente Samuel, toujours coincé entre mon coude et l'oreiller.

– Désolé. Mais ne me force pas à recommencer ! dis-je pour le prévenir.

– Quoi ?! Tu joues au prince charmant qui sauve des flammes une damoiselle en détresse, et je ne peux même pas te charrier ?

J'essaie de le re-choper mais ce petit malin esquive en sautillant à l'autre bout de la chambre.

– Bizarre, je croyais que ta règle numéro un était : pas de liaison avec les clientes. « No zob in job » !

– Jusque-là, j'arrivais à gérer, marmonné-je pour qu'il arrête de ricaner.

– Et maintenant ?

– Peut-être que si j'avais réfléchi une seconde de plus avant de voler à son secours, j'aurais des mains à la place de ces putains de moufles.

– Ça s'appelle du dévouement, mon vieux ! On ne va pas te refaire maintenant. Même la plus moche de la tour Cox, tu aurais couru la sauver !

– Peut-être.

– Même moi, tu m'aurais pris dans tes bras comme une future mariée ! se marre Samuel en me sautant sur les genoux.

– Rêve pas ! le repoussé-je. Mais tu sais que je fonctionne mal à l'affect. J'ai besoin de 100 % de mon cerveau pour faire correctement mon boulot.

– Attendez, arrêtez tout ! surjoue mon frère en se figeant au milieu de ma chambre d'hôpital. Nils Eriksen vient de prononcer le mot « affect ». Comme dans « affection ». Comme dans… « amour ».

– Va te faire soigner, Sam ! La psychiatrie est au deuxième.

Et je lui balance mon oreiller en pleine tronche pour qu'il ne me voie pas sourire.

***

Un peu après midi, j'ai dû autoriser le retour dans ma chambre de la foutue princesse, qui refusait de toute façon de rentrer chez elle et grattait à ma porte comme un chat abandonné. Et puis j'avais besoin d'un coup de main. La bouffe d'hôpital dégage une odeur infâme mais je ne vais pas laisser ce plateau-repas partir à la poubelle. Ni laisser une infirmière me donner la becquée. Il me reste encore un peu de dignité. Après trois essais infructueux pour boire la soupe directement au bol, j'accepte la paille que Valentine est allée réclamer pour moi (en se moquant un peu au passage). En revanche, je refuse qu'elle me fasse manger à la cuillère cette purée verdâtre et ce hachis de viande non-identifié. Ça me fout en rogne mais je me rabats sur le yaourt, que je vais peut-être pouvoir boire directement au pot, si seulement j'arrive à ouvrir ce foutu couvercle.

Mais c'est la porte de ma chambre qui s'ouvre en premier, sans que personne n'ait frappé. Typique. Darren Cox se pointe, à la surprise générale, accompagné d'un type au costard noir et à la gueule carrée. Il ne me faut pas plus de trois secondes pour comprendre ce qui va m'arriver. Le mec, avec ses bras surgonflés et ses traits un peu asiatiques, doit sûrement être champion de l'Univers d'un obscur art martial.

Merde, je deviens con. Et raciste…

– Vu votre état actuel, Eriksen… commence Cox sans m'avoir dit ni bonjour ni merde, et encore moins merci, je pense que vous êtes désormais incapable d'assurer la sécurité de Valentine, comme votre contrat l'exige. Vous êtes donc démis de vos fonctions à compter de maintenant. Et j'ai préféré faire appel à une autre agence que SAFE pour trouver votre remplaçant. Valentine, voici Zian. Il entre en fonction immédiatement et ta protection sera renforcée jusqu'à ce que le rapport d'expertise détermine s'il s'agit d'un incendie accidentel ou criminel.

Je la vois ouvrir et fermer la bouche plusieurs fois, comme si elle hésitait à répondre, mais elle renonce finalement. Peut-être que sa trouille bleue de ce matin lui a fait passer l'envie d'envoyer chier son paternel. Ou peut-être bien qu'elle se dit qu'il a raison, pour une fois. Elle a frôlé la catastrophe, elle doit avoir envie qu'on s'occupe d'elle.

Au lieu d'avoir à s'occuper de moi.

Elle tourne son visage vers le mien, l'air un peu perdu, et j'ai l'impression qu'elle me demande mon avis en silence. Je reste de marbre. Pas envie de décider pour elle. J'aurais bien voulu l'entendre gueuler un coup contre le tyran Cox et ses choix arbitraires, comme elle l'a fait quand il m'a recruté moi. J'aurais bien aimé la voir jouer les rebelles, cette fois, envoyer se faire foutre le vieux beau et le jeune playboy d'une seule phrase assassine. Ouais, je suis peut-être un peu jaloux. Mais ce n'est pas ce croque-mort bodybuildé qui va pouvoir la protéger. Il n'y a que dans les films d'action pourris que les gardes du corps portent des costards.

D'un autre côté, avec mon déguisement de momie, je ne suis sans doute pas le mec le mieux paré pour prendre soin d'elle dans les prochains jours. Je ne suis même pas capable de m'ouvrir un putain de yaourt moi-même. Et je suis obligé de m'asseoir pour pisser. J'ai déjà vu mieux, question virilité.

Pendant que Valentine réfléchit, j'essaie d'être honnête avec moi-même : ça fait longtemps que j'aurais dû céder ma place à un autre, arrêter de mélanger pro et perso. C'est l'occasion parfaite pour prendre cette décision sans avoir à m'expliquer. Mais alors pourquoi ça me fait tellement chier ?

– Tu n'en penses rien ? finit-elle par me demander, la voix voilée.

– Je ne peux rien faire avec ça, grogné-je en levant mes mains bandées. Et jusqu'au verdict du rapport, tu dois être sous protection rapprochée.

J'essaie de ne pas avoir l'air maussade ou renfrogné, mais je ne sais pas ce qu'elle lit sur mon visage. La foutue princesse continue à me dévisager, comme si elle attendait une suite. Un « mais ». Un « t'inquiète pas, je vais m'occuper de toi ». Désolé, pas ce coup-là. Elle détourne ses yeux noirs et froids, regarde son père et hoche la tête en silence. J'ai une putain d'envie de hurler.

– Parfait, se félicite Darren en frottant ses mains rêches l'une contre l'autre. Zian, vous ne quittez plus ma fille d'une semelle jusqu'à nouvel ordre. Valentine, je te rappelle que tu pars pour trois jours à New York demain matin. Eriksen, bon retour chez vous. Voilà votre dernier chèque.

Il le lâche tout au bout de mon lit, pas assez courageux pour s'approcher un peu plus. J'ai l'estomac qui me remonte dans la gorge. On va dire que c'est la faim. L'infirmière en chef se pointe à son tour, dans cette chambre d'hosto glauque qui est devenue un vrai moulin, et elle ordonne à tout ce petit monde de sortir, fin des visites, dehors, pansements à changer, salut les mecs, laissez-moi là, je vais vous retarder.

Valentine est la dernière à sortir. Je n'entends même pas ce qu'elle me bredouille. Je m'en fous. Je vois seulement la carcasse en costume noir la faire passer devant lui. S'interposer entre elle et moi. Maintenant, *je* suis le danger. Et *ils* vont passer trois jours à New York, tous les deux, dans le même hôtel. Je mets ma moufle à couper qu'il va insister pour ne prendre qu'une seule chambre.

D'un coup de pied dans les airs, j'envoie valser le chèque de Cox. Foutue princesse. Jamais rebelle quand on a besoin d'elle.

Retrouvez prochainement
la suite des aventures de Valentine et Nils !

Le saviez-vous ? Nils Eriksen est un personnage créé par June Moore. Il est d'abord apparu dans* Déshabillez-moi *puis dans la série* Étreinte *qui est aujourd'hui publiée en un seul volume dans la collection « Les intégrales » !

1er extrait

ÉTREINTE

June Moore

1

SLEEPY PRINCESS

Lundi 8 septembre, Manhattan, USA.

Il y a des gens à qui tout sourit et d'autres qui, malgré un QI honorable et un thème astral prometteur, ont le chic pour se mettre dans des situations compliquées. J'ai beau mener une existence bien ordonnée, faire sonner mon réveil deux heures avant le départ, traverser dans les clous et suivre les recettes de cuisine à la lettre (je suis une spécialiste du bavarois kumquat-pistache), il semblerait que j'appartienne à cette catégorie de personnes dont la vie est toujours chamboulée par des imprévus.

Pourtant, mon horoscope est formel :

Poissons : cette semaine tout vous réussit, profitez-en ! Travail : promotion en vue, sautez sur l'occasion ! Amour : Vénus vous offre le couplé gagnant : passion + sentiments, ne laissez pas passer votre chance ! Forme : vous êtes resplendissante !

J'ai envie de déchirer le journal, ce ramassis de mensonges, et de l'éparpiller aux quatre coins de la pièce, mais je m'attirerais probablement les foudres du directeur de l'hôtel, alors je me contente de le jeter sur un coin du bar, le plus loin possible. S'il y avait eu une once de vérité dans ce torchon, j'y aurais lu :

Poissons : tout vous a réussi la semaine dernière, j'espère que vous en avez profité parce que c'est fini ! Travail : vous avez décroché un stage en or massif mais votre incompétence va vous valoir la porte. Préparez-vous à retourner chez papa et maman par le premier avion pour la France. Amour : Vénus vous a offert l'homme de vos rêves sur un plateau mais vous l'avez laissé filer, tant pis pour vous. Forme : les trois kilos que vous aviez perdus sont en train de faire des petits et de s'installer sur vos hanches.

Anthony, le serveur, s'est retourné en m'entendant pousser un soupir à fendre l'âme. C'est un gros homme à l'attitude paternelle et, d'un air plein de compassion, il me ressert une tasse de café. L'estomac noué par la contrariété, je n'ai rien commandé à manger ce matin. Malgré mes protestations, Anthony pose devant moi une corbeille de croissants chauds, ainsi qu'une miche de pain aux céréales, un assortiment de confitures, du miel de lavande, du jus d'orange et du fromage blanc. Le Sleepy Princess, situé dans une ruelle peu fréquentée de Manhattan, n'est qu'un hôtel deux étoiles, mais on y est servi comme si on appartenait à la famille royale. Et Anthony, que mon accent enchante, met un point d'honneur à me préparer chaque matin un délicieux petit déjeuner à la française.

– Rien de tel qu'un bon repas pour chasser les chagrins d'amour, me dit-il avec un clin d'œil.

– Ça n'a rien à voir avec un chagrin d'amour, dis-je sur la défensive. Je fais attention à ma ligne, c'est tout.

– Votre ligne, elle est magnifique, répond-il en rajoutant devant moi une coupelle de fruits secs. Et depuis quatre jours que vous êtes ici, vous n'aviez jamais boudé votre assiette jusqu'à ce que cet homme sorte de votre chambre, tout à l'heure. J'en conclus donc qu'il vous a brisé le cœur.

Je pique un fard et manque m'étrangler avec mon croissant. Le petit couloir qui dessert ma chambre (et uniquement ma chambre) débouche directement sur le salon. Pendant ses heures de service, depuis le bar, Anthony est donc le témoin privilégié de toutes mes allées et venues, ainsi, à mon grand embarras, que de celles de mes visiteurs…

Par fierté, par pudeur, j'hésite à lui répondre. Que pourrais-je bien lui dire de toute façon ? Comment expliquer ?

Vous avez probablement raison, Anthony : c'est peut-être bien un chagrin d'amour. Mais peut-on vraiment parler d'amour quand on vient de coucher avec un inconnu ? Oui, c'est ce que j'ai fait, Anthony : j'ai passé la nuit dans les bras d'un homme rencontré trois heures auparavant. Pourtant je vous jure, Anthony, que ce n'est pas dans mes habitudes. À 24 ans, je n'ai eu que deux petits amis dans ma vie ; je suis tellement sage que parfois je me fais peur. Mais cet homme, Anthony, cet homme… Je n'ai jamais rencontré quelqu'un qui lui ressemble. Être dans ses bras me semblait la chose la plus naturelle au monde. Il était tellement tendre, tellement beau ! Il a promené ses lèvres douces et chaudes sur chaque centimètre carré de ma peau. Il n'a eu qu'à glisser sa main entre mes cuisses pour que je m'ouvre à lui comme une fleur. Je l'ai embrassé, caressé, j'ai murmuré son nom… puis je l'ai crié quand il m'a fait jouir. J'ai passé la nuit la plus merveilleuse de ma vie et lui il a filé à l'aube pendant que je dormais.

Non, vraiment, je ne peux pas répondre à Anthony. Je suis tellement chamboulée par ces souvenirs que si je commence à parler, j'ai peur de laisser échapper malgré moi des mots trop intimes. Mais Anthony connaît bien la vie, il sait interpréter ce moment de flottement. Il en a vu défiler, des couples plus ou moins légitimes, des femmes amoureuses, des femmes délaissées :

– Ne vous en faites pas, mademoiselle Lenoir, vous le reverrez, votre prince charmant.

– Vous croyez ? demandé-je d'une petite voix misérable.

– J'en suis certain. Et votre article, ça avance ? Vous avez obtenu toutes vos entrevues ?

Et voilà. On aborde l'autre point critique et mensonger de cet horoscope : le travail. Je soupire en secouant la tête, dépitée :

– Non… C'est la catastrophe. Je dois rentrer ce midi à Boston et je n'ai rien à donner à ma chef de rubrique. Il me manque toujours l'interview de Roman Parker. J'ai retourné toute la ville à sa recherche, mais il reste introuvable. Mon dernier espoir de le rencontrer s'est évanoui ce matin. D'après l'un de ses proches, j'avais une chance de le croiser sur la jetée n° 17, dans le port de South Street ; je suis sortie dans le froid, mal réveillée, uniquement pour ça… mais rien ! Ce type est plus insaisissable que l'homme invisible. Et sans lui, pas d'article.

– Beaucoup de rumeurs circulent à son sujet… commence Anthony avant de s'éclipser pour servir un couple d'amoureux qui l'interpelle depuis une table dans un coin du salon.

Intriguée, j'attends son retour avec impatience. Je sors mon calepin et mon stylo, prête à noter tout ce qu'il pourra me dire sur le fameux Roman Parker, l'homme après lequel je cours en vain depuis quatre jours. Ce type est le plus jeune multimilliardaire des États-Unis, il a bâti un empire colossal en partant de presque rien, il devrait faire la une de tous les magazines et pourtant personne ne sait rien à son sujet, personne ne semble jamais l'avoir rencontré. Ce ne sont pourtant pas les infos sur ses entreprises qui manquent : dès qu'on parle de biotechnologies, son nom est sur toutes les lèvres. Mais est-il brun, roux, chauve ? Moche ou beau ? Marié ? Homosexuel ? Maigrichon, athlétique ou bossu ? Aucune idée. Mes seules certitudes, c'est qu'il est jeune, riche, audacieux, puissant. Et mystérieux.

Tout en observant les amoureux avec une pointe d'envie, je réfléchis à ce qui m'a amenée ici aujourd'hui. Je me revois, ma licence d'économie en poche, quand j'ai annoncé à mes parents ma décision de m'orienter vers le journalisme. Je me souviens des discussions orageuses avec ma mère, qui ne conçoit pas que sa fille soit journaliste. Médecin, avocate, oui, ça, ce sont des vrais métiers, selon elle. Voire broker ou mannequin chez Christian Dior, à l'extrême rigueur. Mais journaliste ? Jamais de la vie ! Le journaliste n'est qu'un roturier et se situe donc logiquement, sur l'échelle des valeurs d'Évelyne Lenoir, entre le plant de tomates et le lapin de garenne.

– C'est hors de question, Amandine ! s'était-elle écriée, indignée. Je ne veux plus t'entendre évoquer de telles stupidités !

Mais elle a eu beau faire, beau dire, j'ai persévéré et, grâce à mon maître de stage qui m'a recommandée à son directeur de publication, j'ai fini par décrocher un super stage chez *Undertake*, le plus gros magazine financier de la côte est. Deux jours plus tard, j'ai sauté dans un avion, poursuivie jusqu'à l'aéroport de Roissy par la désapprobation maternelle…

***

Une semaine plus tôt…

– Amandine, dit ma mère en trottinant pour me rattraper tandis que je pilote ma valise à roulettes dans le hall de l'aéroport Charles-de-Gaulle. Amandine, tu ne peux pas t'en aller comme ça !

– En tout cas, elle a l'air bien partie pour le faire, commente Sibylle, ma petite sœur.

Ma mère la fusille du regard et s'apprête à la remettre à sa place, comme d'habitude, mais elle choisit finalement d'économiser son souffle pour rester à ma hauteur. Ses talons aiguilles claquent sur le sol. Toute ma petite famille, parents, frère, sœurs, se hâte à mes côtés tandis que je cherche le guichet d'enregistrement. Mon avion pour Boston décolle dans une heure trente, je suis en retard (je déteste être en retard) et je leur impose un rythme effréné.

– Là ! s'écrie soudain mon père sur un ton triomphant en désignant une colonne de voyageurs avançant à petits pas comptés, sous l'œil attentif d'une hôtesse d'Air France.

Ma mère le regarde comme s'il s'était rendu coupable de la pire des trahisons et nous obliquons tous avec un bel ensemble dans cette direction.

– Tu vois, souffle Sibylle tandis que je prends place dans la file. Pas besoin de nous faire cavaler comme des pur-sang, on avait le temps.

– J'ai horreur de ne pas être à l'heure, réponds-je dignement.

– Mais tu *es* à l'heure, réplique Sibylle en râlant. Regarde, il y a encore au moins soixante personnes avant toi.

– Sur ma réservation, il était précisé d'arriver deux heures avant le décollage, insisté-je en vérifiant que j'ai bien tous mes papiers.

– Cessez de vous chamailler, toutes les deux, dit ma mère.

Elle retape sa coiffure, que notre course à travers le terminal a légèrement mise à mal, interdisant d'un geste élégant toute rébellion à ses courtes mèches rousses. D'un coup d'œil vers les baies vitrées, elle vérifie que son tailleur est impeccable. Ma mère est une femme sophistiquée qui accorde autant d'importance à l'apparence que j'en accorde à la ponctualité et à l'organisation. C'est aussi une femme têtue, habituée à mener son monde à la baguette et que mes rebuffades contre son autorité exaspèrent :

– Amandine, reprend-elle sur un ton qu'elle veut patient et raisonnable, tu ne peux pas partir habiter aux États-Unis, où tu ne connais personne et sans aucune garantie d'emploi. De quoi vas-tu vivre ? Il est hors de question que nous financions cette folie. Nous ne t'enverrons pas le moindre centime.

Mon père me lance un regard impuissant et je devine que, cette fois encore, il ne s'opposera pas à sa femme. Il est d'un tempérament doux et refuse toute forme de conflit, même quand il s'agit de me soutenir. Mais c'est mon père et je l'aime et j'ai depuis longtemps appris à ne compter que sur moi-même.

– Pas de souci, maman, dis-je un peu lasse (ma mère sait être épuisante !). Je peux m'en sortir seule. J'ai négocié avec *Undertake* une rémunération de stage et j'ai de l'argent de côté. J'avais placé sur un compte tous mes salaires de jobs d'été depuis quatre ans.

– Un vrai petit écureuil modèle, notre Amy, s'amuse mon frère aîné.

La plaisanterie ne fait pas rire ma mère. À court d'arguments, elle le rabroue vertement :

– Adrien, j'ai donné à ta sœur un prénom tout à fait charmant et distingué, ce n'est pas pour que vous le déformiez sans cesse avec ce diminutif ridicule.

– Mais maman, plaide Sibylle alors qu'Adrien baisse le nez, c'est *cool* Amy. C'est comme la chanteuse de *rhythm and blues*. En plus, ça passera mieux, aux *States*. Ça fait moins petite *Frenchie* qui débarque juste.

– Non mais tu t'entends parler ? intervient Marianne ma sœur aînée, qui est une copie conforme de ma mère, version blond vénitien. Tu es incapable de construire une phrase sans y glisser un anglicisme. C'est d'un vulgaire…

– Parce que se maquiller à la truelle pour camoufler son acné, à 26 ans, c'est pas vulgaire, peut-être, *baby* ? rétorque Sibylle en insistant sur le dernier mot.

Marianne vire au rouge brique sous son fond de teint et je sens venir le règlement de comptes. Même si je ne supporte pas qu'on me dicte ma conduite, j'ai hérité du caractère pacifique de mon père et les éternels conflits à la maison m'épuisent. J'ai encore plus hâte de partir même si j'apprécie les efforts de chacun pour s'être réunis le jour de mon départ. Heureusement, c'est à mon tour de m'enregistrer.

Puis j'embarque enfin, après les embrassades et les dernières recommandations d'usage :

– Fais un bon voyage. (Adrien, follement original)

– T'as trop de la chance, *sister*. Moi aussi je vais mettre des sous de côté et je viendrai te voir. (Sibylle, excitée comme une puce)

– Au revoir, Amandine. (Marianne, encore plus protocolaire que la reine d'Angleterre)

– Tu fais une grosse bêtise, jeune fille. Mais enfin, Jacques, dis-lui qu'elle fait une grosse bêtise ! (maman, qui luttera jusqu'au bout pour avoir gain de cause)

– Prends bien soin de toi, ma chérie, et écris-nous souvent. (papa, la larme à l'œil)

Cinquante minutes plus tard, mon avion décolle…

***

Quand j'atterris à Boston, il fait un temps maussade d'été finissant, lourd et nuageux. Le taxi me dépose à l'appartement meublé que j'ai loué pour le mois, dans le quartier de Downtown. Ce n'est pas le grand luxe, mais c'est propre et douillet. La propriétaire est une petite dame aux cheveux blancs toute frêle et toute ratatinée, avec un beau visage fripé, éclairé par des yeux d'un bleu très clair.

– Si vous avez besoin de quoi que ce soit, me dit-elle, n'hésitez pas à venir toquer chez moi. J'habite l'appartement juste à côté. C'est très pratique.

– Merci beaucoup, madame Butler.

– Évidemment, c'est aussi un moyen pour moi de garder mes locataires à l'œil, continue-t-elle en souriant. Mais je vous fais confiance et je ne suis pas trop casse-pieds, vous verrez. Je vous demande seulement de ne pas transformer le couloir en œuvre conceptuelle ni cultiver d'herbe à chat sur le balcon.

– Je n'ai pas de chat.

– Parfait. Mais sachez que la culture de toute autre herbacée de type *Cannabinaceae* est également proscrite.

– Euh… Oui madame, bien sûr, pas de problème madame Butler, bafouillé-je, un peu déstabilisée et pas certaine d'avoir bien compris ce qu'elle a voulu dire, l'accent bostonien ne m'étant pas familier.

Cannabinaquoi ? Je rêve ou elle me parle de cannabis ?

– Je plaisante. Vous ne ressemblez pas à un trafiquant de drogue.

– Ah, tant mieux… merci…?

Ah non, je ne rêvais pas !

– Je vous en prie, répond-elle. C'est votre premier séjour à Boston ?

– Oui, mais je suis déjà venue plusieurs fois aux États-Unis avec mes parents pour les vacances et deux fois *via* le programme Camp America pour travailler.

– Cela s'entend : vous parlez admirablement bien et votre accent est très discret. Soyez la bienvenue.

***

Le lendemain, je rencontre Edith Brown, ma chef de rubrique à *Undertake*. Jusqu'à présent, nous n'avions échangé que par mails et le face-à-face est tendu : Edith s'habille en Prada et aurait pu s'appeler Miranda. Jeune quadra dynamique, cheveux courts blond platine, maquillage impeccable, tailleur chic, air hautain et collier de perles : Edith est professionnelle jusqu'au bout de ses ongles impeccablement manucurés et elle me fait vite comprendre qu'on n'est pas là pour rigoler. Après m'avoir présentée au reste de l'équipe, elle m'assigne un bureau de la taille d'un cagibi, près de l'ascenseur, et me donne les consignes, qui se résument en trois mots : travail, travail et travail.

– Comme convenu avec le directeur de publication, qui a été très impressionné par votre bagage universitaire et vos références, je vais vous confier la rédaction d'un article pour l'une des rubriques phares d'*Undertake*… Nous apprécions que vous soyez sortie major de votre promotion de la prestigieuse université Paris-Dauphine et votre mention « très bien » à votre licence d'économie n'est pas pour nous déplaire… Vous ne manquez pas d'atouts. Mais pour devenir une bonne journaliste, il faut être plus que la première de la classe. Considérez cela comme un test. Si vous réussissez, toutes les portes vous seront ouvertes. Si vous échouez…

Elle laisse sa phrase en suspens, avec un petit geste désinvolte de la main, mais son ton cassant et son regard glacial ne me laissent aucun doute quant au sort qui m'attend si je me plante : le bannissement sur Mars ou la fosse aux lions, minimum.

– Voici les noms des cinq personnes que vous devrez interviewer à l'occasion de la prochaine vente aux enchères de

Sotheby's New York, dit-elle en me remettant un bristol. Ces milliardaires sont les cinq plus grosses fortunes récentes des États-Unis, ce sont les outsiders, ceux qu'on n'attendait pas et qui occupent soudain le devant de la scène. Tous ont été informés de votre démarche, mais leur temps est précieux et aucun rendez-vous formel n'a été pris : à vous de les convaincre de vous accorder quelques miettes de ce fameux temps pour répondre à vos questions. Soignez votre approche, n'oubliez jamais qu'ils vivent dans une autre dimension que la nôtre.

– Oui, madame Brown.

– Mademoiselle. De plus, ici, tout le monde s'appelle par son prénom. Rappelez-moi le vôtre... ?

– Amy, dis-je en pensant à Sibylle.

– Bien, Amy. Vous ferez équipe avec Simon, notre photographe, poursuit-elle en me désignant un jeune blondinet avec des lunettes qui lui mangent la moitié du visage, dans un box face à mon cagibi. Un garçon très compétent, qui nous vient du Bronx. Je vous revois demain soir, pour faire le point avant que vous ne partiez pour New York.

Puis elle disparaît, me laissant avec un bon millier de questions au bord des lèvres. Je décide de commencer par faire l'inventaire de mon nouveau domaine, ce qui est vite fait : deux étagères, un ficus desséché, une table, une chaise, un ordinateur qui date du paléolithique. Pas de fenêtre mais au mur un poster représentant un couple en train de s'embrasser au sommet d'une colline verdoyante.

Ils ont bien de la chance, ces deux-là.

Je commence par arroser le ficus, en lui sacrifiant ma bouteille d'eau, sans grand espoir de le voir ressusciter mais avec la satisfaction d'une bonne action. Puis je remise l'ordinateur hors d'âge sur une étagère, j'époussette la table et j'installe mon PC portable. Ce n'est pas non plus un engin dernier cri mais il est performant et je le connais bien. Je suis en train de créer un nouveau dossier intitulé « Top 5 milliardaires » dans lequel je m'apprête à rentrer la liste que m'a fournie Edith quand Simon toque au chambranle de ma porte :

– Salut, dit-il en souriant timidement. Il paraît qu'on va faire équipe ce week-end, alors...

– Salut, dis-je, ravie d'avoir un peu de compagnie. Tu es Simon, c'est ça ? Moi, c'est Amy.

– Enchanté, Amy. J'ai commencé à regrouper quelques infos sur nos milliardaires, si ça t'intéresse. Ça pourrait t'aider à te lancer.

– Super, dis-je, étonnée mais heureuse de cette aide inattendue. C'est vraiment sympa de ta part.

– Comme c'est ton premier jour, tout ça, je me suis dit, voilà... poursuit-il en posant devant moi une demi-douzaine de feuilles manuscrites et quelques photos de journal.

– Merci beaucoup, Simon, c'est génial. Je m'y mets tout de suite.

– De rien. Si tu as des questions, je suis là toute la journée, n'hésite pas, ajoute-t-il en rougissant avant de regagner son box.

Je me plonge immédiatement dans ses notes, un peu brouillonnes mais néanmoins lisibles, bourrées d'infos pertinentes et de liens vers des sites Internet. Je commence par enregistrer dans mon ordinateur mes cinq candidats par ordre croissant de fortune :

N° 5 : Nom : John Baldwin. Âge : 53 ans. Domaine : immobilier. Fortune estimée à : 24 milliards de dollars

N° 4 : Nom : Taylor DeWitt. Âge : 36 ans. Domaine : héritier de l'armateur Armand DeWitt. Fortune estimée à : 26 milliards de dollars

N° 3 : Nom : Frida Pereira. Âge : 47 ans. Domaine : mines de diamants. Fortune estimée à : 33 milliards de dollars

N° 2 : Nom : Alexander Bogaert. Âge : 31 ans. Domaine : informatique et mode. Fortune estimée à : 41 milliards de dollars

Et enfin, le plus fortuné :

N° 1 : Roman Parker. Âge : 31 ans. Domaine : biotechnologies. Fortune estimée à : 47 milliards de dollars

Je suis pourtant rodée à manier les chiffres, mais ceux-là me donnent le vertige. Je me souviens d'une remarque de ma prof de maths, en sixième, qui essayait de nous faire mesurer la portée de ce que peut représenter un milliard.

– Si vous voulez compter jusqu'à un milliard, avait-elle dit, cela vous prendra 95 ans.

– 95 ans sans dormir ? avait demandé Karim, mon voisin de classe.

– 95 ans sans dormir, avait confirmé la prof. Sans pause déjeuner ni pause pipi non plus.

Waouh… ! avait dit Karim, résumant parfaitement le fond

de notre pensée à tous.

Waouh...! pensé-je encore aujourd'hui, en essayant de me représenter quarante-sept milliards de dollars.

Tu m'étonnes qu'ils vivent dans une autre dimension que la nôtre ces gens-là. Il faudrait 4 465 ans pour énumérer la fortune de Roman Parker alors qu'il suffit de douze petites minutes pour faire le tour de mon compte en banque. Et sans se presser...

Je m'apprête à essayer de localiser le photocopieur pour scanner les portraits des « Big Five », lorsque je m'aperçois que je n'ai que quatre photos. Je fais un crochet par le bureau de Simon :

– Tu as fait du super boulot, Simon ! Tu viens de m'épargner des heures de tâtonnements dans les archives. Grâce à toi, je sais déjà dans quelles directions orienter mes recherches.

– Ça me fait plaisir que ça te soit utile, Amy. J'ai pensé que ça te ferait gagner du temps. Les archives, on a vite fait de s'y perdre, surtout quand on vient de débarquer.

– Tout à fait. Merci encore. Mais dis-moi, il n'y a que quatre portraits dans ton dossier. Le cinquième est un grand timide, ou quoi ? plaisanté-je.

– Plus ou moins, répond-il sérieusement. Je n'ai trouvé aucun portrait de Roman Parker.

– Nulle part ? m'étonné-je.

– Nulle part. À ma connaissance, il n'en existe pas.

– Tu plaisantes ?!

– Pas du tout.

– Mais... c'est impossible. Un homme aussi en vue attire

forcément l'attention des journalistes et encore plus des paparazzis. À moins qu'il ne vive dans un igloo au Groenland. Et encore.

Simon hausse les épaules :

– Ce type est réputé pour protéger farouchement sa vie privée.

– OK…

Ça confine au défi, ce papier…

Je continue :

– Et il ressemble à quoi ? Je veux dire : comment on va le reconnaître, à la vente ?

– Aucune idée. Je suppose qu'il va falloir trouver quelqu'un pour t'introduire auprès de lui.

Je sens que ça ne va pas être simple, cette affaire…

Je passe le reste de la journée et tout mon jeudi à me renseigner sur les cinq milliardaires et à rédiger une fiche pour chacun d'entre eux. Internet et les archives numériques d'*Undertake*, ainsi que quelques coups de téléphone, me permettent de me faire une idée assez précise de leur personnalité et de leur parcours. L'histoire de John Baldwin et Frida Pereira, les plus âgés, commence bien avant l'ère du numérique et il faudrait que je descende aux archives papier, fouiller dans les piles de cartons, pour compléter leur fiche. Mais je manque de temps et ce que je sais d'eux est déjà largement suffisant. Quant à Roman Parker, il me donne du fil à retordre, avec son goût du secret, et je dois lui consacrer trois fois plus de temps qu'aux autres. Mais je finis, à force d'acharnement, par cerner approximativement le personnage. Je relis mes notes à son propos :

Né le 6 juillet 1983 à Seattle, USA. Homme d'affaires et principal actionnaire de la Parker Company, entreprise de biotechnologies avec une prédilection pour le domaine de la santé, qu'il a fondée en 2007. Inconnu jusqu'en 2004 puis considéré comme un petit génie de l'investissement depuis lors, quand il a soutenu et financé des projets auxquels personne ne croyait et qui n'obtenaient pas de budget. Ces projets, tous en lien avec la médecine et des traitements expérimentaux audacieux, se sont révélés avoir un potentiel énorme qu'il a su faire développer et fructifier. Parker a plus récemment monté une clinique et un centre de recherches en biotechnologies à Buffalo. Il est le propriétaire des Parker Towers, trois tours cylindriques qui dominent le centre de Manhattan, d'une résidence en Louisiane, d'une en Europe et d'au moins trois autres dont je n'ai trouvé les adresses nulle part, de seize hôtels dispersés aux quatre coins du globe, d'un hélicoptère, d'un jet privé et d'un yacht dont personne ne sait jamais où il mouille. Bref, ce type est un courant d'air qui pèse quarante-sept milliards de dollars, ce qui en fait probablement le courant d'air le plus lourd au monde et le plus cher au kilo.

Détail intéressant : Parker est associé de longue date avec Malik Hamani, biologiste génial d'une trentaine d'années, dont les récentes découvertes en génomique ont bouleversé le monde scientifique. J'ai réussi à dénicher une photo d'Hamani, c'est un homme trapu, aux cheveux noirs et bouclés, au visage doux. Il sera présent aux enchères, je pourrai toujours m'adresser à lui pour atteindre Parker.

Pour finir, je n'ai trouvé aucune trace d'une épouse, fiancée, petit(e) ami(e) ou même simple liaison amoureuse. Parker pourrait tout aussi bien avoir fait vœu de chasteté. Pas de frère et sœur, pas de descendance connue non plus. Une mère actrice décédée il y a vingt-quatre ans et un père acteur, Jack Parker, dont je n'ai vu aucun film. Je m'empresse de lancer une requête d'images « Jack Parker » sur Internet : les portraits qui s'affichent sont ceux d'un grand blond au sourire éblouissant quoique forcé, ses cheveux sont méchés, sa peau bronzée, ses yeux bleus. Il porte une chaîne en or et un anneau à l'oreille. Je me demande si son fils lui ressemble…

Roman Parker m'intrigue et j'ai hâte de le rencontrer.

2ᵉ extrait

6

RETROUVAILLES

Vingt-sept jours après mon inoubliable nuit avec le richissime et mystérieux Roman Parker, me voici de nouveau dans la superbe Mustang de Simon, en route pour Manhattan. Missionnés par Edith, nous avons mis le cap sur les Parker Towers, les bureaux new-yorkais de Roman, où il nous attend pour un reportage exclusif d'une semaine. Simon conduit vite mais bien, d'une main sûre. J'aime rouler ; le nez à la vitre, j'apprécie les paysages, je regarde le soleil se lever, j'essaie de dissimuler mon excitation.

Les kilomètres défilent, la voiture, puissante et silencieuse, semble engloutir l'asphalte. Complice de mon impatience, elle me rapproche de Roman à une vitesse vertigineuse.

Vingt-sept jours ! Vingt-sept jours sans voir Roman, depuis la première et dernière fois où j'ai eu sa peau sous mes doigts, ses lèvres sur les miennes. Vingt-sept jours à me consumer, à ne rêver que de le revoir, le toucher, sans même savoir si nos chemins se recroiseraient un jour. C'est long ! Rien ne m'a jamais paru plus long ! Bénie soit Edith de m'avoir mise sur ce reportage.

Je ne porte pas ma chef de rubrique dans mon cœur, mais quand elle m'a annoncé que je devais passer une semaine à suivre Roman Parker pas à pas, j'ai éprouvé la folle envie de l'embrasser.

– C'est quel genre d'homme, ce Parker ? me demande tout à coup Simon.

Bingo. La question à douze dollars. Alors, comment dire ? C'est un type à double tranchant, aussi glacial que passionné, beau comme le diable, tendre, sensuel, fort et implacable. Ah oui, j'oubliais : après m'avoir défendue contre trois poivrots, qu'il a mis KO pendant que j'étais occupée à tomber dans les pommes, il m'a fait jouir quatre fois.

Je cherche mes mots un moment, et je finis par lui répondre :

– Le genre imperturbable, froid mais toujours courtois. Difficile à cerner, avec lequel on ne sait jamais sur quel pied danser. Il a un humour… spécial.

– C'est-à-dire ?

– On se demande toujours s'il plaisante ou non. Je n'arrive pas à m'y faire.

– En même temps, c'est normal : tu ne l'as vu qu'une heure.

J'acquiesce en orientant la conversation sur un terrain moins glissant. Ce n'est pas le moment de me griller en laissant échapper que je l'ai côtoyé bien plus que ça.

– Tu as déjà participé à ce genre de reportage ? demandé-je à Simon.

– Trois fois, oui. C'est super intéressant, de voir le dessous des choses, la face cachée des gens, en particulier des personnes riches et puissantes. On les accompagne dans leur quotidien, du lever au coucher. On les regarde vivre, on les voit au saut du lit, on mange avec eux au resto, on assiste aux réunions, on les suit dans tous leurs déplacements. On comprend mieux comment ils en sont arrivés là.

– Il n'y a pas une personnalité qui t'a plus marqué que les autres ? Comment ça se passait ? Je veux dire : tes relations avec eux ?

– Bien, bien... J'avais adoré. Tu sais, je me faisais le plus petit possible, j'essayais d'être transparent, le photographe fantôme. Je voulais les saisir au naturel ; c'est l'idée même de ce reportage : se faire oublier pour capter l'authentique. Attraper au vol les coups de blues, les colères, les éclats de rire. On est là pour essayer de comprendre comment ces gens, de chair et de sang comme toi et moi, ont accédé au statut de surhommes. Et pour ça, il faut dénicher la part d'humain en eux, parce que tout ne s'explique pas seulement par les chiffres. Leur carrière, ils la doivent aussi et surtout à leur personnalité.

Il se met à rire :

– Une fois, on devait suivre la fille d'un modeste industriel, qui avait repris la petite affaire familiale pour en faire une énorme entreprise aux racines tentaculaires qui s'étendaient sur les cinq continents. Tout ça en moins de cinq ans. Mon collègue, Kevin, avait tapé dans l'œil de cette femme, une grosse blonde, immense et autoritaire. Elle le dévorait des yeux, elle ne manquait pas une occasion de le frôler, le toucher. Chaque soir, quand on regagnait l'hôtel, le pauvre s'effondrait sur son lit en soufflant : « Ouf ! J'en ai réchappé pour cette fois. » On peut dire que lui, il avait su toucher la part humaine de son sujet !

– Et alors ? demandé-je, curieuse. Comment ça s'est terminé ?

– Il était très professionnel. Il a réussi à préserver sa vertu pendant toute la semaine. Mais de retour au journal, il ne parvenait plus à se sortir cette femme de la tête. Je lui ai conseillé de foncer, de retourner la voir, mais il trouvait toujours des excuses : « Tu déconnes, qu'il me disait, on a quinze ans d'écart. Je lui arrive au menton et elle pèse bien trente kilos de plus que moi. C'est ridicule. En plus, je suis sûr que ce n'était qu'un jeu pour elle. Si je me pointais chez elle maintenant, elle ne me reconnaîtrait même pas. » Je n'ai pas insisté. Il a continué à enchaîner les aventures avec des filles de son âge. Ça ne durait jamais longtemps, il s'ennuyait vite, il disait : « Toutes des gamines sans cervelle. » Et puis un jour qu'on bossait sur un article tous les deux, je ne sais pas quelle mouche l'a piqué, mais il a tout planté là, il a attrapé son blouson et il m'a dit : « Ok, ça ne peut plus durer, je veux en avoir le cœur net. J'y vais. » Et il s'est barré.

– Et ? demandé-je, suspendue aux lèvres de Simon. La suite !

Simon a prolongé le suspense une interminable minute, faisant mine de s'absorber dans sa conduite, puis il a conclu en riant :

– Ils se sont mariés le mois dernier.

– C'est une belle histoire, dis-je, rêveuse, plongée dans mes pensées.

Des pensées sensuelles tout entières tournées vers Roman, ses caresses, ses mains qui savaient si bien où et comment me toucher, sa bouche qui titillait mes seins… Je repense à sa douceur, à sa force et j'en frissonne.

– J'espère que tu ne vas pas me faire le même coup, dit Simon.

– Pardon ?

– Tu n'as pas l'intention de te marier avec Parker? plaisante-t-il.

– Non, bien sûr que non, dis-je en riant.

Mais mon rire sonne faux et Simon tourne vers moi un regard étonné. Néanmoins, il s'abstient de tout commentaire et se concentre de nouveau sur sa conduite.

Me marier avec Roman… Non, bien sûr que non. Je ne le connais pas, en fait. J'ai seulement couché une fois avec lui. Mais évidemment, l'histoire de Kevin fait rêver.

À 7 heures du matin, ce dernier lundi de septembre, nous pénétrons dans la Red Tower, la tour principale de la Parker Company. Le hall me paraît toujours aussi démesurément immense et épuré, avec son sol de marbre noir, ses murs blanc cassé ponctués çà et là d'œuvres signées des plus grands peintres, toutes dans des dominantes rouges. Nous sommes accueillis par le sourire d'Eileen, la belle et ronde réceptionniste qui m'avait déjà reçue il y a un mois lorsque je cherchais désespérément à mettre la main sur Roman Parker.

Elle nous annonce à l'interphone et nous oriente vers l'ascenseur, qui nous dépose au dernier étage. Je suis nerveuse, je me mordille les joues, je replace dix fois ma mèche de cheveux derrière mon oreille, je me tords les mains… Heureusement, Simon est trop absorbé par le décor et la vue de Manhattan qui s'étend sous nos pieds, à travers les baies de l'ascenseur, pour me prêter attention. Mes retrouvailles avec Roman, je les ai imaginées un millier de fois, j'ai échafaudé mille scénarios et autant de variantes : cependant, tous se terminaient par une tendre déclaration de Roman et une formidable scène de sexe à faire rougir Ovide. Je sais : ça ne rime à rien, mais c'est le propre des rêves, d'être totalement irréalistes… Quand nous pénétrons dans son bureau, Roman est au téléphone. Nous nous figeons sur le seuil, peu désireux de le déranger et de s'attirer ses foudres dès les premières secondes du reportage. Simon ne lui accorde qu'un coup d'œil distrait et reporte son attention sur le décor luxueux du bureau. Quant à moi, je me moque éperdument de l'agencement de la pièce, de la vue vertigineuse sur le lac Machin et du mobilier probablement unique et hors de prix. Je n'ai d'yeux que pour Roman.

Il arpente la pièce à grandes enjambées, l'air concentré et pas particulièrement cordial. Son interlocuteur en prend pour son grade. J'avais oublié combien son visage aux traits anguleux pouvait paraître dur. La cicatrice sur sa pommette, souvenir indélébile de notre première rencontre, renforce encore cette impression de dureté et rehausse sa beauté. Même si je me souvenais parfaitement qu'il était beau, j'encaisse un choc en constatant *à quel point* il l'est.

En le regardant, on ne peut pas juste se dire : « Waouh ! Quel canon ! » Non. Roman Parker n'est pas « canon ». Roman Parker est d'une beauté à tomber par terre, à se damner, à perdre la raison. Je pourrais passer des heures à le contempler. Il a remonté sa chemise sur ses avant-bras, le cuivré de sa peau tranche sur le blanc immaculé du tissu. Son pantalon noir tombe parfaitement sur ses fesses, dont j'ai du mal à détourner le regard ; je me souviens de leur rondeur, de leur fermeté. Je me souviens de les avoir empoignées à pleines mains quand il me pénétrait, pour qu'il vienne plus loin, plus profond…

Pfiou… Fait chaud, tout à coup !

Je sens que je pique un fard monumental, que je deviens moite, et j'essaie de penser à autre chose.

– Ça va, Amy ? me demande Simon, l'air inquiet.

– Oui, oui. J'ai du mal à supporter la chaleur, c'est tout. Ils me paraissent toujours surchauffés, les bureaux, ici. En France, le thermostat ne grimpe jamais autant.

Simon n'insiste pas, il est déjà de nouveau complètement absorbé par son environnement. J'envie sa capacité à se concentrer sur les moindres détails et à faire abstraction de ce qui l'entoure pour ne retenir que ce qu'il va capturer dans son viseur.

Ça s'appelle être professionnel. Je ferais bien d'en prendre de la graine au lieu de mater les fesses du grand méchant loup.

Le grand méchant loup en question termine sa conversation d'une voix sèche :

– Peu m'importe, monsieur Carlyle. Le fait est que vous n'avez pas tenu vos engagements. Notre accord devient donc caduc. Voyez avec M. Malik Hamani pour les formalités. Bonne journée.

Il lance son oreillette d'un geste désinvolte sur son bureau et se tourne vers nous :

– Je vous prie de m'excuser pour ce contretemps. Entrez.

Il s'avance pour nous serrer la main et ce simple contact suffit à m'électriser. Sa peau est douce et chaude, sa poigne est ferme, il me semble qu'il prolonge l'instant ; en tout cas, je passe par toutes sortes de sensations le temps de ces quelques secondes qui me paraissent à la fois trop courtes et trop longues. Quand je lève les yeux vers lui, j'ai l'impression de trébucher et de tomber dans son regard d'un noir insondable. Le sentiment de chute est tellement puissant que je presse sa main plus fort, pour m'y raccrocher. Il raffermit sa prise sur la mienne, comme pour me rattraper. Pas de sourire narquois au coin de sa bouche ; même s'il devine mon trouble, il n'en joue pas et je lui en suis absurdement reconnaissante.

– Ravi de vous retrouver, mademoiselle Lenoir. Votre article sur les Big Five, comme vous nous avez surnommés, brille par ses qualités littéraires et sa justesse. Monsieur Sand, dit-il en me lâchant la main et en se tournant vers Simon, Edith Brown ne tarit pas d'éloges à votre sujet, ce qui est plutôt exceptionnel de sa part. J'espère que notre collaboration sera fructueuse.

Simon acquiesce et je suis heureuse de constater que lui aussi est intimidé par Roman (certainement pas pour les mêmes raisons que moi, toutefois).

– Bien, poursuit-il en s'éloignant vers les baies vitrées. Edith Brown vous a déjà probablement informés des quelques règles à suivre pendant cette semaine, mais il est préférable qu'on les revoie ensemble. Règle numéro un : aucune photo de moi.

Simon sursaute :

– C'est une blague ? laisse-t-il échapper en me jetant un coup d'œil (et là je m'en veux de lui avoir parlé de l'humour de Roman, qui, visiblement, ne badine pas).

– J'ai l'air de plaisanter ? demande effectivement Roman d'une voix grave et dure, le visage fermé.

Misère… Ça commence mal.

Simon, décontenancé, bégaie :

– Mais… Comment voulez-vous qu'on fasse un reportage sur vous sans prendre la moindre photo ?

– Soyez inventif ; je ne vais pas vous apprendre votre métier. Il existe mille façons de représenter un sentiment, une émotion, un caractère. Je suis persuadé que vous trouverez. Vous avez déjà prouvé que vous en étiez capable avec l'illustration de l'article de Mlle Lenoir. La photo en noir et blanc du jardin zen avec la tour en fond, c'était bien vu.

– Une idée d'Amy, avoue Simon.

– Mais la photo était de toi, m'empressé-je d'ajouter.

– Un travail d'équipe, approuve Roman. Très bien. Règle numéro deux…

Simon s'apprête à argumenter encore, mais un coup d'œil de Roman l'en dissuade.

– Numéro deux, donc : vous porterez des tenues vestimentaires appropriées, continue-t-il en examinant nos vêtements, jeans et chemises qui, visiblement, ne sont pas ce qu'il considère comme des tenues « appropriées ».

Appropriées à quoi, d'ailleurs ?

Avant que nous ayons pu protester (ce que nous nous apprêtions à faire avec un bel ensemble) et comme s'il avait lu dans mes pensées, il précise :

– Vous allez côtoyer des gens qui gagnent cent fois votre salaire mensuel en dix minutes. Ce n'est pas particulièrement glorieux, ni plus respectable que d'exercer votre métier ; néanmoins, afin de ne pas vous retrouver, à leurs yeux, en position d'infériorité, je vous conseille fortement de porter les tenues que vous trouverez dans les penderies de vos chambres respectives.

Cette fois, la surprise manque nous clouer sur place :

– Vous… vous avez fait amener des vêtements à notre hôtel ? s'étrangle Simon. Des vêtements que vous avez choisis pour nous ? Et qu'on doit porter ?

– Pas tout à fait, tempère Roman. Eileen s'est chargée de la majeure partie des achats. Elle a un goût très sûr, comme vous pourrez le constater. Et cette garde-robe n'est pas à l'hôtel mais ici même. Je vous ai fait préparer deux chambres.

Là, c'est à mon tour de bredouiller :

– Ici ? On ne dort pas au Sleepy Princess ?

– En effet, mademoiselle Lenoir. Bien que le Sleepy Princess soit un hôtel merveilleux, dont vous regretterez probablement, entre autres, la discrétion et les délices de la literie, cette tour abrite, outre mon bureau, mes appartements privés ainsi que deux chambres d'amis tout à fait confortables, dont vous disposerez le temps du reportage.

Je suis trop abasourdie pour relever l'allusion ou pour tergiverser. Tout ce que je retiens c'est que je vais passer une semaine non-stop avec Roman, vingt-quatre heures sur vingt-quatre. La nuit, nous ne serons séparés que par une malheureuse cloison de plâtre.

Bonjour les nuits blanches en perspective. Avec Roman à deux pas de moi, je n'ai pas fini de me faire des films…

Simon, que ces considérations n'effleurent évidemment pas, proteste faiblement :

– Mais… pourquoi ? Je veux dire : ce n'est pas le premier reportage de ce type que je couvre, et jamais je n'ai dormi sur place. On a toujours gardé un minimum d'intimité.

– Dans la mesure où le but de cette semaine est précisément de percer mon intimité, à laquelle il ne vous aura pas échappé que je tiens énormément, je trouve particulièrement malvenu de votre part de m'agiter cet argument sous le nez, monsieur Sand. Néanmoins, pour répondre à votre question, sachez que je travaille environ dix-huit heures par jour et que je me déplace beaucoup, ce qui ne vous laisserait, au mieux, qu'une poignée d'heures de sommeil, si vous logiez au Sleepy Princess.

– En gros, vous êtes soucieux de notre petite santé, marmonne Simon en remontant ses lunettes, signe chez lui d'une intense nervosité.

– Disons que je me soucie de l'image de ma compagnie et il est hors de question que je traîne dans mon sillage deux zombies aux yeux hagards dont les cernes leur tombent sur les joues.

La repartie fait grimacer Simon qui demande encore, sans aucune arrogance mais avec une réelle curiosité :

– Si vous tenez tant à votre intimité, pourquoi avoir accepté ce reportage ?

Je sursaute à mon tour ; la question me taraude aussi depuis le tout début, mais jamais je n'aurais osé la poser. J'admire Simon : derrière ses airs timides et son physique de gringalet, il a un courage peu commun. Conscient qu'il a peut-être outrepassé ses droits, mal à l'aise, il commence à se dandiner mais il soutient le regard de Roman qui le considère attentivement. J'assiste à un véritable bras de fer, le choc de deux volontés. Quand enfin il baisse les yeux, Roman lui répond, toujours aimable :

– Votre réponse se trouve dans la règle numéro trois : je suis seul maître à bord. Ce qui signifie, plus largement, que je fais ce que je veux, comme bon me semble, sans obligation de me justifier. Quant à vous, en tant que mousses sur mon navire, vous avez le choix : soit vous m'obéissez, soit vous rentrez chez vous à la nage.

Simon hoche la tête en signe d'acceptation. Tout courageux qu'il soit, il n'a pas la carrure d'un nageur olympique. La perspective d'être balancé par-dessus bord avant même d'avoir débuté le reportage ne l'enchante visiblement pas.

– Parfait. Vous avez une demi-heure pour vous installer et

vous changer ; rendez-vous dans mon bureau à 8 heures, conclut Roman en nous désignant nos chambres.

Déjà disponible dans toutes les bonnes librairies !

Éditions A Addictives

Déjà parus dans la collection « Adult Romance »

Rose M. Becker
Protège-moi… de toi

Phoebe P. Campbell
Tes ordres sont mes désirs – volumes 1 à 3
Promets-moi ! Au mariage du milliardaire
Oui, je le veux ! Au mariage du milliardaire
Lui résister… ou pas – volumes 1 et 2

Anna Chastel
Toute à toi

Olivia Dean
À lui, corps et âme – volumes 1 et 2

Emma M. Green
Cent facettes de Mr Diamonds – volumes 1 et 2
Toi + Moi – volumes 1 à 3
Coffret *Toi + Moi*
Jeux interdits
Jeux insolents
Fallait pas me chercher ! – volumes 1 et 2

Kim Grey
Ma vie, mes rêves et lui

Megan Harold
Tout pour lui – volumes 1 et 2
Sublime-moi !
Coffret *Tout pour lui*

Kate B. Jacobson
Aime-moi. Corps et âme
Révèle-moi – volumes 1 et 2
Famous Bastard – volume 1

Amber James
Addictive Player

Lucy K. Jones
Mr Fire et moi – volumes 1 et 2
Envoûte-moi !
Encore !

Nina Marx
Soumets-moi ! – volumes 1 à 3
Diamonds Private Club
Prétentieux, insolent, mais irrésistible – volumes 1 et 2

June Moore
Déshabillez-moi ! – volumes 1 et 2
Étreinte – volumes 1 à 3

Heather L. Powell
Je te veux – volumes 1 et 2
Le Jeu du milliardaire

Hannah Taylor
Désire-moi ! – volumes 1 et 2
Je suis à toi

Déjà parus dans la collection « Comédie »

Rose M. Becker
Le Bébé, mon milliardaire et moi
Désirs & Désastres
Sex Friends, et plus si affinités

Eva M. Bennett
Sex Friends, Chloé et Alistair
Sex Friends, Lucy et Arthur

Lola Dumas
Lui, moi et le bébé

Juliette Duval
Ma rockstar, son chat et moi

Emma M. Green
Call me Baby – volumes 1 et 2
Call me Bitch
Coffret *Call me baby/Call me bitch*
Bliss. Le faux journal d'une vraie romantique – volumes 1 et 2

Emma M. Green et Felicity Stuart
Love me if you can
Kiss me if you can

Mina Shepard
Je t'aime… toi non plus
Mon milliardaire, mon mariage et moi

Chloe Wilkox
Prête à tout ?

Déjà parus dans la collection « Suspens »

Olivia Dean
Tous ses désirs – volumes 1 et 2

Megan Harold
Juste toi et moi – volumes 1 et 2

Lisa Swann
Dark Fever. Sublime mais dangereux
Possédée
Adore-moi ! – volumes 1 et 2
Résiste-moi !

Lindsay Vance
Kidnappe-moi

Chloe Wilkox
Ordonne-moi ! – volumes 1 à 3

Déjà parus dans la collection « Midnight »

Amber James
Moonlight. Bloody Lily – volumes 1 et 2

Alice H. Kinney
Dark Light. Vampire Brothers
Dark Light. À lui pour toujours

Sienna Lloyd
Mords-moi !
Mords-moi ! Captive du vampire – édition augmentée avec textes inédits

Chloe Wilkox
Soul Lights – volumes 1 et 2

Déjà parus dans la collection « Désirs »

Amber James
Contrôle-moi
Emprise

Déjà parus dans la collection « Les intégrales »

Nina Marx
Rock You. L'intégrale de la trilogie *Soumets-moi !*

June Moore
Étreinte. L'intégrale

Déjà paru dans la collection « Rainbow »

Stuart Evans
Roméo & Jules

À paraître dans la collection « Adult Romance »

Olivia Dean
Désir - Divine Insolence (novembre 2016)

Megan Harold
Insupportable... mais à tomber ! (novembre 2016)

Emma M. Green
Corps impatients (décembre 2016)

Kate B. Jacobson
Famous Bastard – volume 2 (décembre 2016)

Juliette Duval
Bad Games (décembre 2016)

À paraître dans la collection « Comédie »

Kim Grey
Sexy Comédie - Recherche (fausse) fiancée (novembre 2016)

Auteure : Emma M. Green

Edisource
100, rue Petit, 75019 Paris
Imprimé par FINIDR – Lipova cp. 1965 – 73701 Cesky Tesin,
République tchèque
Dépôt légal : mai 2016 – Achevé d'imprimer : avril 2016
Réimprimé en septembre 2016
ISBN : 978-2-37126-116-7
Réf. contrats : ZNIL_001, ZNIL_002, ZNIL_003, ZNIL_004